U0840622

上册

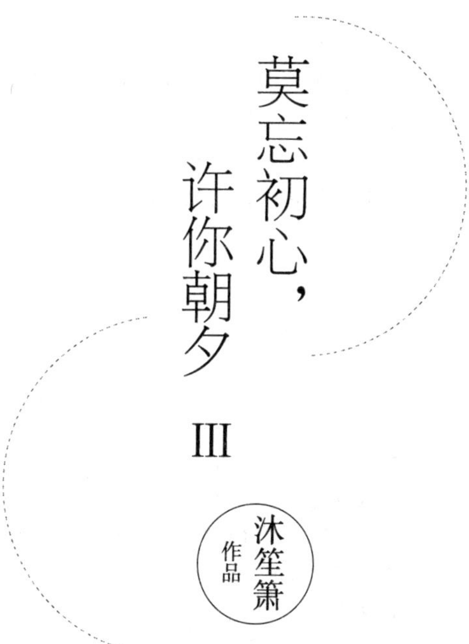

莫忘初心，许你朝夕 III

沐笙箫 作品

青岛出版社
QINGDAO PUBLISHING HOUSE

图书在版编目（CIP）数据

莫忘初心，许你朝夕. 3 / 沐笙箫著. -- 青岛 : 青岛出版社，2018.1
ISBN 978-7-5552-5778-3
Ⅰ. ①莫… Ⅱ. ①沐… Ⅲ. ①长篇小说－中国－当代
Ⅳ. ①I247.5

中国版本图书馆CIP数据核字(2017)第178700号

书　　名　莫忘初心，许你朝夕. 3
著　　者　沐笙箫
出版发行　青岛出版社
社　　址　青岛市海尔路182号（266061）
本社网址　http://www.qdpub.com
邮购电话　010-85787680-8015　13335059110
　　　　　　0532-85814750（传真）　0532-68068026
责任编辑　郭林祥
责任校对　耿道川
特约编辑　崔　悦
装帧设计　樱　瑄　李红艳
印　　刷　北京海石通印刷有限公司
出版日期　2018年1月第1版　　2018年1月第1次印刷
开　　本　32开（880mm×1230mm）
印　　张　17.5
字　　数　350千
书　　号　ISBN 978-7-5552-5778-3
定　　价　55.00元

编校印装质量、盗版监督服务电话　4006532017　0532-68068638
建议陈列类别：畅销·现代言情

上册

下册

Chapter 1
我们的曾经，我烧了

东郊，废弃仓库。

冷青将车开过来，边上的人看他一眼："冷哥，少爷没说要把那女人交给你啊……"

"他说了，"冷青从兜里掏出张银行卡递给他，"不就是一个女人吗？还是被弃掉的，我一个哥们儿对她感兴趣，反正你们看着也是看着，给我哥们儿玩玩儿怎么了？"

那人看了下银行卡背面的数字，还是动摇了："也是……"

冷青低下头朝外面瞥了眼："是在这里面吗？"

"是的，你走进去，第三个仓库门，就锁在里面。"

"有钥匙？"

"有的，"那人拍拍口袋，"我都带着呢。不过话说回来，你哪个哥们儿看上她了啊？那娘儿们都那样了……"

"你过来，"冷青招招手，那人靠过去，冷青凑到他耳边，"我那哥们儿，叫莫南爵……"

那人闻言睁大眼睛："开什么玩笑，爵少能看上这……"

砰——

跟在后面的黑衣人上前直接将那人打死了。

冷青从那人兜里摸出钥匙扔过去："第三个仓库门。"

黑衣人看也不看他一眼，拿了钥匙就进去。

傅青霜被抬出来的时候，身上还是穿着当天和洛萧吃饭时那件孔雀蓝的裙子。

她下半身全是已经干涸的血迹，脸上血色尽失，苍白如纸，头发散乱成团，左手手腕上还有着扎进去的玻璃残碴。

冷青看了一眼后别开视线，简直惨不忍睹……

真不知道洛萧怎么下得去这个手！

黑衣人将傅青霜放上车，开了出去。

红房子别墅。

陈安站在手术台前，扯下手套后转身出来："真是累人。"

莫南爵窝在椅子里，抬手看了下时间："三个小时。"

"要不是你说她有点用，看在她曾经嫁给洛萧这点上，我就直接把她给扔出去了。"陈安将口罩拉开，露出清俊的脸庞，"她的孩子早就流了，器官都跟着坏死了，我给她端掉了子宫，不然她的命都保不住，不过她的左手也废了，估计比童染的左手废的程度还严重。"

莫南爵眼皮轻抬："她的嗓子不能说话？"

"毒哑了，不过问题不大，我用点药，应该可以恢复七到八成的嗓音。"陈安站起身，"爵，你非得弄到她做什么？"

"掐七寸，"莫南爵眯起眼睛，"她能掐住洛萧那么久，手上肯定有料。"

陈安睨他一眼，突然开口："童染人呢？"

"洛萧带走了。"

陈安一怔："什么？"

莫南爵嘴角勾起冷笑："她身上还有 Devils Kiss，难道你觉得洛萧会轻易放手吗？他都杀光家里人了，会给她解毒的。"

陈安伸手搭上莫南爵的肩头："那畜生带走了她，你就算抢回来也是他玩过的，你还要？"

莫南爵推开他的手，双手插兜站起身来，眯起眼睛："我的女人我怎么可能不要？”说完他并未再看陈安一眼，转身朝外面走去。

陈安跟着出去，二人刚走到电梯口，一个护士突然急匆匆地追上来：“少主、安少爷……”

陈安瞪她一眼：“叫什么叫？”

“是这样的，刚刚……”那护士拍着胸口，显然吓得不轻，“我看到那个病床上的女人睁开眼睛了……”

“哪个？”

“就是那个叫……叫韩青青的，她睁开眼睛了，把我吓死了……”

陈安陡然大惊，他同莫南爵对视一眼：“爵，你猜得没错，她竟然真的醒过来了！”

莫南爵眯起眼睛，嘴角冷冷勾起：“这笔债洛萧迟早要还。”

“走，我们看看去，”陈安扯着莫南爵的胳膊，“这下热闹了，一个傅青霜一个韩青青，我发现洛萧欠下的女人债比你还多……”

“滚！”

二人来到韩青青的病房，莫南爵率先抬腿走进去，隔离门已经被打开，男人修长的身影来到床前，陈安跟在后头：“这些都撤了。”

护士将加湿器撤了下去。

莫南爵站在病床边，居高临下，黑曜石般的瞳仁正好同韩青青睁开的双眼对上。

女子眼眸中闪过一丝波动，她似乎不能动，连眼珠子也只是轻转几下，但是思绪已经慢慢恢复。

韩青青只觉得如身陷一潭湖水中，陡然绽开的清明让她无法适应，她微微张了张嘴，却发现发不出声音。

陈安走过去替她检查了下，摘下手套，眼里有着惊讶：“我最好的打算就是保住她的命，但没想到她能醒过来。”

莫南爵只是瞥了她一眼便将视线移开：“她什么时候能正常活动？”

“这个暂时还不行，估计连开口说话都要再等一段时间，”陈安看了一眼心电图，“她这情况还不算非常稳定，不过能睁眼已经是万分之一的概率了，算她运气好，再观察看看吧，我这几天给她用点药。”

莫南爵轻点下头，什么也没再说，转身走了出去。

傅青霜睁开双眼的时候，眼前的光线刺得她泪流满面。

她皱起眉头，喉咙里针扎般疼，她张张嘴，却发现什么声音也发不出来。

陈安见状走过来，毫不怜惜地一针扎在她的手臂上，将液体悉数推了进去。傅青霜瞪大眼睛，想要挣扎，陈安厌恶地看她一眼："别乱动！小心我直接把你扎瞎。"

"……"

傅青霜身上换了件干净衣服，血迹已经被洗干净，一张原本明媚的脸瘦得不成人形。

她清晰地记得，洛萧那天是怎么温柔地抱她出门，又是怎么将她的手扎进玻璃碎片里的……

她记得洛萧说：是我亲手毁了你们傅家，我们之间绝无可能……

傅青霜苦涩地想，她为什么没死？为什么要救她？让她死了多好，死了不用这么痛，不用想到他就痛……

陈安将针头拔出来，戴着手套的手拍了拍她的脸："我给你讲啊，你的孩子没了，子宫也端掉了，以后反正是生不了孩子了，不过我是好心救你，要怪就怪你老公，哦不对，是前夫，你落到这个下场，都是他送你的离婚礼物……"

孩子……

傅青霜闭上眼睛，眼泪顺着眼角滚落下来。

陈安看见她眼里的哀戚，低下头凑到她耳边道："你要记住，伤你的人是洛萧。"

傅青霜并未再睁开眼睛，再次听到她爱到骨髓里的这两个字，浑身还是不可抑制地颤抖了下。

原来想要彻底忘记，当真这么难。

傅青霜咬住下唇，绝望地将头轻轻别了过去。

她已经痛到对身体上的伤毫无知觉了。

陈安看她一眼，也知道她不可能这么快就恢复过来，治嗓子的药他已经给她用了，怎么着也得过个十天八天的。

他直起身体，吩咐护士照看着，便转身离开。

南非，约翰内斯堡。

天气阴沉，乌云笼罩，黄沙漫天。

深红色围墙的城堡内，三架直升机擦着沙尘降落下来，激起四周的滚滚尘土，一靠近，便有好几拨人上去迎接。

洛萧白色的西装未换，肩头已经被血染透，他紧抿着薄唇，抱着童染从直升机上跨下来。

整齐站成两排的红衣手下见到他，恭敬地单膝跪地：“堂主。”

洛萧随意地点了下头，脚步未停，穿过迂回的走廊，一路走进一栋金碧辉煌的别墅。

厚重的大门被拉开，别墅显然每天都有人在打扫，干净得几乎一尘不染。

洛萧抱着童染走上二楼，拐进最中央的一个房间，将童染放在床上，伸手摸了下她滑嫩的脸颊，他嘴角情不自禁地勾起，低下头，在她额间印下轻轻的一吻。

童染于昏迷中轻蹙眉头，感觉并不舒服。

门外候着的用人被唤进来。

洛萧直起身体，他脸色苍白，显然失血过多，望了一眼童染，眼底满是怜爱和深情：“去给她洗个澡，换件舒服的睡衣，让她好好睡一觉。”

“是，堂主。”

洛萧眯起眼睛：“记着，动作轻些，她要是有一点不舒服，我就把你们的手都砍了。”

用人一怔，洛萧这还是第一次带女人回来，她忙点头：“堂主您放心吧，我们会好好对待这位小姐的。”

洛萧点头，而后皱起眉头，转身出去的时候吩咐道：“以后在别墅里，不要叫我堂主。”

用人又是一怔：“可是堂主……”

“叫我什么都可以，就是别叫堂主，”洛萧脸色阴沉，“她是我的妻子，怎么叫不用我说，你应该明白。”

妻子？

那用人惊讶地瞥了眼屋内，想了下道：“堂主，那就叫你少爷可以吗？”

“可以。”

那用人闻言笑起来：“少爷，我这就吩咐下去。”

洛萧点点头，转过头看了一眼房内安静躺着的女子，只觉得无比安心。他收回视线，嘴角挂着浅笑：“照顾好她，我晚上过来。”

“是，少爷。”

西区，烈焰堂总部。

洛萧进来时人都到齐了，他肩头的枪伤只是简单处理了下，穿了件暗红色的斗篷，肩头绣着一个小小的焰字。

洛萧走到最里面的座椅后坐下，眯起眼睛，眼里带着狠戾和阴恻的样子是从未在人前展现过的一面。

众人一起垂首：“堂主。”

红衣手下将东西递过来，是一把钥匙：“堂主，我们今天也抓了些人。”

洛萧伸手接过，看了下钥匙上面的数字：“只有七十八个人？”

“是的，大多是些老人和小孩，年轻的我们抓不到，”红衣手下又递上一沓纸，都是些资料，“但是这些人都不肯干，之前抓的那些人不是自杀了就是病死了。”

“这还不简单吗？”洛萧俊脸冰冷，抬手就将钥匙摔在桌上，“你们还能再蠢点吗？带着抓了的这些老人和小孩去威胁他们的家人，还怕那些年轻的不肯就范？”

他的声音带着明显的怒气，红衣手下闻言垂下头去：“可是堂主，我们为什么非得要那些年轻的人？采取植物毒液或者是研磨，老人和小孩也一样能做……”

“能做，可做出的成品是粗糙还是精细是两个概念。”洛萧眯起眼睛，从腰侧掏出把匕首，起身一刀扎在那手下的肩膀上！

“啊……”红衣手下痛得睁大双眼，匕首扎得极深，完全刺破了皮肉，“堂主……”

“我刺你一刀，和一个老年人刺你一刀，什么区别还需要我说吗？”洛萧手上用力，凑过去靠近那手下的耳畔，“年轻人才有清醒的头脑，老人和小孩子懂什么？”

那手下额头上满是冷汗，忙点点头："是，堂主，我，我知道了……"

洛萧收回手，匕首并未拔出来，他转身朝外面走去："知道就好好去做，否则下次刺的就不是你的肩膀了。"

"是……"

洛萧一路走到厅堂门口，一个穿着淡紫色皮衣的女子从外面走进来，看见他时怔了下："堂主？"

洛萧瞥了对方一眼："你从美国回来了？"

"是的，"孟瑶点了点头，退开两步，"堂主，这次焱少跟我一起来的。"

"莫北焱？"洛萧闻言皱了下眉头，"他人在哪里？"

"呃，焱少说，他先找几个南非美女玩一下再来找你……"

"……"

洛萧抿着唇，转身便朝外面走去，孟瑶咬了下唇，跟在他身后，小心翼翼地问道："堂主，您这次回来还走吗？"

洛萧目不斜视，随意地回了句："不走了。"

"真的吗？"孟瑶闻言开心地睁大双眼，嘴角不自觉地勾起笑容，"那堂主，我新学了几道菜，去做给您吃……"

"孟瑶，"洛萧顿住脚步，回过头来看着她，"我让你当这个烈焰堂的分会长，不是让你整天学做菜，你该做的是什么事情，肩头压着什么事，我想你很清楚。"

孟瑶顿觉一阵委屈，可她不可能顶撞洛萧，闻言只是垂下头去："对不起，堂主，我以后不会了。"

洛萧极为冷淡地嗯了一声，转身继续朝外面走去。

孟瑶咬咬唇，其实想说的话很多，她两三个月都不一定能见到洛萧一次，这次他回来了，而且说不走了，她是真的很高兴。

她想了下，还是举步跟在洛萧后面。

洛萧出了烈焰堂总部后便脱下了斗篷，上了辆车，孟瑶也跟了上去。

洛萧皱起眉头，伸手抵住门把："你跟着我做什么？"

"我，我去一下你的别墅，"孟瑶其实也就二十二岁，和童染是同样大的年纪，却早已经历过杀人这些事情，远比童染要成熟世故，"堂主，我今晚想过去住，我可以照顾你的。"

她话里的意思很明显。

洛萧抬眸盯着她姣美的脸庞，想的却是如果有个同龄的女孩子过去陪陪小染，小染是不是能适应得更快一点?

见他良久不动，孟瑶低下头看着他："堂主? "

洛萧紧皱的眉头松了下，他侧身坐进里面："你上来吧。"

孟瑶小脸上扬起笑容，她忙坐上车去，洛萧侧过头看向窗外，孟瑶盯着他清俊的侧脸，眼底的爱慕很是明显。

洛萧不是看不出来，可他并不感兴趣，所以当作没看见。

轿车很快到了城堡外面，用人过来拉开车门，洛萧率先下了车，脚步急切地朝里面走去。

孟瑶跟在后面，其实这里她比洛萧更熟悉，他就回来过那么几次，他不在的时候，都是她隔几天过来看看。

他的房间，从来都是她在打扫，孟瑶是不允许用人去碰的。

洛萧这次回来不走了，她只要跟着他，就一定能有机会打动他的心。

孟瑶盯着他的背影，突然开口问道："堂主，您最近是不是瘦了? "

洛萧并未回头，边上的用人忙开口提醒："孟小姐，今天开始不能在别墅里喊堂主，要叫少爷。"

孟瑶闻言不解："为什么? 好端端的叫什么少爷? "

"因为少爷的妻子也来了，"用人解释给她听，"今天和少爷一起回来的，我们都统一叫洛太太。"

妻子……

孟瑶张大了嘴，抬头看去，洛萧早已快步上了楼，她简直难以置信："他……哪来的妻子? "

用人也是听说的："是从锦海来的吧，下午才到，好漂亮的一个姑娘……"

"这……"孟瑶张了张嘴，却不知道该说什么，心里泛起苦涩，"她现在在楼上吗? "

"是的，在少爷准备好的房间里休息，还没醒，"用人羡慕地抬起头来，"我就说少爷留着那间房做什么，原来是早就有了女主人的……"

孟瑶咬住下唇，眼底泛起水雾，她跟着朝楼上走去："带我去看看吧。"

“好的。”

二人一起到了二楼，孟瑶走到最中央的房间门口。

洛萧坐在床沿，身上换了套白色的衬衫，与刚才阴狠冷冽的模样完全不同。

他俯下身，轻柔地将躺着的女子抱起来，童染头枕在他的臂弯里，孟瑶一眼就看到了她的脸。

她下巴又尖又细，一张脸还没巴掌大，五官小巧精致，看起来就是副大学生的模样，虽然闭着眼，但孟瑶甚至能想象她黑白分明的大眼睛。

洛萧手臂穿过她的腰际后将其紧搂住，将她刚吹干的头发捋了下，低头吻了吻她的眼角。

小时候洛萧经常这么抱着她，她靠着他撒娇，他就给她唱歌，哄她睡觉……

洛萧沉浸在回忆里，伸出右手，指尖轻轻摩挲着她白玉般的脸颊。

那般温柔的神色，孟瑶当真是第一次见，任谁都能看出他是深爱着怀里那个女人的。

孟瑶别过头去，感觉一阵苦涩和窒息涌上来。原来，洛萧不是不碰女人，只是心底早就有一个了……

此时，童染于昏睡中嘤咛一声，皱起眉头，她觉得脸颊上很痒，别开脸去，下意识地开口嘟囔了句：“莫南爵，你别闹我……”

洛萧动作一顿。

孟瑶听见后瞪大眼睛，莫……莫南爵？她原来是莫南爵的女人？

童染不舒服地翻了个身，小脸贴着洛萧衬衫的袖子：“莫南爵，把你的手拿开……”

洛萧整个人都僵住了，喉间哽咽了下，伸手轻抚上她的发顶：“小染？”

童染皱起眉头，莫南爵什么时候改口叫她小染了？

这男人不是说死也不叫的吗？！

她缓缓睁开双眼，入目是一片深蓝色的窗帘，整个房间都是她所喜欢的蓝色系。

童染揉着眼睛坐起来，才发现身后有人，她笑着回过头去：“你做什么不睡觉……”视线陡然清明起来。

洛萧盯着她的脸，怕她不高兴，斟酌着开口：“小染……”

童染张大了嘴，整个人明显朝边上缩了下：“你怎么……”

她低下头，发现自己身上换了件天蓝色的棉绒睡衣，头发散发着沐浴露的清香，很显然是刚洗过澡。

童染睁大眼睛，视线扫过四周……完全陌生的地方。

她只愣了那么几秒，而后双手抓住床单，陡然朝后面退去：“啊——你走开！”

“小染！”洛萧倾身握住她的双肩，不让她退，“你听我说，你别怕，是用人帮你洗的澡……”

“为什么我会在这里？”童染小脸上闪过惊恐之色，她侧过头，透过窗户看见外面阴霾的天空，她莫名地恐慌起来，“这是哪里？”

“是南非，”洛萧盯着她的脸，“小染，我带你来南非了。”

“南非……”童染喃喃着抬起头，小脸惨白一片，她突然伸出手抓住洛萧的胳膊，“莫南爵……莫南爵在哪里？我要见他，我要他……”

洛萧低下头，鼻尖几乎碰到她的，一个字一个字地说，“小染，莫南爵已经把你卖给我了，我把傅氏给了他，外加三个亿，他同意了。”

“你胡说，你骗我的……”童染拼命摇着头，小手握成拳敲打着洛萧的肩头，“我要找莫南爵，他不会把我卖给别人的，你放开我，我要找莫南爵——”

“小染！你冷静点！”洛萧握着她的肩膀，用力摇晃了下，“你还不清醒吗？莫南爵已经把你卖给我了，你现在是我的女人！”

“我不信……我不信！”童染双唇剧烈颤抖，情绪瞬间崩溃，“你放开我！放我回去！莫南爵，莫南爵救我——”

“小染！”洛萧眉头紧皱，双手从她肩上滑下去搂住她的腰，俯身将她紧紧抱进怀里。

“啊——你放开我！”童染猝然睁大眼睛，张口咬在洛萧的肩上，男人吃痛退开，她整个人便擦着床沿滚下去，“放我走，不要抓着我——”

洛萧起身去抱她，童染几乎是连滚带爬到门口，一抬头，就见一个穿着淡紫色衣服的女子站在那里，童染直接冲过去抱住她的腿：“你认识莫南爵吗？你带我去找他，我是他老婆，你带我找到他，你想要什么他都会给你的……我求求你带我去找他，我求你了……”

孟瑶显然没想到她的反应会如此激烈，瞪大了眼睛，一时之间竟然不知道该说什么。

洛萧快步冲过来，弯腰将童染横抱起，不顾她的剧烈挣扎，用脚踢上房门，强行将她抱回床上，俯身将她压在床上："小染，你还不明白吗？现在开始你和莫南爵已经没关系了，他已经把你卖给我了，我们可以在这里开始我们全新的生活，我早就答应过你的，你忘记了吗？"

"不……不可能的，我知道你骗我的，"童染摇着头，双手揪住他的衣领，小脸上满是眼泪，"我求求你，洛萧，放我走吧，我不爱你，我真的一点都不爱你，你绑着我也没用，我会恨你的……"

我会恨你的……

这几个字在他胸口上狠狠一敲，有如鲜血四溅。

洛萧低下头去，双眼满是哀戚，他将俊脸埋入她的颈窝内："小染，这房间是我为你准备的，你推开边上那扇门，里面的摆设和洛家一模一样，全是你小时候最喜欢的东西……"

童染置若罔闻，死死咬着牙，浑身都在颤抖："放我走……我要找莫南爵……"

"不行，"洛萧从她身上翻下床，拉起被子给她盖上，"小染，好好睡一觉，以后这里就是你的家，你的世界里不会再有莫南爵，我就是你的男人。"

童染浑身无力，面色雪白："不可能的，有莫南爵的地方才是我的家。"

洛萧俯下身，薄唇擦过她的脸颊："小染，你先休息，我就在楼下，一个小时之后上来看你。"

说完他走到门口，拉开房门走了出去。

童染噌的一下坐起身，想要下床，可房门再度被推开，走进来两个女用人："洛太太。"

童染坐在床沿抬起头来，情绪并不稳定，说话还在颤抖："谁准你们叫我洛太太的？"

"是洛少爷吩咐的。"

"我不是什么洛太太！"

"洛太太，您先睡一会儿吧，"其中一个用人开口，"我们就在这里站着，一点声音都不会有，不会打扰您的。"

“不许叫我洛太太！我都说了我不是！”童染小脸上张扬着冷冽之气，她突然站起身，抡起边上的一个花瓶用力朝地上砸去，“放我走！”

两个用人生怕她受伤，上前抓住她的胳膊，童染抬腿就将边上的梳妆台踢倒，上面摆着的东西乒乒乓乓散了一地，她几乎是嘶吼出声：“放我走！”

房内砸东西的声音不断，童染几乎将能砸的东西都砸了。

门外的洛萧并未离去，他背对着房门站着，垂在身侧的手紧攥成拳，走廊昏暗的灯光将他一半的俊脸给遮住，透露出无尽的阴霾。

孟瑶站在边上，听到现在她也明白了是怎么回事，她掩盖掉自己的情绪，伸出手去：“堂主，您别难过……”

洛萧始终垂着头，孟瑶握住他的手腕，男人睫毛颤了下，竟然没力气去甩开她，动也没动一下。

孟瑶上前两步，一手搭在他的肩上轻拍了下，她心里难受，可还是开口劝他：“我想她冷静下来后可能会好点，您别太难过了，女孩子情绪容易激动的。”

见洛萧并不动，孟瑶感觉到他浑身都在颤抖，突然转过身，双手环住洛萧的脖子直接抱住了他。

洛萧皱起眉头，抬手将她推开，俊脸冰冷地转身朝楼下走去。

“堂主……”孟瑶跟着追下去，扯住他的袖子，“我喜欢你。”

洛萧顿住脚步：“你脑子进水了？”

“我喜欢你不行吗？”孟瑶抬起头来，笑得明眸璀璨，“堂主，你看，刚刚你喊的那个小染并不喜欢你，而且还那么凶，你干吗非要她不可？我喜欢你，你就不能试着喜欢我……”

“再说一句就出去，”洛萧冷冷看着她，“以后都不用再跨进来一步。”

孟瑶忙抿住唇。

洛萧转身就走：“还有，以后在这里不要叫我少爷，她是我的女人，这点是改变不了的。”

锦海市。

莫南爵站在帝爵顶层巨大的玻璃窗前，双手插兜，俊目轻眯地俯瞰着下面的风景。

总裁办公室的门被轻敲两下。

黑衣人推门进来，将手里的纸袋恭敬地递了过去：“少主。”

莫南爵俊脸冷淡，伸手接过，里面是一沓照片。

他翻看了几张，而后将其丢开来，照片散落在桌上。

里面全是洛萧和容沁见过面的照片，南音门口、医院门口，容沁上了洛萧的车……

甚至摄像头还捕捉到了清晰的画面，洛萧给了容沁一个信封，里面鼓鼓的，很显然是钱。

莫南爵冷笑一声，看来他猜得没错，洛萧当时就是想找个人去将童染换出来。

就是在病房门口同自己说话的那个女人，他看过她一眼，确实和童染有几分相像。

“少主，这个女人最近经常出现在帝爵楼下，”黑衣人站在边上，“我们的人经常看到她，有时候她一待就是好几个小时，估计是想要……”

“勾搭你”三个字他愣是没敢说出口。

莫南爵微仰起下巴，并未开口。

黑衣人见状问道：“少主，那这女人我们该怎么处理？”

“处理什么？洛萧既然让她来接近我，那我就接着，”莫南爵精致的嘴角勾起一抹冷笑，他转身窝进椅子里，食指在扶手上轻敲几下，“顺藤摸瓜，以牙还牙，让洛萧也好好尝尝这个味道。”

“可是少主，这女人……”黑衣人闻言犹豫了下，“她才二十岁，只是个大一的学生，能懂什么？”

莫南爵眼里折射出凛冽的光芒：“我告诉过你们，永远不要轻易小瞧一个人，当时的韩青青也不过二十出头，你说她又懂什么？只要能挑起一个人的恨，人一旦疯狂起来，什么事都做得出来。”

黑衣人闻言垂下头：“是，少主，我懂了。”

男人冷冷地勾起嘴角：“像她和韩青青这种未进入社会的大学生，骨子里还没被浸黑，要挑起爱恨更是容易。”

“少主，那要等她主动来接近吗？”

莫南爵撑在椅子扶手上的手轻扶住下巴，舌尖轻抵嘴角，眼底乍现几道慑人的冷光：“去用帝爵的名号订千欢的包厢，就今晚，把消息散出去。”

“是，少主。”

晚上八点整，千欢会所。

莫南爵的布加迪威航停在门口时，迎接的人早已站成两排：“爵少！”

男人一身深黑色的皮衣，皮靴包裹着的双腿修长有型，他下车后将钥匙随意丢给服务员，抬腿就朝会所里面走去。

领班忙跟上，笑得谄媚：“爵少，您好久没来了……”

莫南爵双手插兜走在最前面，精致的下巴轻抬起：“在家陪老婆。”

老婆？领班一怔，只当他在跟自己开玩笑，莫南爵这种男人怎么可能会娶老婆：“爵少，今儿个我们来了好多姑娘，个个都是干净的，绝对合您的品位……”

莫南爵走到包厢门前，头也没回：“我只玩女学生。”

包厢门砰的一声被摔上，领班尴尬地站在门口，却不敢说什么。他心觉奇怪，爵少向来是个爱玩的主儿，怎么现在来千欢，一个女人也不碰了？

他搞不懂，只得转身退了下去。

豪华的包厢内开着暖气，莫南爵并未打电话给陈安，也没叫任何人进来陪，只一个人坐在沙发中央，手边是纯正的伏特加。

男人修长的手指握着酒杯，轻搭起一条腿，冰凉的酒浸润过喉间，本该舒服得令人轻叹，莫南爵却并不这么觉得。于他来说，生活该是纸醉金迷的，他从不缺什么，但也从来没有拥有过什么，可为什么，他感觉到了阵阵难言的失去正在蔓延？

莫南爵喉间轻滚了下，他端起酒杯将酒一饮而尽。

莫名的烦躁涌上心头，男人猝然抬起手，砰的一声将空酒杯摔了出去！

玻璃碴顿时飞散四溅。

此时，偌大的液晶屏幕上正播放着张宇的那首《雨一直下》。

就是爱到深处才由她

碎了心也要放得下

难道忘了那爱她的伤已密密麻麻

不要再为了她挣扎
不要再为她左牵右挂
今后不管她爱不爱谁快乐吗都随她
……

醇厚的声音带着浓浓的哀戚，莫南爵眼前晃了下，他抬起手背遮住双眼，歌声荡漾进心里，激起千万层涟漪。

碎了心也要放得下……

除非他莫南爵死了，否则他绝不可能放下！

男人猛地站起身，推开包厢门走了出去。

镶着金钻的洗手池边，莫南爵双手撑着池台，掬起把冰冷的水朝脸上扑去，刺骨的水滴顺着精致的下巴滑落，他抬起头来，镜子内映出了一张俊美的脸庞，眼底积聚起的思念，浓烈得让男人自己都跟着晃动。

蓦地，身后传来脚步声。

并不是高跟鞋，而是穿着帆布鞋的人才会发出的声音。

莫南爵嘴角冷冷勾起，他并未动，而是维持着这个姿势，仿佛自己已经喝得有些醉了。

女孩子缓缓走上前来。

面前的男人背影修长有型，撑着池台的手十分好看，容沁睁大眼睛，眼底的爱慕很是明显。

莫南爵突然直起身体，轻瞥了一眼，发现边上擦手的抽纸是空的。

他故意伸手去抽。

容沁咬住下唇，忙从口袋里掏出包餐巾纸递过去："那个……那里没抽纸了，你用我的吧？"

男人闻言回过头来。

他半个身体浸润在橙黄色的灯光里，莫南爵眉梢轻挑，转过来的侧脸魅惑到极致，右耳的钻石耳钉熠熠生辉。

容沁瞬间红了脸，她从未发现，男人也可以长得这么好看，好看得令人心醉……

她捏紧手中的纸巾，这样的男人，别说让她故意去接近，就算是让她倒贴，她也一万个愿意。

莫南爵转过身，一手撑住她头侧的墙壁，陡然靠近的男性气息令容沁面红耳赤，她红着脸垂下头去："我，你……"

男人眯起眼睛，好像在细细打量着她，突然开口，声音也是磁性好听："你叫什么名字？"

容沁怔了下，没想到他会直接问："我，我叫容沁。"

"多大？"

"二，二十……"

莫南爵嘴角扯出一抹意味深长的笑容："不错。"

容沁咬住嘴角，仿佛浑身的血液都在沸腾。她知道自己眼前的不是别人，是莫南爵，是每个女人都想要接近的男人，于是强自镇定地抬起头来："你，你认识我吗？"

"这话问得真有水准，"莫南爵轻挑下眉，"那你认识我吗？"

容沁肯定是摇头否认的："不，不认识。"

"真的不认识？"

容沁坚持："不认识。"

"那今晚就认识下，"莫南爵突然直起身体，双手插兜，似乎有几分兴致，"你的包厢在哪里？"

容沁一怔，本以为很难才能搭上他，没想到他居然能看上自己，她稳住激动的声音道："在，在407……"

"那走吧，"莫南爵抬腿就朝外面走去，"去你的包厢坐坐。"

什么？

容沁瞪大双眼，自然是无比喜悦的，忙跟上前去："你，你要来跟我们一起唱歌吗？"

男人走在前头，路过的人均会垂首喊他。"你们的包厢有谁？"

"是我们大学的同学聚会……"容沁说着攥紧小手，她今天花钱买消息，得知莫南爵晚上会来千欢，所以请班上的同学出来唱歌，就是为了找机会搭上他。

没想到竟然这么容易？！

莫南爵闻言嘴角轻勾了下，大学同学，童染是不是本来也应该有很多大学同学?

他双眼轻轻眯起，突然顿住脚步。

容沁怕跟丢了，所以走得很快，这么一下，直接撞在了男人的背上。

她吓了一跳，捂着头向后退了几步："爵，爵少，对不起……"

莫南爵转过身，精致的侧脸被灯光打出阴影："你不是不认识我吗?"

"……"容沁忙咬住下唇，急中生智，"我，我刚刚听到有服务员喊你爵少。"

男人微仰起下巴，就这么睨着她，嘴角勾起的笑容讳莫如深。

容沁不敢动，生怕被他看出什么来，她站在走廊边，下身是条紧身铅笔裤，双腿纤细，上身是白色的圆点衬衫，十足的学生打扮。

连穿衣服的味道都和童染那么像。

莫南爵突然伸出手，容沁以为他要搂自己，脸颊瞬间红了一片，却不料男人只是抬手掸了掸她肩头的灰尘："这么不爱干净?"

"爵少，我，我……"

容沁娇羞地低下头去，莫南爵眼底划过一抹冷笑，他突然开口："你是哪个学校的?"

"我是南音艺术学院的。"

"这么巧?"莫南爵眼角轻挑，"我之前玩过的一个女人也是南音的。"

容沁抬头看他，这男人当真长了一张极好看的脸："我是钢琴系的。"

"她也是钢琴系的。"

"真的吗?"

"她叫童染，"莫南爵盯着她的脸，"你认识吗?"

容沁心底咯噔一声，果然是洛萧说的那个女人，她忙摇摇头："我不认识。"

莫南爵捕捉到她眼底闪过的慌乱，冷挑了下眉，似乎方才只是随口一问："噢，不认识就算了，反正玩过的东西我也不可能再捡起来。"

他说着转身就朝前走。

容沁跟在后面，斟酌着他刚刚的话，看来莫南爵对那个叫童染的女人并没有洛萧说的那么放不下。

既然这样，她为什么不能取代童染的位置，彻彻底底做莫南爵的女人?

她小脸上顿时洋溢着光彩，她只要抓住机会，就一定可以!

领班过去将 407 包厢的门推开，莫南爵双手插兜走进去，轻眯着眼睛，颀长的身形在包厢内站定。

包厢内都是些女大学生，见到他后都瞪大了眼睛："这……"

"来来来，各位妹妹，"领班看出莫南爵定是瞧上了这里的哪个，提高嗓门喊了句，"爵少今晚心情好，兴致高，过来跟你们喝个酒唱个歌，你们可要把握好机会啊，爵少从来不轻易进别人包厢的，你说你们今天来千欢也是运气好啊——"

他把话说得很是明显，那些女大学生愣了几秒，而后都反应过来，忙凑上前来，将莫南爵围在中央："爵少……"

莫南爵依旧双手插兜，女孩子们将他推到沙发的中央，他优雅地弯腰坐下，一抬眸，十几个酒杯就递到了跟前。

女孩子们围着他坐下，每个人手里都端着杯酒，人人都想第一个敬酒。

这些人都是艺术学院的学生，肯定是认识他的，就算不认识，看电视报纸也是知道的，谁不想攀上高枝？可一直以来都没机会，大家只是想想，今天奇迹降临，自然都不想错过。

容沁站在边上，看着同学几乎将莫南爵围了起来，咬紧了下唇。她真是太蠢了，就不该把他带来包厢！

男人右耳上的钻石耳钉折射出冰冷的光芒，他嘴角含笑，双手并未抽出来，只是搭起一条修长的腿："拿开。"

所有人皆是一怔。

其中一个胆大点的女孩子凑上前来，胸前的衣服被拉得极低，肌肤若隐若现："爵少，我敬您，您喝一杯，我喝二十杯，可以不？"

莫南爵眼皮轻抬，视线只是落在酒杯上，并未看她："我从来只跟看得上的人喝酒。"

"爵少，您看不上我吗，我是钢琴系的……"

"爵少，我今年二十……"

"爵少……"

大家你一言我一语，争先恐后地想要介绍自己。

男人轻眯着眼眸，并不说话。

领班怕这样下去会惹他不高兴，忙出来打圆场："哎呀妹妹们，你们这么多人，爵少哪里记得过来？你们站成排，让爵少好好看看你们，来来来，别补妆了，爵少喜欢干净的……”

女生们忙站成一排，容沁咬着下唇，想要站在中间显眼的位置，可是挤不进去，只得冷着脸站在边上。

她真是气得不行，明明是她先搭上的男人，凭什么要给同学这个机会？！

二十几个女生很快站好，领班见状凑过来：“爵少，您看看？”

莫南爵坐直身体，双手手肘撑在膝盖上，左手小拇指上，一枚精致的尾戒熠熠生辉，他的视线并未真正落在谁身上，似乎只是随意地扫了几下。

站着的女生心都提到了嗓子眼，谁不想被选中？

莫南爵收回视线，端起一杯酒，整个身体向后靠在沙发上。

男人将酒杯凑到唇边，还未喝便知道里面肯定被别人放了那种东西，他俊脸含笑，放下酒杯后突然抬起手，朝最边上一指：“你，过来。”

大家都充满好奇和羡慕，侧过头看过去。

容沁瞪大眼睛，没想到他还是一眼就选中了自己，她伸手指了下自己：“我？”

领班忙开口：“爵少叫你就是你了，还不快过来？”

容沁心底一阵雀跃，忙小步上前，刚走到男人跟前，莫南爵却抬手止住她靠近的动作：“就站那儿。”

领班拿了几瓶威士忌过来，按照男人的吩咐一一打开。

莫南爵搭起一条腿，抬起眸看向她：“都喝了。”

容沁一怔：“什么？”

“当我的女人，肯定是要会喝酒的，”莫南爵伸手在水晶桌面上轻叩两下，“让我看看你的魄力。”

容沁望向桌上的威士忌，都是很大一瓶的，别说里面是酒，就算是水，喝下去都该撑死了……

容沁咬住下唇，领班见状用手肘撞了她一下：“傻愣着做什么？爵少叫你喝是给你面子，你以为谁都能有这个机会吗？”

话里暗示意味很明显，容沁也不可能不明白，若是今天错失了这个机会，以后能不能再见莫南爵一面都很难说。

她也不再犹豫，伸手握住酒瓶，仰头就朝嘴里灌。

辛辣的味道冲入喉咙，容沁强忍着喝了下去，橙黄色的液体从嘴角滑入衣领，冰凉刺骨。

莫南爵点着根烟，靠在沙发上，白色的烟雾将男人的俊脸衬得一片朦胧。

一个酒瓶被放下。

莫南爵薄唇轻吐出烟圈：“继续。”

容沁又拿起第二瓶……

一连三瓶冰镇的威士忌悉数被灌了下去，容沁早已头晕目眩，醉得分不清东西南北，她抓着酒瓶的手晃了下，酒瓶砰的一声掉了下去，她整个人也跟着倒在地毯上。

领班看了一眼后摇摇头，就这点酒量还想攀上爵少？

莫南爵嘴角始终噙着抹薄笑，他将手里的烟按灭在烟灰缸内，起身朝外面走去：“抱出来。”

领班一怔，瞬间明白过来，忙喊了个服务员过来将容沁抱出去。

身后一众人也跟着出来，都亲眼看见容沁被放进了男人的布加迪威航内。

跑车开了出去，跟着出来的女生都唉声叹气：“为什么没选上我？容沁也不知道哪里好，不就长得纯点？”

领班站在边上，闻言见怪不怪：“这很正常，现在哪个男人不喜欢纯点的？爵少以前带来千欢的那个女人，捧在掌心似的，比方才那个更纯，长得倒还挺像的。”

锦欢大酒店。

莫南爵将跑车横停在门口，推门下车，服务员忙迎上前，将车后座上的女人抱出来。

顶层的 VIP 套间已经准备好，莫南爵抬脚走进去，服务员将容沁放在雪白的大床上：“爵少，还有什么吩咐吗？”

“下去吧。”

“是。”

服务员退出去后将门带上。

莫南爵斜靠在桌边，修长的手指间夹着根烟，缭绕的烟雾烘托着房内的气氛，大床上躺着的女人醉得迷糊，时不时地翻个身，显然睡得并不舒服。

男人吸了口烟，视线一眨不眨地落在挂钟上，22:38，不知道童染这时候在做什么？

估计，还没睡吧。

男人直起身体，将快要燃尽的香烟按灭在烟灰缸内，转身进了浴室。

他简单地冲了个澡，方才在包厢里都是女人的香水味，沾了他一身，以前他向来不在乎这些，可是现在，他闻到这种味道就想吐。

因为童染从来不用香水，她身上天生就有股清香的味道，闻惯之后，莫南爵甚至觉得世界上再高级的香水都是劣质的。

习惯真是个可怕的东西。

男人穿着件深棕色浴袍从浴室出来，此时，门铃响起，莫南爵走过去拉开房门。

冷青站在门口，一脸疲惫，显然很久没睡觉了："爵少？"

"进来。"

男人转身走进去，冷青跟在后头，一眼就看到了大床上的女人，怔了下："呃，这是……"

"送你的，"莫南爵立在床边，居高临下地睨了床上的女人一眼，抬起头来，"八成还是个雏，你打算怎么谢我？"

冷青张了张嘴："送……送我的？"

莫南爵轻点下头，斜倚在墙边，双腿交叠："上吧。"

冷青扶额，退后一步："我不要……爵少，您还是随便找个人吧……"

"为什么不要？"莫南爵挑眉睨着他，"你能帮洛萧睡傅青霜，再多一个有什么关系？"

冷青怔了下："你，你怎么知道？"

"你问我这个问题的时候就已经承认了。"

冷青彻底无语，摇了摇头："青青已经醒了……我，我不能再做这种事了……"

莫南爵嘴角含笑："韩青青要是知道傅青霜怀过你的孩子，不知道她会怎么样？"

"……"冷青无话可说。

莫南爵也不勉强，转身朝阳台走去："随便是你还是谁都行。"

冷青如蒙大赦，忙打电话叫了个牛郎过来。

VIP 套间在顶层，阳台上冷风穿梭，莫南爵双手撑着栏杆，上半身微微倾出去，一眼就能俯瞰整个锦海市。

他微仰起下巴，明明是好天气，夜空中却一颗星星都没有。

冷青拉开阳台的门走出来："爵少，人已经来了。"

莫南爵并未转身，视线投出去，也不知道定格在哪一处。

"爵少？"

莫南爵终于收回视线，背抵着栏杆。房内的大床上，两个人影交叠晃动，男人别开眼，显然并不感兴趣。

冷青一眼望不进他眼底，但也知道他必定是不开心的："洛萧跟我联系过，就一次，匿名 IP 电话，他说他现在在南非，具体的地方也没透露，只是叫我处理下这边傅氏的事情，然后就挂了。"

果然去了南非，莫南爵眯起眼睛，眼角浮出一抹狠戾："我猜到了。"

"他也没提要带我去……"

"很正常，他这次肯定不会带着你，"莫南爵冷冷勾起嘴角，"你知道那么多韩青青的事情，童染也在，他不敢肯定你会不会说，他赌不起。"

"南非那边就是烈焰堂了，但是洛萧始终没有在我面前正面提及过烈焰堂，虽然我们都心知肚明，但他还是能避开就避开，估计也是防着我。"

冷青皱起眉头，语气有些凝重："南非那边实在是太乱了，大大小小的帮会一大堆，而且一个个都不是省油的灯。烈焰堂总部我没去过，但是听他另外的手下说过，南非那块是个杀人不眨眼的地方，想要靠近真的很难……"

莫南爵并不惊讶："洛萧倒是混得如鱼得水，我早说了，浸黑之后都一个样，他还口口声声说是两个世界。"

冷青垂下头："我当初就不该跟着他……"

莫南爵闻言冷笑一声："我敢肯定，要是韩青青在他手上，你还是会回去跟着他。"

"……"冷青抿着唇没说话。

跟着莫南爵和跟着洛萧完全是两个样子，跟着洛萧他尚且可以有点小动作，因为洛萧发现不了，但跟着莫南爵时，一个眼神不对，莫南爵就能把人套到死。

“在想什么？”莫南爵抬起头看他一眼，“在分析跟着我好还是跟着洛萧好？”

“……”冷青忙低下头去，他这揣度人心的能力……

“当时意大利那笔生意你应该知道吧？”莫南爵沉着声音道，“他没有去，是因为什么？”

“那天我们在家，傅青霜回来了，然后把洛萧拉上去说了些什么，下来的时候他就说不去了，叫我找这个人，”冷青伸手摸向口袋，“我找了，对方说的都是英文，我还花钱找了个翻译。”

冷青递上那张金卡，莫南爵接过后看了一眼，眼底骤然拢起大团阴霾。

这是莫北焱的私人专用卡。

莫南爵眯起眼睛，将金卡掰断后扔在脚边。

冷青望了一眼，有些不解：“爵少，这是？”

莫南爵显然不愿意多提，转过身面向外面：“那天傅青霜说了什么你不知道？”

“不知道，洛萧没告诉我，我也不好多问。”

莫南爵点点头，看来，只有等傅青霜能开口时再问了。

房内，牛郎从容沁身上爬起来，捡起地上的衣服穿上。

床单上一抹鲜红的血迹分外显眼。

冷青拉开阳台的门走出来，丢了一沓钱过去：“出去吧。”

牛郎一阵点头，拿了钱后便出了房间。

冷青看了一眼床上的人，走过去将她身侧的被子拉上去，摇了下头，又是一个不知天高地厚的女人。

莫南爵一直在阳台上站了很久，直到冷青离开他也没动。夜深了，天气很冷，男人从口袋里拿出张折叠过的 A4 纸，摊开后立在眼前。

他一直将这张纸带在身上，换一套衣服就会习惯性地放进内衬的口袋里。

那是一张他的脸部画像，用铅笔画的，虽然不是专业的，但不得不说，画得确实挺像的。

画像四周，用对话框的形式写着好多句话。

“我莫南爵是个禽兽！”

“我莫南爵不是人！”

“我莫南爵一天到晚都在发情！”

“我莫南爵就是喜欢耍酷装拽！”

……

莫南爵眯起眼睛，透过这张A4张，他似乎能看见童染趴在办公桌上，嘟着嘴，手里拿着支铅笔，一边画一边笑的样子……

她给他当私人秘书的时候，确实是整天被他压迫。

那时候她尚且能笑得那么纯净，他当真想留住她那样的笑容，那是比金钱权力更珍贵的东西。

莫南爵眼神越发深邃，他低下头，鼻尖轻抵着A4纸面，仿佛还能闻到她留下的余香。

男人几乎在阳台上站了一夜，直到晨光微露，莫南爵才收起那张纸，转身回到套房内，进了另一个房间。

容沁醒来的时候，已经是第二天接近中午，她睁开眼睛，坐起身时，才发现浑身酸痛。

她视线慢慢下移……一眼就看见了床单上的那抹鲜红。

莫南爵系着袖扣从另外一间房走出来，在床前站定：“睡得很爽？”

容沁又惊又喜，望着男人的俊脸，神色娇羞道：“爵少，昨晚我们……”

莫南爵嘴角噙着抹意味深长的笑，他抬起头，深棕色的短发被阳光折射出淡淡光芒：“昨晚你表现不错。”

“昨晚我喝多了……”

“没关系，我向来喜欢半醉不醒的状态。”

容沁低下头去，显然很不好意思：“那你怎么……没跟我睡一起？”

“我从来不和女人睡在一起，这是我的习惯。”莫南爵斜靠在桌边，“你既然是我的人了，以后就跟着我吧。”

容沁咬着唇抬起头来，莫南爵眼底浮出抹笑：“怎么，不愿意？”

“我愿意！”容沁忙开口，却又觉得这样太不矜持，结结巴巴道，“爵少，我，我是怕我什么都不会做……”

“不用会什么，你昨晚不就挺好的吗？”莫南爵直起身体，抬腿朝门外走去，“我晚上会派车去南音接你，回去收拾下吧。”

说罢他转身出了房门。

容沁始终娇羞地坐在床上，直到房门被关上，她小脸上才张扬起肆意的笑容。

洛萧还千叮咛万嘱咐地告诉她，莫南爵不是个容易接近的人，简直是胡说八道，有什么难的?

容沁拿起手机，将这个好消息通过短信发了出去。

锦欢大酒店的电梯内，莫南爵拿出手机，容沁发的短信显示在屏幕上，简单的两个字：已成。

收件方是锦海市的一个私人手机号码，八成就是个负责和她联系的人而已。

男人冷冷地勾起嘴角，抬手按了一楼。

南非。

金色的别墅内，洛萧正在餐厅做晚餐。

铺着深蓝色桌布的餐桌上，满满一桌家乡菜，红烧鱼、狮子头、啤酒鸭、粉丝煲……样样齐全。

孟瑶站在边上偶尔打打下手，她没想到洛萧竟还能烧得一手好菜。

她盯着洛萧清俊的侧脸，这时候的他卸下了所有的沉重，看起来温润如玉，眉梢眼角都染着笑意。

孟瑶嘴角微微弯起，只是脸上还未晕染开笑意，洛萧突然回过头来:“你去叫小染下来吧。”

孟瑶嘴角的笑容瞬间僵住，她点了点头道：“好。”然后转身上楼。

今天，是童染被带来南非的第四天。

她哭了三天也闹了三天，可洛萧说什么也不肯让她走，要么时时刻刻陪在她身边，要么就是安排用人看着她。

不管她怎么闹，都没让她出过这别墅一步。

到了第三天晚上，童染便不再哭闹，收起一切情绪，只是安静地坐在窗台前。

孟瑶走到房门口，想要抬手敲门，可是想了想还是将房门推开：“洛太太？”

并没人回答，孟瑶走进去，房内没有开灯，童染抱着膝盖坐在阳台边，边上还站着两个用人，正一眨不眨地看着她。

这情形简直同坐牢无异。

孟瑶走近几步，轻声开口：“洛太太，少爷让我来叫你下楼吃饭。”

童染一动不动，视线飘忽不定地落在窗外苍茫的夜色中。

孟瑶走到她边上蹲下身：“洛太太？”

她伸手轻推童染的肩，童染这才转过头来，小脸上毫无生气：“吃饭？”

“对，少爷亲手做的，”孟瑶小心翼翼地握住她的肩，“都是家乡菜，你肯定会喜欢吃的。”

“是吗？”童染微微一笑，抬眸看向孟瑶，“如果你在国外坐牢，给你烧一桌子家乡菜，你会喜欢吃吗？”

“……”

孟瑶被她一个问题生生问住。

童染并未再多说，抓着栏杆站起身，雪白的长裙更衬得她身姿孱弱：“走吧。”

孟瑶伸手扶着她：“小心。”

“不用扶我，”童染推开她的手，指了指两个用人，“你们三个都在，还怕我会跑掉吗？我又不会遁地术。”

孟瑶不同她争辩，退开身跟在她后面。

二人来到楼下，洛萧正好将最后一个菜炒好，他将围裙扯开，走过来搂住童染的细腰，俊脸上满是温和的笑：“小染，我今天做的都是你喜欢吃的。”

童染表情冷淡，脸上并未有一丝一毫的情绪。洛萧搂着她走到桌边：“你饿了吗？是先吃粉丝还是先吃饭？”

童染望着桌上的一桌子菜，嘴角弯起一抹冷笑：“真不错。”

洛萧见状更是高兴，侧过脸就要去吻她的嘴角：“小染，你要是喜欢，我每天都做给你吃……”

“好。”童染点点头，上前两步，突然伸手扯住桌布的边缘用力一抽，整桌菜瞬间被一股力道带到了地上。

瓷盘子碎了一地，原本色香味俱全的菜品悉数混合在碎瓷片中，砸得稀巴烂，有些惨不忍睹。

孟瑶瞪大眼睛，这……

童染收回手后轻拍了下，转头望着洛萧，神色平静："你每天做，我每天摔。"

洛萧俊脸上的笑容僵住，他神色黯然，却并未多说，伸手将童染向后拉了拉："小染，你往后站些，小心碎瓷片扎到脚。"

童染并不动，冷笑一声："我要脚做什么？反正又不能走，还不如一个残废。"

洛萧并不回答，蹲下身将童染脚边的碎瓷片一一捡起来："你想吃什么？我待会儿让用人给你做。"

"不必做了，做了我也不会吃的。"

"小染，"洛萧站起身，将碎瓷片丢进垃圾桶，直视着她，"你不吃东西身体怎么受得了……"

啪！

童染抬手就甩了他一巴掌。

洛萧被打得脸偏了过去，半边脸上顿时浮现出掌印，他维持着侧过脸的姿势，半晌才转过来："小染，你的手怎么那么凉？"

"……"

洛萧转头看向用人："去拿件衣服来给她披上。"

用人看得目瞪口呆，闻言忙逃之夭夭地上楼去拿衣服。

童染收回手后看向他，表情淡漠："我昨天说过，你既然要这样囚禁我，剥夺我的自由，那我就见你一次打你一次，你看我一眼我就甩你一巴掌。"

洛萧看着她道："小染，你要是觉得闷，我明天带你出去玩……"

啪！

童染抬手又是一巴掌。

孟瑶别开视线，心觉不忍。

同一侧脸连续两次被打，洛萧舌尖抵了下嘴角，腥甜味瞬间蔓延开来。

用人将披风拿了下来，洛萧抬手给童染披上，她并未动，洛萧将披风系好，再度抬起头来："明天……"

啪！

毫不犹豫的第三巴掌打了下去。

童染打完后甩了下手："打多了我嫌手疼，你今晚不要再出现了。"

她伸手扯下披风扔在边上，转身就朝楼上走去。

临转弯的时候，童染顿住脚步，洛萧瞬间感觉到希冀，抬起头看着她清美的小脸，听到的话却是残酷无比的："以后，除了'莫南爵'这三个字，我不想从你嘴里听到任何话。我爱他，我只会是他的，你就算关我一辈子，我也是他的女人。"

两个用人面面相觑，洛萧垂着头，嘴角疼得连话都说不完整："上去跟着她，别让她伤了自己。"

"是，少爷。"

餐厅内的气氛瞬间沉寂下来，孟瑶咬着唇走过去，手落在他的肩上："堂主……"

孟瑶并不习惯喊他少爷，在她看来，洛萧没做过一天少爷，少爷该是被人捧在手心里的，可孟瑶从未见过洛萧被这样对待。

洛萧垂着的头没有抬起，从这个角度能明显地看见他的侧脸已经红肿，他推开孟瑶的手："你回去吧。"

孟瑶并不走："我不回去。"

洛萧没有再睬她，转身去拿拖把，将地板上打翻的菜给弄干净。

这是他花了近五个小时才做出来的。

孟瑶弯腰要帮忙，洛萧却止住她："小染打翻的东西，我来收拾就好。"

孟瑶只觉喉间一阵苦涩，不由自主地问道："你认识她很久了吗？"

洛萧将抹布拧干后放在边上，走到双开门冰箱内取出洋葱和鸡蛋："从小她就跟着我，我们一起长大的。她今年多大，就认识我多久。"

孟瑶怔住："二十二年？"

"我只是丢了她几个月而已，我想，我能补回来的，"洛萧低头切菜，浅薄的刘海遮住眼角，他薄唇微张，说出来的话，也不知道是给谁听的，"也没多久，就几个月而已。"

他切洋葱的手猛然顿住，孟瑶还未开口，就见洛萧抬手抹了下眼角。

孟瑶一怔，走上前去："堂主……"

她刚靠近，洛萧便别开脸，转身去拿碗："你回去休息吧，小染一天都没怎么吃东西，我给她下碗面。”

孟瑶收回想要抱住他的手，看了眼楼上：“那你下好，我端上去吧。”

“不用。”

“可是她会打你……”

洛萧将面条放入小锅中：“她心情不好，打我要是能舒服点，也没关系。”

“那你早点休息，我先回去了。”孟瑶什么也没再说，转身出了门。

脚步声渐远，洛萧垂下头，无数难言的情绪涌了上来，冲撞得他眼眶泛酸。

他愣怔良久，直到小锅内的水潽出来烫到手，他才回过神。

一碗热气腾腾的鸡蛋面被盛入碗内，洛萧端着走上楼，站在房间门口时竟然有些害怕。他犹豫了下，还是抬手敲了敲门：“小染？”

两个用人害怕她自杀，几乎是二十四小时盯着她，其中一个过来拉开门，见到来人惊讶了下：“少爷。”

洛萧面色温和：“都下去吧，今天早点休息。”

用人面面相觑，点了点头：“是。”

她们退下去时将门带上了。

洛萧端着碗走进来，童染并未休息，她靠在阳台的栏杆上，一手穿过去，似乎正抱着栏杆出神。

洛萧在她身边站定：“小染。”

童染动也没动一下。

“吃点东西吧，”洛萧蹲下身，取过一张凳子，将碗放在凳子上，“吃不下也吃几口，天很冷，不吃睡觉很冷……”

砰！

童染猛然抬起腿直接将整个凳子踹翻，滚烫的面汤洒在洛萧身上，他的整只右手瞬间被烫红。

洛萧并未起身，低头将碎瓷片收拾起来：“我再去下一碗。”

童染站起身来，居高临下地看着他：“放我走。”

洛萧将东西都收拾好，伸手握住她的手：“小染，那几个月的时光我会补回来，我可以取代莫南爵，他做过的事情我都可以做……”

童染抽回手，冷笑着退后一步，竟真的无法再对他生出任何感情。她这才发现，有些东西若是被消耗殆尽，真的就是一瞬间的事情。

她冷着声音，每一句话都是直接刺中他的痛处：“莫南爵只做过一件事情，那就是走进了我的心里，这件事情你从未做到过，以前没有，现在不行，将来更不可能，一辈子也不会做到。既然这样，我们何必互相折磨？”

洛萧垂着头，眼中似闪着水雾：“小染，你说我从未走进过……你的心里吗？”

童染眉目冷淡，摇头道：“从未。”

两个字就像是落定在尘埃里，激起千层阴霾。

洛萧张张嘴，双手不自觉地攥紧。

童染别开视线，转身走回窗台边：“我想安静地坐会儿，你要是不放心就让用人上来看着我，但是我不想看见你。”

洛萧打开门走了出去，脚步很轻，生怕吵着她。

容沁最近算是在学校扬眉吐气了一把。

她拎着 LV 的包包走进教室，全身上下都是名牌，小脸上也化了妆。

她再也不是那个人人都瞧不起的穷学生了！

她一坐下，便有好几个当晚在千欢包厢里的女同学凑过来，你一言我一语：“小沁，你好几天没来上课啦！那天晚上后来……怎么样啊？”

容沁叠着双腿坐在座位上，细细地盯着镶着钻石的指甲，有钱就是好，要什么有什么：“很好啊，我现在是爵少的女人。”

“哇……真的吗？”几个人对视一眼，都凑过来巴结她，“谁叫小沁你长得漂亮呢。”

容沁脸上尽是得意的神色，几个女生忙道：“小沁，你看下届南音的 Driso 大赛，爵少能不能帮我们也……”

容沁收回手，十分傲慢地道：“这个看我心情吧，我今天还得陪爵少呢，课我就不上了，走了。”

她微仰着下巴，在众人的艳羡和议论中走出了教室。

容沁只觉得身心都得到了巨大的满足，她要的就是这种感觉，被大家所羡慕，能够穿金戴银，奢侈品什么都有，而且还能有个那么完美的男人，这样双丰收的事情谁不喜欢?

她蹬着七厘米的高跟鞋走到校门口，一辆红色的轿车停在她面前。

容沁拉开车门，一眼就看见了司机，视线扫过车内空空的后座，她不满地噘起嘴："为什么爵少不来接我？"

"爵少从来不接女人，"司机直视前方，按照莫南爵吩咐好的说，"废话那么多做什么，叫你上车就上车，要不就自己打车去。"

"你……"容沁气得伸手指着他，"你敢这样跟我说话？"

司机发动车子就要开走。

容沁跺跺脚，只得弯腰坐了进去，将包往边上一放："开快点！"

司机并未睬她，将车开到了帝豪龙苑门口。

容沁脸上瞬间雀跃起来，小跑着过去，周管家替她开了门。

莫南爵坐在沙发上，搭着条腿，手里拿着报纸。

容沁换了鞋走进来，捋了捋烫成大波浪卷的头发，走到茶几边："爵。"

男人专心看着报纸，并未抬头。

"爵？"容沁又喊了声，男人还是没反应。

她将敞口毛衣的领子再拉下去点，走过去想要在他身侧坐下来："爵，你怎么不理……"

莫南爵突然仰起俊脸，抬起一条腿止住她的动作："别乱坐。"

容沁一怔："爵，我……"

"规矩我都说过了，"莫南爵折下报纸扔在边上，双手环胸，俊目不冷不热地睨着容沁，"我不喜欢女人靠我太近，需要你靠近的时候我会告诉你，平时保持好距离，黏着我的女人我很快就会腻，懂？"

容沁点点头，他定是女人太多，才会有这样的习惯，她站在边上："我懂了。"

"好，"莫南爵端起边上的咖啡抿了口，看一眼时间，"晚上住下来吧，这几天都不用去上课了。"

容沁咬着下唇，掩饰住雀跃："好，我都听你的……"

莫南爵并不愿意多说，起身后朝楼上走去。容沁想要跟着，男人冷着俊脸回过头来："看来我方才说的话你一句也没听进去。"

"不是的……"容沁退后几步，走到沙发边，"爵，我在楼下等你。"

莫南爵转身上了楼。

周管家摇了下头，少主对待不同的女人态度也差太多了，童小姐在的时候是一步都不能离开他身边，连吃饭都是抱着吃的。

容沁在楼下等了三个多小时，她并不敢坐下，可站着也无聊，便对着一旁打理盆栽的周管家道：“喂，我问你，爵以前有过几个女人？”

周管家头也没抬一下。

“喂！老头，叫你呢！”

容沁又喊了一句，周管家还是没理，她索性从包里掏出几张百元大钞走上前，直接扔在地上：“拿着，回答我几个问题。”

周管家翻个白眼，笑话，他会缺钱吗？

他还是专心剪着枝叶，容沁见他这般冷淡，伸手推了他一下：“我在问你话，你耳朵聋了不成？”

周管家还是没理。

容沁气得半死，拽着周管家的胳膊将他拉起来，抬手就要朝他脸上掴去：“你一个用人凭什么敢用这样的态度对我……”

手腕却蓦地被抓住。

容沁只觉得眼前一晃，一道颀长的身影挡在了周管家身前。

莫南爵阴沉着俊脸，抓着容沁的手用了下力，浑身散发出的戾气无比慑人，连嗓音都是冰冷的：“你想打他？”

“是，是他先不尊重我……”容沁瞬间换了张脸，软下神色，“爵，我不是那个意思，我是怕用人脾气不好，万一以后害了你……”

“滚！”

莫南爵用力一甩手，容沁整个人便向后跌去，男人抬起修长的双腿朝她走去，周管家忙上前抓住他的手：“少主，算了……”

莫南爵居高临下地冷睨着她，字字如冰：“他就相当于我的长辈，你打他就是打我，我现在给你这个机会，你可以站起来抽我一巴掌试试看。”

容沁哪里敢，早已吓得双腿发软，一个用人而已，没想到莫南爵如此看重：“对不起，爵，我以后不会了，我一心一意都是为了你……”

莫南爵嘴角忽然勾起一抹笑，他蹲下身，挑起眉头：“你说，都为了我是吗？”

容沁忙点头：“是啊，爵，我是爱你的……”

“是吗？”莫南爵闻言点头，站起身后双手插兜，“那更好了，我不怪你，起来吧。”

容沁不懂他为何转变得如此快，但反正他不生气就好，她站起身来：“爵，我……我晚上补偿你。”

莫南爵眯起眼睛：“不用晚上了，就现在吧，”他转头看向周管家，“去把二楼的客房收拾一下，我们要用。”

“哎，好……”

容沁咬了下嘴角后开口问道：“爵，为什么不能在主卧？”

“主卧？”莫南爵精致的下巴微微抬起，“我从来不让女人进主卧，这点以后不要再问。”

“好……”

客房很快就收拾好，容沁跟在莫南爵身后上了楼，男人并未直接进去，而是接了个电话后，让用人到三楼主卧将笔记本电脑拿了下来。

用人将电脑放在桌子上，容沁进去便开始脱衣服，她将毛衣脱下来，露出里面的紧身背心，然后弯腰准备脱裤子。

莫南爵推门走进来，见状皱起眉头：“你做什么？”

容沁咬着唇，手还停留在牛仔裤拉链上：“我……我服侍你。”

男人眼底浮现一抹厌恶，抬脚走到桌边，并不看她一眼：“先等等，我有点事情要处理。”

容沁点点头，走过去，抬手想要抱住他的肩，可又不敢，只得装出一副怯生生的模样站在边上。

莫南爵将笔记本电脑打开，登录个人系统后，输入账号密码。

他并未将容沁支开，她站在边上，默默地将账号和密码都记了下来。

看来，莫南爵是真的把她当成自己人了，容沁想，如若不是这样，他怎么可能在她面前毫不掩饰地处理公事？

男人修长的手指熟练地敲打着键盘，屏幕上顿时出现了一长串文字，每一行都用红字标注了，容沁看了一眼，是交易地点和交易金额。

界面的上方还显示着红色的禁字，显然是机密文件。

莫南爵目不斜视，旁若无人地将事情处理好，退出了系统，合上笔记本电脑，站起身来。

容沁忙低下头去，伸手又要脱裤子。

莫南爵双手插兜，冷睨着她的动作，眼底的厌恶越发明显。他抬脚朝浴室走去：“我去冲个澡，你在外面等我。”

容沁知道这也是他的规矩：“好。”

男人转身进了浴室。

里面传来哗啦啦的水声，容沁望了一眼紧闭着的浴室大门，有些紧张，可想到洛萧吩咐过的事情，便踮着脚走到桌边，伸手将笔记本电脑打开。

浴室内，莫南爵斜倚在水池旁，边上的淋浴开着，水珠时不时地溅到他精致的俊脸上。他抬起手，在墙壁上轻划了两下。

大理石墙壁上立即出现了个屏幕，显示的正是房内的情况。

容沁半弯着腰，时不时朝浴室这边看一眼，她按照男人刚才的步骤点开了那个系统，而后将偷偷记下的账号密码输入进去，顺利地登录了界面。

容沁眼底有止不住的雀跃，她调出方才那个机密文件后掏出手机，关了静音对准屏幕，一张张地全部拍了下来。

浴室内，莫南爵叼着根烟，薄唇轻吐出烟雾，睨着屏幕里女人的一举一动，嘴角冷冷地勾起。

这些文件都是真的，上面的交易也都是真的，她若是发出去了，对方去埋伏，肯定会成功。

一次两次的甜头，才会换来第三次的深信不疑。

只有这样，才可以……

莫南爵眼里露出讳莫如深的笑，他伸手将屏幕收起，转过身将烟掐灭在水池里。

浴室里水汽氤氲，镜面上都染了一层水雾，男人抬起修长的手指随意地在镜面上划了几下，放下手时，莫南爵抬起头来。

“童染”两个字清晰地印在镜面上，几滴水珠顺着“染”字的边缘滑落下来，拉出一条长长的线。

莫南爵双手撑着池台，视线一眨不眨地落在那两个字上面。

随后男人眯起眼睛，倾身靠过去，俊脸离镜面很近，氤氲的水雾将他精致的眉眼都衬得有些迷离。

莫南爵薄唇动了动，那两个字硬生生地卡在喉咙口，冲出来的时候，连带着将这么多天的思念一起撞碎：“童染……”

是谁说只有想念才是会呼吸的痛？只要深爱，就算不呼吸不想念，还是痛。

甚至比想念更痛。

男人弯下腰打开水龙头，掬起冰冷的水泼到脸上，随后抬起俊脸，凝视着镜面上的那两个字，精致的嘴角勾起浅笑，眼神柔和。

直到那两个字完全被新的水雾所覆盖，男人才直起身体，取过毛巾擦干净脸上的水珠，转身走了出去。

房内，容沁已经将照片发出去后删除了，并脱了衣服坐在床上，用被子裹住肩头，满脸希冀。

男人走出来后拿起西装外套穿上，看也没看她一眼，容沁见状忙直起身体，雪白的双臂露在被子外面："爵，你不过来吗？"

莫南爵眉头皱起，还未开口，口袋里的手机便响了起来。

是陈安。

莫南爵头一次觉得陈安的电话来得及时，他接起后只说了几个字："好，我知道了。"

他挂了电话后抬脚朝外面走去："我有点事，你先睡吧。"说完转身出了客房。

容沁咬着唇坐在床上，本以为今天可以好好地取悦他一下，再顺便要点东西……

他居然就这么走了！容沁抬手捶在被子上，神色懊恼。

电话那头的陈安更是摸不着头脑，知道了？知道什么？

他就是问一下莫南爵晚上去不去千欢潇洒，有必要这样敷衍他吗？！

陈安将电话丢开，一脸不爽地起身走了出去。

今天天气很好，童染来南非之后都是阴沉的天气，出太阳倒是头一次。

她依旧坐在窗台边，难得地伸手将窗帘拉开，让耀眼的阳光照射进来，紧接着她起身就要去推开窗户。

两个用人瞬间紧张起来，忙过去拉住童染的胳膊："洛太太，还是我们来吧……"

童染嘴角的笑意还未绽开，便瞬间勾起一抹冷讽，她退开身，垂下双手：

“是啊，我记性真差，都忘了我正在坐牢，怎么能随便乱动？”

两个用人不敢说话，怕她一个冲动会跳下去，只是将窗户推开一道小缝。

童染别开视线，天天闷在这屋子里，脑子都会闷出问题来：“我什么时候能出去走走？”

“这个……”两个用人对视一眼，其中一个唯唯诺诺地开口，“要问过少爷之后，才……”

“不用问了，我要下楼走走。”

她说着转身就要出去，两个用人忙要拦住她，童染冷着小脸回过头来，声音更是冷冽：“谁敢碰我一下？”

用人吓得忙将手缩回去，少爷这么捧着她，要是她告个状，她们哪还有命活？

童染转过身去，走出房间时，两个用人在身后紧紧跟着，生怕她做出什么事情。

童染也不阻止她们，下楼后视线扫了一圈，定格在冰箱上。

她缓步走过去，冰箱的门上贴着几张小字纸，上面用黑色水笔写着牛肉面和鸡蛋面的做法，是洛萧的笔迹，记录得十分详细。

童染眼底浮现出嘲讽之意，伸手将贴纸撕了下来。

用人忙出声：“洛太太，那是少爷亲手写的，说要是您饿了他不在，就让我们按照上面的步骤做给您吃……”

“是吗？”童染将小贴纸撕成两半，揉成团后扔进了边上的垃圾篓，未再看一眼，转身便朝外面走去。

别墅外面是一个大花园，种着许多好看的稀有花种，童染并未见过，走过去看了一眼：“这些都是什么？”

其中一名用人知道这是堂主拿来做实验用的，但不可能实话实说：“只是为了好看的。”

童染顿觉失了兴趣，直起身体，抬眸朝前面看去。

花园的尽头是一堵深红色的高墙，顶端还有尖刺，一直延伸出去，将整栋别墅包围了起来。

童染皱起眉头，这才发现，连别墅也是深红色的。

她在花园里站了一会儿，却觉得比在房间里更闷，这里毫无生气可言，四周透着阴沉之气，压抑得人喘不过气来。

她抬脚朝前面走去，还未走到门口，用人便出了声：“洛太太，这里就差不多了……”

童染冷笑一声，顿住脚步。此时，大门被打开，洛萧穿着件白色衬衫走进来，外面还停着一辆车。

男人抬起头，一眼就看到了她，嘴角瞬间勾起笑容：“小染……”

童染的视线却定格在外面的车内，一个圆滚滚的蓝色身影正扒在车窗上，一对滴溜的大眼睛也瞅见了她，正一个劲地蹭着脑袋要朝她扑过来。

是楠楠!

童染瞬间睁大眼睛，脸上第一次有了笑容。她抬脚就朝外面跑去，洛萧见状忙跟上：“小染……”

童染并不睬他，跑到车前，手贴住车窗，楠楠立马便伸出小舌头舔着车窗，仿佛在舔她的手心。

洛萧跟着上前来，见状眉头一皱，这只猫怎么会在这里?

车门很快被打开，一个手下拎着楠楠走出来，他脸上也满是疑惑：“少爷，这小东西是我方才在直升机里发现的，应该是之前就躲在里面了，也不知道是怎么蹿上去的。”

洛萧眉宇间浮现阴霾，这猫应该是之前在病房里就没出去，然后一直跟着他，跟到了直升机上。

童染眼底荡漾着惊喜之色，她伸手将楠楠从那手下手里抱过来，小家伙一到她的怀里就像是浸进蜂蜜里，小脑袋一个劲地朝她胸前蹭：“喵喵……”

童染眉眼弯弯，小脸上绽放出清美的笑容，她伸手轻抚着楠楠的头顶，完全恢复了以往的温柔：“你怎么野到这里来了？又不听话了，想我了没？”

洛萧看着她甜美的侧脸，头一次发现，她笑起来竟然这般动人，在阳光下，美到令人移不开眼。

他双眼中流露出深深的爱恋，走过去伸手想要搂她的腰：“小染，你要是喜欢，我们就把这只猫养……”

啪!

童染蓦地抬起头，扬手就是一巴掌。

洛萧侧着脸，伸出去的手僵在半空中，握了握拳后收了回来。

童染没再看他一眼，抱着楠楠一边笑着跟它说话，一边转身朝别墅内走去。

洛萧一动不动地站着，并未立即跟上去。

那手下吃惊地瞪大双眼，抬头望了一眼童染的背影，而后又看了一眼洛萧，张了张嘴，却什么也不敢多问："少爷，我，我先回去了……"

"嗯，"洛萧点点头，仍站着没动，"回去吧。"

那手下离开后，洛萧在原地站了一会儿，直到脸上火辣辣的感觉消退了些，才转身朝别墅内走去。

二楼房间里，童染抱着楠楠坐在大床上，小家伙这些天应该没吃好，虽然圆滚滚的，整个小身体还是瘦了一圈。它趴在童染的腿上，抬起小爪子去摸她的胸。

童染啪的一下将它的爪子打开，眉梢眼角都染着笑意，整个人仿佛有了些许生气："你怎么跟莫南爵一样色？"

"喵喵——"小家伙咬着她的袖子想要站起来，它不要趴腿上，为什么男主人每次都能埋在她胸前，它就不行？

"听话，"童染伸手揪住它的后颈，将它拎了起来，"你再不听话，回去就让莫南爵来收拾你。"

楠楠伸了下小舌头，听到"莫南爵"这三个字竟不敢再动了，只是睁着一双圆溜溜的大眼睛看着她。

童染将楠楠放在腿上，俯下身，脸蹭着它毛茸茸的头顶，叹了口气，声音陡然哽咽起来："楠楠……我好想他，怎么办？"

洛萧走到房门口时，听到的就是这句话。

他眯起眼睛，胸口堵着的一口气怎么也咽不下去，嫉妒吗？

洛萧攥紧双拳，怎么可能不嫉妒？他做梦都恨不得杀了莫南爵！

可是嫉妒有用吗？洛萧收回思绪，抬脚走进房间。

童染本是笑着在对着楠楠说话，听到脚步声后抬起头来，看见来人，笑意明媚的小脸瞬间冷淡下去。

她抱起楠楠，身体朝床头靠去："出去。"

洛萧并不动，站在床边看着她："小染，我之前从锦海带了些东西过来，是些以前的东西……"

"我不需要，"童染怀抱着楠楠，整个身体都蜷了起来，"我再说一遍，出去。”

洛萧无视她的拒绝，转身朝外面走去：“我去拿来给你看。”

童染对他的话置若罔闻，只摸着楠楠的脑袋。

洛萧下楼后吩咐用人将东西都搬上来，他手里抱着好几个相册，都是小时候留下的。

他将相册和那些奖状，以及他们曾经一起做过的布偶、用过的蜡笔、看过的小说一一放在大床上：“小染，你看。”

洛萧嘴角勾笑，强行抱住童染的腰将她提起来：“来看看。”

童染用力推开他，起身站在床沿边，居高临下地睇了一眼。

洛萧见她如此冷淡，便拿起一本相册翻开，里面都是他们高二去春游的照片，童染靠着他的肩膀，两人脸上都是青春洋溢的笑容。

“你看，那时候你喜欢吃……”他将相册递到她眼前。

童染低头看了一眼，当时她笑得真开心，旁边靠着的男孩子穿着白衬衫。她别过头，明明洛萧今天穿的也是白衬衫，可真的完全不一样了。

她收回视线，突然开口：“我饿了。”

洛萧一怔，随后喜上眉梢：“你想吃什么？”

“随便吧，”童染神色冷淡，伸手接过相册，“就你上次煮的面，行吗？”

行，怎么会不行？

洛萧嘴角染上笑意，转身朝楼下走去：“我现在就去给你煮。”

“等等，”童染出声喊住他，伸手指了下边上的用人，“让她们在房门外看着吧，我想认真看看这些东西，有人在我会不舒服。”

“好，”洛萧点点头，她这么说，就是肯回忆他们的过去，只要她肯，他相信她一定能重新爱上他，于是忙开口吩咐道，“都在门口等着，别打扰她。”

“是，少爷。”

房门被轻轻带上，房内只剩下童染和趴在软椅上的楠楠。

童染将手里的相册扔回床上，转过身来到梳妆台边，将最底下的一个抽屉拉开。

她记得里面放着什么。

洛萧动作很快，一碗鸡蛋面十多分钟就出锅了。他将面盛在碗里后，端起就朝楼上走去。

房门外，用人神色有些不对，可也不敢进去，看见洛萧走过来，她们忙出声喊道：“少爷……”

洛萧皱起眉头：“怎么了？”

“里面……”用人对视一眼，低下头去。

洛萧走近几步，立刻闻到一股味道，他眼眸沉了下，抬脚就将房门踹开！

一眼望进去，他看到的便是燃起的火光。

整张圆形大床都被点燃，堆在中央的那些相册、布偶、玩具……通通跟着一起燃烧着。

整个房间都因火光染上炙热，灼烧得人忍不住后退。

洛萧惊得睁大眼睛，端着碗走近两步，见童染正站在床边：“小染……”

“我们的曾经，我烧了，”童染怀里抱着楠楠，小脸上没什么表情，“燃烧成灰烬更好，不然时不时疼一下，于你于我都不是件好事。”

“……”洛萧怔在原地，眼眸里沁出哀戚，眼睁睁地看着他视如珍宝的东西被这样烧成灰烬……

童染擦着他的肩膀走出去，洛萧被撞得晃了下，童染拐弯下楼：“我要去花园散散步，你们不跟着我吗？”

两个用人面面相觑，洛萧垂下头去：“跟着她，让其他人做点吃的，她饿了。”

“是，少爷。”

脚步声渐远，洛萧缓缓蹲下身，火越烧越大，连带着四周的家具都被烧焦。他伸手拿起一本烧得只剩下边角的相册，紧紧地将其捏在手里，怎么也舍不得放开。

童染走到花园里，看向冒着黑烟的二楼卧房，眼底闪过水光。她看了片刻，伸出手背遮住双眼，将视线别开。

火很快被叫来的人扑灭，洛萧命人将房内的东西都搬出去，重新买了新的进来。

童染什么也没再同他说，晚上用人安排她住三楼的卧房，她点点头，抱着楠楠安静地走了上去。

孟瑶一整天都在外面办事，晚上回来的时候才听用人说到下午的事情。

她抿着唇，神色复杂，抬头看了一眼三楼："那堂主现在在哪里？"

"在客房，二楼的房间都受到点波及，家具还没换完。"用人如实汇报。

孟瑶点点头，转身走到客房，推开房门时，一股浓烈的酒气扑面而来。

她皱起眉头，将门关上后走进去，房内并未开灯，黑漆漆的一片也看不清人影："堂主？"

并没有人回答她，孟瑶抬脚向前，才走了两步，便被绊了下："啊——"

她猛地朝前栽去，手臂正好碰到落地灯的开关。

橙黄色的灯光亮起，孟瑶揉了下摔疼的膝盖，抬起头便看到洛萧坐在床下，手边摆着五六个空酒瓶。

他屈着一条腿，手肘搭在膝盖上，手里还握着一瓶酒。洛萧并不看她一眼，仰头就将瓶口对着嘴里猛灌。

这是孟瑶第一次看见他喝酒。

她睁大双眼，冲过去就将他的酒瓶夺了过来："堂主！你疯了？这样喝身体还要不要了？"

"滚开！"洛萧伸手将酒瓶夺回，将孟瑶推开，"别管我！"

他嘴角勾起一抹笑，却苦涩至极，一瓶酒很快被灌光，他丢开酒瓶，又拿起另一瓶。

孟瑶见状又要去抢，可洛萧并不给她这个机会，她抢了几次抢不到，索性过去同他并肩而坐："堂主，我陪你一起喝。"

洛萧不再开口，双目迷离地投到窗外苍茫的夜色中，醉得视线都开始模糊……

孟瑶也喝了不少，她本就没什么酒量，两瓶酒灌下去，就连手指头有几根都分不清楚了，头歪歪斜斜地朝边上靠去："继续喝……"

洛萧始终屈着一条腿，维持着那个姿势没变过，女孩子的头靠过来时，身上带着少女的清香，洛萧喉间轻滚了下，薄唇中吐出两个字："小染……"

孟瑶咂咂嘴，双手下意识地抱住他的胳膊："好冷……"

洛萧手背贴着额头，他其实已经彻底醉了，但仍旧强撑着想要站起来。他要去找童染，跟她说他爱她，他可以求她，求她再给他一次机会……

洛萧扶着床沿站起身来，孟瑶被他的力道带着也站起身来，她身体骤然悬空，双手下意识地抱住男人的腰："别走……"

洛萧身形摇晃了下，他本就站不稳，被孟瑶这么一带，两人一齐倒在了大床上。

孟瑶嗯了一声，喝了酒后浑身燥热，她忍不住伸手去扯衣领：“好热，不舒服……”

洛萧平躺在床上，怎么努力也睁不开眼。当真是头一次醉，却偏偏醉得这么厉害，他侧过身，手臂横过去正好搭在孟瑶的腰间。

“堂主……”孟瑶咧开嘴角，也是醉得神志不清了，主动凑过去抱住他的脖子，“我喜欢你……”

洛萧浑身一震，一股难言的燥热冲上心头，他喉间轻滚了下，难以抑制的沙哑声音从薄唇间逸出：“嗯……”

孟瑶将头拱入他的怀里：“睡觉了，不喝了……”

她柔顺的长发擦过他的下巴，洛萧再也忍不住，翻身将她压在身下，神色温柔，一下一下地轻吻着孟瑶的眼角：“小染，我爱你……”

窗外忽然刮起狂风，吹得树枝相撞，发出刺耳的声音。用人起床出来关窗户，突然听到客房传来一声娇柔的尖叫。

用人一怔，这声音……

她捂住嘴，连窗户也顾不上关，忙转身回到自己的房间。

第二天也是个好天气。

童染起得很早，穿了件白色长裙，洗漱后抱着楠楠从楼上走下来。

昨晚刮了一夜的风，一楼的窗户显然忘记关上，茶几上的东西被吹得乱七八糟的。

用人拿着毛巾从房间里出来，看到童染站在客厅竟然吓了一跳，忙转过身去：“洛，洛太太……”

童染皱起眉头，不明白她为什么神色闪躲：“怎么了？”

“没，没什么啊，”用人找不到掩饰，蹲下身开始擦桌子，“我，我打扫，要不您先上楼等着，我……我等下去喊您。”

童染看出不对劲，举步走过去站在她边上：“发生了什么事？”她眯起眼睛，“是不是他让你瞒着我什么事？”

“没，没有啊……”用人说着抬头瞥了一眼那边的客房，而后马上低下头去。

她这下意识的举动被童染敏锐地捕捉到，她知道肯定是有什么事情瞒着她。

她不想错过任何一个消息，便转身朝客房走去。

用人吓了一大跳，忙上前扯住她的袖子：“洛太太，您早上要吃些什么吗？我现在就给您准备……”

“不用，”童染摇头，“松开。”

“可是……”

童染冷着小脸：“我再说一遍，松开。”

用人怕她生气，只得松手，可依旧想挡着：“洛太太，要不您先去花园坐会儿……”

童染并不再睬她，抬脚朝客房走去。她知道孟瑶住在里面，伸手轻叩了几下门：“孟小姐？”

她一连喊了几声，里面都没人应声。

童染皱起眉头，真的以为出了什么事，又喊了一声：“孟瑶？”

仍是没人应。

童染神色凝重，直接伸手拧开了房门。

用人张大了嘴，想要阻止，可是已经来不及。

客房内，地板上散落着男女的衣物，凌乱不堪，一看便知是撕扯开来的。

大床之上，孟瑶靠在洛萧怀里，男人一手还搂着她的腰，二人露在被子外的肩膀都是未着寸缕的，而且显然都还没醒。

房内弥漫着疯狂后的气息，加上酒气，让人一推开门便能明白发生了什么。

刺眼的阳光从窗外透进来，照得洛萧眼皮跳了下。

他抬起手背遮住眼睛，只觉浑身酸软，头痛欲裂，费了好大力气才睁开双眼，当真是什么都不记得了。

他动了动肩膀想要起身，却感觉臂弯上沉沉的，定睛一看，竟然是孟瑶。

洛萧惊得坐起身来，视线扫过去，便同房门外站着的童染对上。

二人目光交会，洛萧双目苦涩，微微眯起眼睛，看见女子的大眼睛里涌出了嘲讽。

童染冷冷地勾起嘴角。

洛萧陡然一怔，随即侧过头，身侧的女人还睡着，显然昨夜醉得不轻。

地上横七竖八的都是空酒瓶，还有散落的衣服，他的、孟瑶的……

他只扫视一圈，就明白发生了什么。

洛萧张张嘴，想要说点什么，却不知道该怎么说，喉间生生卡住，所有能说的话，都好像被残忍地掐住。

“嗯……”

孟瑶翻了个身，一条手臂搭在洛萧腰间，迷迷糊糊地睁开双眼，不适地皱起眉头：“几点了……”

洛萧伸手将她的手臂拉开。

孟瑶感觉到身边有人，猝然瞪大眼睛，噌的一下坐起身来。

洛萧抬手撑住额头，双眼酸涩得睁不开，当真是头痛欲裂。

孟瑶这时也反应过来了，拉过被子裹住上身，张大嘴道：“这，堂主……”

童染抱着楠楠站在房门口，始终面无表情地看着这一幕，而后伸手将房门关上：“对不起，打扰了。”

洛萧猛然抬起头来，目光沉痛地看着房门被关上：“小染……”

两个字被红木门板隔绝开来。

洛萧伸出的手收了回来，快速掀开被子，捡起地上的衣服一一穿上。

孟瑶抓紧胸前的被子，看着洛萧穿好衣服后抬脚就要朝外面冲去，她鼻尖一酸，还是开口喊道：“堂主……”

洛萧顿住脚步，回过头去，一眼就看见了床单上那抹刺眼的鲜红。

他双目一刺，为的不是这抹鲜红，而是童染刚才的那六个字。

对不起，打扰了……

洛萧双手攥紧，自始至终未看孟瑶一眼，转过身拉开房门走了出去。

砰——房门被摔上，孟瑶独自坐在床上，伸手捂住嘴，眼泪夺眶而出。

洛萧快步走到客厅，用人正站在边上，看到他时有些愧疚地低下头：“少爷……”

“她人呢？”洛萧慌张地四处张望，并未看到那熟悉的身影。

用人怔了下：“太太吗？上，上楼去了……”

洛萧转身就朝楼上冲去。

三楼的走廊上，楠楠正扒着墙壁不肯动，小家伙牙齿倒是越长越锋利了，随便啃啃就能把墙啃个洞。

童染蹲在它身边，摸着它的小脑袋。

蓦地，耳边传来急切的脚步声，童染抬起头来。

洛萧站在三楼楼梯口，身上还是昨晚那件衬衫，上面满是干涸的酒渍，衣领并未扣起来，可以清晰地看到男人好看的锁骨上还有一条条抓痕。

童染淡漠地将视线别开，伸手将楠楠抱起来，转身就要走回房间。

“小染！”洛萧几步上前，冲到她身前，伸手拽住她的手腕，视线紧紧盯着她，眸中悲痛和哀求那么明显。

童染将手抽回来，抬眸同他对视，而后抬手就是一巴掌。

洛萧被打得别过头去。

童染神色冷淡地收回手：“方才在房间里看到的，我给忘了。”

她说完转身就朝房内走去。

“小染……”洛萧猛然伸手将她抱进怀里，用力将她抵在墙壁上，低头就要去吻她的脖颈，“我错了，对不起，对不起……”

他动作急切，仿佛想要证明些什么。

“你滚开！”童染气得小脸通红，抬腿就在他腹部用力一顶，洛萧吃痛退后两步。

童染双肩颤抖，拉紧衣领，眸中满是鄙夷：“洛萧，你真叫我恶心。”

洛萧双眼通红，喉间哽咽了下，胸口阴郁得难以解开：“小染，我错了……”

“你没错，”童染摇头，神色平静，“我不是你的，你也注定不是我的，洛萧，我们注定是要错过的。”

洛萧皱起眉头，俊脸上神色痛苦：“小染，如果今天这么做的是莫南爵，你就会原谅他对吗……”

“不，他不会的，”童染打断他的话，“他不可能会这样做。”

洛萧盯着她的脸：“他现在已经有别的女人了，锦海那边的人告诉我的……”

童染闻言心口抽了下，别开脸去：“那肯定是有原因的。”

“你就这么相信他……”

“对，我信他，”童染不想再多说，转过身就要走，“就算他有别的女人了，也不妨碍我爱他。”

身后的男人突然咚的一声跪了下来，伸手抱住她的双腿，将俊脸埋进她的腿弯处，声音沙哑到哽咽：“小染，对不起，对不起……”

童染觉得好笑，并未回头，只是微仰起小脸，对上窗外耀眼的阳光：“你要真觉得对不起我，就放我走，我相信莫南爵肯定在等我回去。”

她说完便用力蹬了下双腿，挣开洛萧后，走进房间用力摔上房门。

剧烈的撞击声使得整栋别墅似都颤抖了下，洛萧依旧跪着，浅薄的刘海搭在额头上，颈间女子留下的抓痕清晰可见。

孟瑶换好衣服后走上来，才走到楼梯口，便看见跪在房门口的洛萧。她脸上出现痛苦之色，几次想要抬脚走过去，可还是生生顿住了脚步。

她过去又能说什么？

什么也说不了……孟瑶抬起手背遮住酸涩的双眼，转身缓缓走下楼梯。

锦海市，千欢会所。

偌大的包厢内洋溢着奢华的气息，几名合伙人两两坐在一起，手里都拿着酒杯，谄笑着献媚：“爵少。”

莫南爵坐在最中央的位置，轻晃着酒杯。

容沁坐在他边上，顺势靠了过来：“爵，我要敬酒不？”

莫南爵双眸轻合，并未看她：“随你。”

容沁咬着下唇，想着能和这些生意上的人都打好关系，或许莫南爵能更看重她，便端起酒杯：“我敬你们。”

“哟，妹妹，”边上的人一条手臂搭过来，直接落在容沁的肩上，“爵少的新欢呢？”

容沁吓了一跳，想要躲开：“你做什么！”

那人喝多了，闻言竟直接搂住她的肩膀：“抱一抱呗，妹妹你叫什么呀？”

旁边的人见状忙伸手扯他：“你做什么呢！爵少的女人你也敢碰，昏头了？”

那人醉得不轻，搂着容沁不放，另一人凑到他耳边道：“你忘了？之前爵少的那个女人，跟这个长得还挺像，我们一哥们儿就是问了句她多大，摸了下脸，嘴都差点被打歪了……”

那人闻言心一慌，抬起头，却发现莫南爵上半身窝在沙发里，脑袋轻枕着靠垫，闭着眼，完全一副事不关己的模样。

那人见状知道他定不会管，借着酒劲胆子更大了，伸手摸向容沁的腰，掌心反复摩挲：“妹妹，还是学生吧？在哪里念书呢……”

“你放开我！”容沁不想当着莫南爵的面这样，伸手推拒，“你别这样，你松开——”

那人索性直接搂住她的腰。

容沁脸上一红，其实也不是不好意思，但毕竟人太多了，她抬起手，抓过桌上的一杯酒就泼了过去：“走开！”

“你——”那人瞬间清醒过来，伸手摸了下脸，“你敢泼我？”

容沁忙装出一副楚楚可怜的模样，转过去要抱莫南爵的胳膊：“爵，他欺负我……”

莫南爵皱起眉头，随手将酒杯甩开，站起身就朝包厢外面走去。

众人忙跟着站起来：“爵少……”

莫南爵头也没回，容沁忙拿起包追出去：“爵！”

男人走到外面，接过服务员手里的钥匙后准备跨上跑车，容沁忙冲到车边，身体几乎贴上他的：“爵，你要去哪里？”

莫南爵顿了下，转过那张魅惑众生的俊脸，神色被橙黄色的街灯打出一层朦胧阴影：“容沁，你最好摆正自己的位置，再多说一句，就给我滚！”

容沁一怔，也知道自己多嘴了，忙识趣地退开身，哽咽道：“对，对不起，爵……”

莫南爵冷睨着她委屈的小脸，嘴角勾勒出一丝冷笑，眯起眼睛，突然在想，这时候如果是童染，肯定不会这样，按照她那倔脾气，他若是这么说了，她八成直接转身就走。

当然，他肯定也不会这么说。

男人顿觉烦闷，插在兜里的手抽了出来，一个白色的小U盘被带出来掉在地上，莫南爵似乎并未看到，拉开车门，跨上去后便发动车子离开了。

容沁噘着嘴，可男人走了她也没办法，蹲下身将那U盘捡起来，看见正面刻着帝爵两个字。

她忙将U盘放进包里，抬手拦了辆出租车。

Chapter 2
录像带里的秘密

布加迪威航内，莫南爵一手握着方向盘，从后视镜里看到容沁弯腰捡起 U 盘，嘴角冷冷勾起，脚下一踩油门加快了车速。

跑车在街道上甩了几个尾，吱的一声横停在路口。

边上的人瞅了一眼，见是辆豪车，谁也不敢上前去说什么。

莫南爵双手搭在方向盘上，抬头看去，发现前方就是童染经常吵着要吃的那家煎包店。

不知不觉，竟然开到这里来了。

莫南爵推门下车，他只穿了件薄衬衫，冷风刺得他俊脸泛白，男人薄唇紧抿，走到长长的队伍边停住脚步。

他并未再上前，而是紧盯着队伍中的人，轻眯起眼睛，似乎还能看见童染跺着脚站在那里。她会伸手搂住他的脖子，整个人跟牛皮糖一样往他身上贴，嘴里还不停念叨："莫南爵，我好冷！"

他肯定会毫不犹豫地说她是自找的，然后伸手搂紧她。

莫南爵双手插兜，眼里沁出哀戚，他硬生生地将视线别开，转身准备回到车内。

此时，一个男声在耳边响起："爵少？"

莫南爵顿住脚步，俊目瞥了对方一眼，并不认识。

他懒得理会，抬脚便走。

林千岩忙追上来："爵少，我，我是童染的大学导师……"

莫南爵闻言顿住脚步，回过头来："大学导师？"

"对，小染是我们班的学生，"林千岩从兜里掏出根烟，"爵少，上次 Dirso 的事情麻烦您了……我一直没来得及感谢您……"

莫南爵并未伸手去接烟，林千岩一阵尴尬，只得没话找话："对了，爵少，上次我约小染出来吃饭，她好像胃口不太好，人也挺瘦的，现在好多了吗？"

"上次？"莫南爵眯起眼睛，"什么时候？"

林千岩报出个日期，正好是莫南爵去意大利的那几天。

男人敏锐地眯起眼睛："她胃口不好？"

"对，我看她吃东西好像不太舒服，本来要送她去医院，但是她执意不肯，我也就不好坚持……"

莫南爵俊脸一沉，他走之前怎么没听她说过不舒服，难道她有什么病瞒着他不成？

男人神色阴骛："她还有什么症状？"

林千岩吓了一跳，见莫南爵脸色深沉，还以为自己说错了什么话，忙摆手："没，也没什么，我估计是着凉了……"

莫南爵眯着眼睛，脑子飞快转着，一下子便想到他们去藏海市时，童染那些梦魇般的反应……

他眼中透出凛冽，又想到冷青说过的，洛萧当时没去意大利，是因为傅青霜对他说了件什么事，他才突然不去的。

这件事绝对和童染有关。

莫南爵没再多问，转身回到车上，直接将车开到了藏海市。

到藏海市的时候天已经微亮起来，莫南爵来到他们一起住过的那个沙滩前，将车停在外围，举步走了进去。

清晨的海面十分平静，莫南爵踩着柔软的沙粒，眯着眼睛，视线投入到蔚蓝色的海水中。

他颀长的身形在岸边站定，任由刺骨的海风拂面而来。

蓦地，身后传来脚步声，男人敏锐地侧开身，一个略微苍老的声音响起:

“是你啊，小伙子。”

莫南爵皱了下眉头，一眼便认出，是那个会催眠的老王叔。

他并未开口，老王叔见状笑了笑：“我就说你会回来的嘛，我看你对你媳妇儿还挺深情的。”

莫南爵眯起眼睛，一语直中要害：“你有话要对我说？”

“哎呀，现在的年轻人真是越来越聪明了，”老王叔将肩头的菜篮放下来，做了几个伸展动作，“其实也没啥，我就是想告诉你，你媳妇儿被人催眠过。”

“催眠？”莫南爵眸中寒光乍现，“你确定？”

“确定，我那天一看她的眼睛就知道了，不过当时她情绪那么激动，我肯定是不好说的，”老王叔点了下头，“而且她眼底水雾很浓，应该自己还不知道，也不知道是谁做的，真狠的心啊，好好一小姑娘给整成这样。”

莫南爵皱起眉头：“被催眠对她的身体有什么影响吗？会不会导致神经方面的问题？”

“这个说不准，但是最浅显的影响就是她绝对会经常头疼，做噩梦，”老王叔比画了下，“你想想，若是本该释放的东西却被封起来，肯定会痛。”

“不能看出她被催眠了什么？”

“这个看不出，”老王叔摇摇头，“说不定哪一天就想起来了，这个谁也说不准。对了，你媳妇儿没跟你一起来吗？”

莫南爵并未回答，抬脚就往回走，极淡地留下了两个字：“谢谢。”

老王叔瞅着莫南爵修长的背影，笑着摇摇头，径自挑起菜篮，朝自己的小屋走去。

莫南爵回到跑车上，双手紧握住方向盘。若说童染被催眠过，那毫无疑问，肯定只有洛萧做得出来。

莫南爵文着苍龙的修长食指在方向盘上轻敲着，胃口不好，洛萧还如此急迫地找人给她催眠，虽然不能确定催眠了什么，但……

男人眉头紧锁，抿起的嘴角舒展开来，一道光芒在脑海中乍现。

难道，是童染怀孕了？

莫南爵眯起眼睛，紧握方向盘的五指松开，掏出手机直接打给陈安。

约莫一分钟，那边才接起来，慵懒的声音带着起床气：“喂？”

“滚起来，”莫南爵口气不善，虽一夜未眠，却丝毫不觉得疲倦，“傅青霜怎么样？”

陈安伸手按向眉心，睁开双眼一看，才六点半不到：“你一大早的做什么？她还不就那样，还能变成天仙不成？”

“马上把她给我弄起来，我要见她，三个小时后到你那儿，她必须能开口说话。”莫南爵说完便挂上了电话。

“喂？爵？”陈安将电话移开，看了一眼屏幕上的结束通话，狠狠眯起眼睛，搞什么！

他低咒一声，却还是起身披上衣服，洗漱后便朝傅青霜的房间走去。

莫南爵到的时候，陈安正从房间里出来。

男人抬脚就要走进去，陈安一把扯住他，感觉到他衬衣冰冷的湿意，问道：“你去了哪里？”

莫南爵挥开他的手：“让开。”

陈安笑着搭上他的肩：“爵，我给你说，我用了点狠药，她是能说点话，但是我看她情绪很低沉，要不是叫人看着，她估计都要自杀。”

莫南爵瞥他一眼：“你确定她现在能把话说完整？”

“可以吧，不过我估摸着她不会告诉你什么，她对洛萧那么深情……”

“那要看怎么问。”莫南爵嘴角勾起抹笑，推开陈安的手就走了进去。

陈安向来是个喜欢看戏的货，也跟着走了进去。

房内，傅青霜穿着身干净的病号服坐在沙发上，双颊瘦得不成样子，神色黯然无比，双眼都没了光彩。

莫南爵抬脚走过去，在沙发上坐下来。

傅青霜极慢地抬起头来，看到他后瞬间吓了一跳：“怎，怎么是你？”

“你希望是谁？”莫南爵跷起一条腿，将打火机摔在桌面上，嘴角含笑，“洛萧？”

听见这两个字，傅青霜双肩颤抖了下，垂下头去，并未开口。

莫南爵睨着她的神色，知道若是直接问，她肯定是不会说的，男人思索了下，话锋一转：“我今天早上看见洛萧了。”

傅青霜双拳紧握。

莫南爵挑眉，继续胡说八道："还有你爸妈。"

傅青霜猝然抬起头："我，我爸妈？他们不是出了事……"

莫南爵并不知道这些事，但从她的话里听出意思，便顺着说下去："没出事，我看到他们和洛萧在一起。"

"怎么会……"傅青霜不解地皱起眉头，洛萧分明和她说，他们去了马尔代夫度假，不会再回来……

莫南爵看着她沉下去的脸色，也猜到了几分，试探着开口："洛萧似乎对他们态度不好。"

傅青霜咬住下唇："他们，还好吗？受伤了吗？"

"没受伤，"男人双眼微眯，话锋又陡然一转，"洛萧说要杀了他们。"

"不！"傅青霜噌的一下站起来，抬头望向门口，声音还是沙哑的，"我，我和洛萧的事情，和我爸妈没关系！"

"但是洛萧不这么想，"莫南爵双手环胸，视线似有若无地扫过傅青霜苍白的脸，"洛萧说，你掐着他的七寸不肯放过他，他杀你爸妈也是迟早的事情。"

傅青霜转过头盯着男人的俊脸："他怎么会告诉你这些？"

莫南爵继续胡说："因为我也找到了他的七寸。"

"不可能！"傅青霜睁大眼睛，"你怎么可能找到？"

"可事实是我确实找到了，而且得来全不费工夫。"

"你想怎么样？"

"我不想怎么样，反正洛萧的七寸现在是我掐着，我不会让任何人再接触，所以我在哪里找到，就把哪里给烧了！"

傅青霜闻言一急，直接脱口而出："你不可以烧掉我家！"

莫南爵嘴角勾起一抹笑。

傅青霜猝然反应过来，张大了嘴："你……你套我话？"

莫南爵直起身体，掏出根烟点燃："原来洛萧的七寸，就在你家里。"

陈安瞥了莫南爵一眼，这套话的功夫，他改天得好好学学。

傅青霜喉间哽咽下，坐了回去："我，我不会伤害他的，所以我不会再开口，你别想再套我的话。"

"好，我不套，"莫南爵薄唇轻吐出烟雾，衬得他俊脸迷离，"反正他等一下会来见你，你跟他好好叙旧。”

陈安闻言翻个白眼，真能扯，洛萧从哪儿来?

傅青霜更是难以置信，浑身一震：“他，他要来？”

“对，他听说你在我这儿，所以要把你买回去，”莫南爵倾身向前，将香烟掐灭在烟灰缸里，侧过头道，“他说把傅氏给我，换你回去。”

“不可能，他已经跟我离婚了，傅氏他也毁了……”

莫南爵轻挑了下眉，舌尖轻抵嘴角，突然开口：“他还说，你以后再也掐不着他的七寸了。”

傅青霜一怔：“童染都知道了？”

莫南爵顺着她的话点头：“对，我们都知道了。”

傅青霜下意识地开口：“你们都看了那盘录像带吗？”

莫南爵抬起精致的下巴，嘴角噙着的笑越发浓厚：“原来，是一盘录像带。”

“……”傅青霜彻底无语，想辩解都没了机会，只得闭紧嘴巴，一个字都不肯再说。

不过，莫南爵也不需要她再说，站起身看了陈安一眼：“我们既然已经收下了傅氏，就把她送回傅家吧。”

陈安一怔，这唱的哪一出？但他只得点头：“好的，爵少。”

傅青霜还想开口问什么，莫南爵却不给她这个机会，摔上门走了出去。

走廊上，莫南爵斜倚着窗栏，俊目远眺至窗外的山川间，突然伸出手拍了下陈安的肩：“你去。”

“我不要！”陈安用力挥开他的手，侧过脸去，“我死也不要扮演那畜生。”

莫南爵瞅他几眼：“你们身高差不多。”

陈安瞪着他：“你们不也差不多吗？”

“我比他高点。”

“一点点有什么关系？”

“做戏就做精准点，这样才能一击即中。”

陈安嘴角一抽：“我能做什么？”

“反正一会儿你就按我说的去做，保准一套就出。”

莫南爵掏出根烟就要点上，陈安发现他最近越来越喜欢抽烟，伸手将烟夺了过来："爵，你少抽点。"

莫南爵并不说话，又掏出一根点上，陈安无奈地看着："你就非抽不可？这东西对肺不好，我拿点别的东西给你代替，这瘾半个月你就戒掉了。"

莫南爵闻言抬起眸子，抬手吸了口烟："那行，你把童染给我，让我把整个肺切掉都成。"

陈安闻言只觉得鼻尖陡然一酸，他伸手拍拍莫南爵的肩："得了，当我没说。"

莫南爵又将视线移向窗外，轻弹下香烟，突然开口："童染被催眠过。"

陈安一怔："什么？被洛萧？"

"对。"

"什么原因？"

"不确定，"莫南爵蓦地眯起眼睛，"我估计是童染怀孕了。"

陈安瞪大眼睛："怀孕？！"

"有这个可能，我去意大利之前她没说过，应该是我去了之后她才知道的。"

莫南爵回想起那时在电话里，童染说等他回来要给他一个大大的礼物……

也许，她说的那个礼物，就是他们的孩子。

他们的第二个孩子……

莫南爵抬手贴上额头，侧过的俊脸上张扬着难以抑制的哀伤。

陈安看着也觉得难受，伸手握住莫南爵的肩头，将话题继续下去："爵，你是说童染有可能怀孕了，然后洛萧把孩子打掉了，给她催眠，让她忘记了自己怀孕以及孩子被打掉这件事？"

莫南爵眯起眼睛，双眸中透出狠戾之色："若是真的，我定要洛萧下十八层地狱来给我的孩子陪葬！"

陈安面色凝重："他让童染忘了自己怀过孕，是为了什么？"

"还能为什么？他要害我和童染的孩子，但又想要留住自己的美好形象，"莫南爵冷笑一声，"他不是最喜欢做这种事情吗？"

陈安皱起眉头："孩子如果真的被他打掉了……"

“如果没打掉，那后来我把童染接回来也做过检查，为什么没检查出来？”

陈安也觉得奇怪，照理说，是不可能的。

除非……

二人同时抬头，视线交会。

还是莫南爵先开了口：“难道，和童染被注射过 Devils Kiss 有关？”

“有可能，但是不能确定，”陈安侧过脸去，“Devils Kiss 对孕妇的影响我还真的不知道，而且，如果孩子还在，童染被注射过，这孩子我估计也不能要，八成……”

他顿住话语，“凶多吉少”这四个字并未说出来。

莫南爵精致的眉眼间笼上寒冰之色，那几天内发生过什么只有洛萧知道，他眼中戾气乍现：“两种情况，一、洛萧已经把孩子打掉了，然后让童染忘了这件事情；二、他没把孩子打掉，但也同样让童染忘了这件事情。”

陈安闻言思索片刻，开口问道：“如果是第二种，他为什么不打掉孩子？”

“因为，”莫南爵嘴角轻抿，眼中涌出冷讽与熊熊怒火，“童染之前流过产不适合打胎，又或者暂时没找到好的机会下手。像洛萧这样的人，都能眼睁睁看着我老婆流血，只要有机会，他怎么会放过我的孩子？”

他下意识就说出了“我老婆”三个字，陈安怔了下，而后点点头：“如果我们猜测的都是真的，不管是哪种情况，那洛萧怎么会那么巧就知道了童染怀孕……”

莫南爵转过身，双手撑住窗沿，猜测道：“这很好理解，傅青霜之前也怀孕了，很有可能是童染去医院的时候被她撞见了，洛萧平常对她不冷不热，傅青霜一时生气，就把这件事情说出来了，本想刺激洛萧，只是没想到……”

傅青霜肯定没想到会引发一连串事情，到最终把自己也害成了这样。

陈安闻言豁然开朗，这确实是最大的可能性。

莫南爵舌尖轻抵嘴角，双眸中溢出痛色。那是他的孩子，他和童染的孩子，若是真的出什么事，他定要让洛萧生生世世来偿还这笔债！

陈安知道他心里难受，伸手拍拍他的肩：“爵，这些都只是猜测而已，你别想太多，若是真的，那到时候……”

莫南爵眸中阴戾的杀气尽显，他双手紧攥，脸色阴鸷得骇人：“我会让洛萧死无葬身之地！”

“肯定，”陈安闻言郑重地点头，“就算你放过他，我也不会放过这么伤害过我哥们儿的人。”

莫南爵瞳仁中嗜血的因子被点燃，他双手插兜，转身朝楼下走去：“走，去傅家。”

先挖出洛萧的七寸再说。

傅家还是原来的样子，洛萧走的时候什么也没带走，就连衣服都留着没动，别墅内的用人已经回家了，只剩一个空荡荡的房子。

莫南爵迈着修长的腿走进去，身后陈安带着七八名黑衣人也跟了进来，几人将别墅内所有能藏东西的地方翻了个遍。

结果什么都没找到。

莫南爵站在客厅内，微仰起精致的下巴：“别翻了，要是这么容易就翻到，洛萧在这里住了这么久，还能没发现？”

陈安顿住动作走过来，同他并肩而立：“难道要把傅青霜接过来找吗？”

“直接问肯定不行，但是解铃还须系铃人，”莫南爵嘴角勾起抹笑，“傅青霜掐着洛萧的七寸，为的是什么？”

陈安答道：“为了留住洛萧。”

“这不就得了？”莫南爵抬头看了一眼时间，侧脸吩咐道，“晚上十一点派人去把傅青霜接过来，记住，将这房子周围的电路都掐掉，别让她看见任何人，接过来之后直接送到楼上的卧房。”

“是，少主。”

黑衣人恭敬地退下，陈安皱起眉头：“爵，你要玩什么？午夜凶铃？”

“你看着就知道，”莫南爵看他一眼，“你去楼上拿一套洛萧的衣服换上。”

陈安眉头皱得更紧：“我嫌脏。”

“那随你，”莫南爵走到沙发边坐下，搭起一条腿，“要么穿，要么就什么都别穿，顺带着和傅青霜上个床，套话更方便。”

陈安：“……”

他甩下手，转身就朝楼上走去：“莫南爵，算你狠！”

下来的时候陈安换了件白衬衫，衬出的温润气质确实同洛萧有几分相像。陈安低头瞅了一眼，眼神不屑：“这都是些什么鬼衣服。”

“还挺像，”莫南爵端起下巴望了下，“晚上你穿着这个站在外面，指不定就有冤魂认错人找上你了。”

“……”陈安黑着张脸抬起头来，“爵，这就是你不穿的原因？”

“我穿，”莫南爵魅惑的俊脸仰起，他眯起眼睛，“你觉得会像吗？”

陈安迎上他的目光，嘴角抽了下，确实不像，莫南爵这副魅惑精致的长相，同“温润”两个字死也搭不上边。

陈安无法再推托，穿着洛萧的白衬衫走过去，准备坐在莫南爵边上：“爵，那你说……”

莫南爵皱起眉头，抬腿挡住他:“滚到边上去坐，我看见这衣服就恶心。”

“还不是你叫我穿的？！”陈安气得吐血，黑着脸坐到边上，拿起报纸看了一眼后摔开，“那我晚上该做什么？”

“套话，”莫南爵端起杯子，瞥了一眼后扔开，双手交叉叠在脑后，“反正晚上房里就点根蜡烛，脸不用变，微弱的光线下傅青霜根本看不清楚，然后，你要做的就是假装自己是洛萧。”

陈安脸色更冷：“我怎么装？”

“你这样就挺像，待会儿回去弄个变声器，声音弄得跟他一样就行，”莫南爵眯起眼睛，“你就说，你得了不治之症。”

陈安抽了下嘴角：“什么症？”

“随便，反正你就跟傅青霜说你快不行了，这次回来是想赎罪的，希望能得到她的原谅。”莫南爵直起身体，食指在桌面上轻叩几下，“我敢打赌，她百分之百会先沉默，这时候你马上咳嗽几声，顺着地板跪下去，嘴里含个血袋，咬破吐点血，然后她会声泪俱下，冲上来抱住你。”

陈安嘴角僵硬得不行：“你真的确定？”

男人眉梢轻挑：“百分之百，傅青霜要是不这么做，我就跟你姓陈。”

陈安瞪他一眼：“陈南爵太难听了，我接受不了，要不，我跟你姓，叫莫安怎么样？”

“滚！”莫南爵嘴角勾笑，顺手拿起打火机朝他扔过去。

陈安笑着接过，而后又问道：“你刚刚说到她会抱住我，那然后？”

“你还能再蠢点？”莫南爵双手手肘撑着膝盖，闻言睨他一眼，“她抱住你，就会开始哭，说对不起，说她肯定会原谅你。这时候你就说，你知道她留着那盘录像带是为你好，从来没想过要找她拿回来……”

陈安对他的逻辑佩服至极：“然后？”

“然后，她就会放开你，转身去拿那盘录像带。”

“那我要跟着？”

“不用，”莫南爵眯起眼睛，“我估计，录像带八成就在他们的卧室里。”

陈安吃了一惊：“不至于吧？那洛萧会没发现？”

“他都没和傅青霜睡过，哪还会有什么心思去观察卧室？”莫南爵舌尖轻抵嘴角，“我敢保证，洛萧晚上八成不在这里住，他肯定有别的房子。”

陈安点点头：“反正晚上就知道了。”

莫南爵瞥他一眼：“你给我悠着点说话，别露馅了。”

陈安一脸不爽：“露了又怎么样？”

男人双眼一眯，陈安见状别过头去：“你最好态度好点，不然我故意说错几句话……”

莫南爵站起身就抓住陈安的肩膀，抬手将他掀起来，陈安整个人被他掀得向后翻，他忙抓住莫南爵的手腕求饶：“爵，我错了，我知道错了！”

“上次你让童染去坐牢，那笔账我还没跟你算，”莫南爵抓着他的肩膀，陈安根本不是他的对手，男人用一下力就能捏得他肩骨作响，“这次你要是搞砸了，我就让你也去牢里蹲个几年。”

陈安肩膀都快被捏碎了，忙点头：“绝对不会，交给我，我保证不搞砸，搞砸了我就跟那畜生姓洛！”

莫南爵嘴角勾起满意的笑，松开手，擦着陈安的肩走出去：“洛安才叫难听。”

“……”

男人大步走出去，外面传来跑车开出去的声音，陈安揉着肩膀站起来，边上站着的黑衣人垂着头，想笑又不敢笑。

陈安一个眼力丢过去：“你那是什么表情？！”

黑衣人忙站直身体："安少爷，没什么，我牙疼。"

陈安黑着脸："牙疼就拔掉！给我站好了，好好看着！"

"是。"

晚上十一点整。

傅青霜坐在黑色轿车里，前后座之间被挡了板子，她看不清前面人的脸。

她将头别向窗外，发现外面一片漆黑，连盏路灯都没有。

她攥紧手心，方才她被放出来的时候，莫南爵只说了一句话："帮我恭喜洛萧。"

傅青霜皱起眉头，什么意思？恭喜什么？

她怎么也想不通，更想不通的是，洛萧明明已经那样对她了，为什么还要把她买回来，难道真的只是为了那盘录像带吗？

她脑子里乱糟糟的，左手手腕被割破的地方刚拆了线，这时候还刺痛得不行。

轿车很快便到了目的地，司机的声音冰冷无比："下去。"

傅青霜咬着唇，推门下车。

外面依旧一片漆黑，她走了两步，借着微弱的月光，才看清这里是傅家。

傅青霜只觉得心头酸涩难言，伸手摸了下自己的小腹，里面曾经有个孩子，不管他是不是洛萧的……但，至少是她的孩子。

可现在，她连生孩子的权利都已经没了，就因为她威胁过洛萧，就连做母亲的资格都没了吗？

傅青霜擦掉眼泪，举步走了进去。

别墅内也是一片漆黑，傅青霜凭着记忆走进客厅，摸索着却打不开灯，想来，应该是停电了。

她几乎不用开灯，就准确地走到了卧室门口。

卧室的门并未关，傅青霜轻手轻脚地走进去，发现床头点着一支火光很小的蜡烛，而不远处的窗台边站着一个男人。

那背影简直和洛萧一模一样。

傅青霜张张嘴，难以抑制的情绪涌了上来："萧……"

陈安冷着脸站着，背对着傅青霜，双手攥紧，这种事情他实在是搞不来！

傅青霜见他不动，抬脚走上前，忽然伸手抱住了男人的腰。

陈安浑身一僵，连呼吸都屏住了，他喉间贴着变声纸，耳朵内戴着微型耳机。

傅青霜抱得很紧，声音很柔很轻，爱意很是明显："萧，我以为我再也见不到你了……"

陈安嘴角抽搐，连话也说不出来。

隔壁房间里，莫南爵双手环胸站在监视屏幕前，耳朵上挂着个耳麦，说话陈安可以听见，男人眯起眼睛："喊她一声青霜。"

陈安很想摔门出去，可他怕被莫南爵打死，还是稳住情绪开口道："青霜……"

这一声听在傅青霜耳里便是洛萧的声音，她瞪大眼睛，眼泪涌出眼眶："我没想到，你还愿意喊我……"

隔壁，莫南爵又对着耳麦说道："你说：我一直愿意，我一直觉得我对不起你，青霜，其实我对你有感情的，难道你看不出来吗？"

陈安差点要昏过去，这是在演电视剧吗？

他只得照着莫南爵的话说了一遍。

傅青霜闻言浑身一震，抱着陈安的手收紧，双臂都跟着颤抖："你……你那天说，和我一辈子都不可能……我，我以为你是真的讨厌我……"

莫南爵皱起眉头，又说："你说：我那天是被冲昏了头脑，但是我仔细想了，既然我们都结婚了，我何必再去纠缠童染，她和莫南爵那么相爱，所以我决定放手。"

陈安继续重复一遍。

傅青霜这次是真的吓到了，退后两步："萧，你说的，是，是真的吗？"

陈安点头。

洛萧从未跟她说过这话，傅青霜来不及细想，因为爱他，所以她肯定是高兴的："萧，你真的不恨我了吗？"

莫南爵微眯起眼眸盯着屏幕："你说：我从未恨过你，我一直发现不了自己的感情，直到发生了一件事情，我才豁然明白我对你的感情。青霜，对不起，原谅我，都是因为我的犹豫彷徨，让你受苦这么久……”

陈安：“……”

高手！

他一字不漏地重复了一遍。

傅青霜闻言眼泪越发汹涌，她突然低下头，将头埋在陈安的背后，抽泣道：“萧，你知道你那天说的话有多残忍吗……”

莫南爵在边上的靠椅上坐下来，搭起一条腿：“你说：青霜，你知道我犹豫彷徨了多久吗？”

陈安照说。

傅青霜双肩抖动，摇头道：“我不信，我不信……你明明说不爱我的，萧，你别骗我……”

真是个麻烦的女人，莫南爵舌尖轻抵嘴角：“你往地上摔。”

陈安双膝软了下，整个人向下跪去。

砰！膝盖磕到地板，陈安疼得嘴角一抽，莫南爵又说：“捂住嘴，把血袋咬破，干呕几下。”

陈安照做，弯下腰单手撑住地板，吐了一地的血。

他垂着头，另一手捂住胸口，临场发挥地开始剧烈咳嗽。

傅青霜大惊失色，忙蹲下身拍陈安的背：“萧，你怎么了？”

莫南爵看了一眼时间：“继续咳嗽，我说好就停。”

一分钟之后，莫南爵才开口：“停下，然后垂下头，断断续续地说：青霜，对不起，我没多少时间了……”

陈安照说。

傅青霜杏目圆睁，跪在陈安边上，脸色煞白一片：“萧，你，你怎么了……”

莫南爵端起咖啡喝了一口：“你说：我得了胃癌，晚期，治不好了。”

陈安说了一遍，最后还补了句：“医生说我最多只剩下三个月了……”

傅青霜浑身一震，整个人难以置信地向后跌去：“不，不可能！”

莫南爵将咖啡杯放下：“你说：我一开始也认为不可能，不过确认之后我倒是看开了，我想，也许这就是我洛萧的报应。青霜，我对不起你的感情，对不起的人太多了，我迟早要还这笔债……”

陈安照说。

“不！”傅青霜冲上去捂他的嘴，将头靠在他的肩上，“萧，你别说了，不是的，你没对不起我，是我对不起你……都怪我，我当初就不该威胁你……”

莫南爵双眼一亮，站起身将耳麦扶正：“你说：没关系，青霜，那盘录像带我不会找你要的。我没别的愿望，就是希望死后……”

这回没等陈安说完，傅青霜就抱住他，同他的脖颈相贴，陈安浑身僵硬到不行，傅青霜情绪激动，丝毫没有察觉：“萧，你不会死的，绝对不会的……”

莫南爵乘胜追击：“你说，我只希望能带着最后一点尊严死去，青霜，你能答应我吗？”

陈安说完后，傅青霜猛地开始摇头：“不！你不会死的！我马上就毁掉录像带，以后你都不用担心了，没人能再害你，萧，我保证再也不会了……”

说完之后，傅青霜擦下眼泪，扶着陈安的胳膊站起来：“萧，我这就拿给你，当着你的面毁了，这样我们就都不用难过了……”

莫南爵嘴角勾起抹笑：“你说：青霜，我真的很感激这辈子能认识你，和你结婚……”

陈安浑身都起了鸡皮疙瘩，说完后，更加坚定了傅青霜拿出录像带的想法。她抽泣着走到床边，突然伸手朝上面一指。

陈安和莫南爵同时顺着她手指的方向看去，是大床上挂着的结婚照。

莫南爵眉心一皱，已经猜到了什么。

傅青霜嘴角轻扬，继续开口说道：“萧，你看，我们照得多好看。”傅青霜走近几步，眼里满是珍惜之色，“萧，你还记得吗？大概就两个月前，你难得回来一次，我说想和你一起再去照一次结婚照，但是你拒绝了我……”

莫南爵说：“你说记得。”

陈安：“我记得。”

傅青霜神色变得黯然，似乎想到了当时的情况：“其实萧，我当时叫你陪我去拍婚纱照，就是希望你能把这幅婚纱照换下来，因为那录像带就藏在这婚纱照背后……”

莫南爵眯起眼睛。

陈安闻言怔了下，爵没猜错，果然在这卧室里！

傅青霜并未察觉到陈安的异样，继续说道：“萧，其实我给过你机会，如果你同意跟我拍婚纱照，那录像带早就会被你发现，我给了你机会的……”

陈安闻言摇头，洛萧也真是个蠢货，自己被人掐得死死的东西就放在自己床头上，他居然还什么都不知道……

莫南爵拿下耳麦，伸手将监视器屏幕关掉，与此同时，整栋别墅的灯骤然亮起来——

傅青霜猛然怔住，抬起头来。

卧室的门被推开，莫南爵双手插兜走了进来。

傅青霜瞪大双眼：“你……你怎么……”

莫南爵微仰起精致的下巴：“我来恭喜洛萧。”

傅青霜退后一步，回过头去：“萧，他……”

后面半句话还没说出口，她双眼瞪得更大：“你，你是……”

陈安将喉间的透明变声纸撕下来，伸手抹了下嘴边的番茄酱，一个眼力丢过去：“我差点被你勒死！”

傅青霜杏目圆睁，回想下刚才，瞬间明白过来，转过头去看莫南爵：“你……是你布的局！”

莫南爵俊目冷睨着她：“局是我布的没错，但是往下跳的人是你，难道我逼你了吗？”

“……”傅青霜张张嘴，哑口无言。

话确实都是她说出来的，她无法否认……傅青霜猛然冲上前就要去抢那婚纱照：“你们别想伤害洛萧，我不会让你们伤害他！”

莫南爵身后跟着的黑衣人几步上前抓住她的胳膊，将她拖下来后按在沙发上。

另一个黑衣人爬到床上，将那偌大的婚纱照相框从墙上取了下来。

黑衣人将边框全部砸碎，婚纱照从里面掉出来，随之滚落下来的还有一盘白色的录像带。

傅青霜瞪大眼睛，奋力挣扎："不，你们不可以拿——"

"洛萧都这样对你了，你还帮他说话？"陈安走过去站在她边上，"你连子宫都被摘除了，这辈子都做不了妈妈了，你忘了是拜谁所赐？"

傅青霜脸色煞白，陈安说的是事实，可她就是放不下："不……我不会伤害他的，我爱他……"

陈安瞥她一眼，懒得再说。

黑衣人将录像带交到莫南爵手上："少主，应该就是这个。"

莫南爵伸手接过，握紧后看向陈安："去你那儿。"

陈安点头，莫南爵转身朝外走去，走到门口又转身看了一眼傅青霜："把她也带上。"

二十分钟后便到了红房子别墅，莫南爵率先走下车，他并未吩咐将傅青霜关起来，陈安便带着她一齐进了房内。

几人在沙发上坐下来，傅青霜被按住肩膀，视线紧盯着那盘录像带，莫南爵开口吩咐："去把它放出来。"

"是，少主。"

嘀的一声后录像开始播放，画面闪烁了几下，是黑白的，拍得并不是很清楚。

是一个下雨的夜晚，雨滴滴落在镜头上，啪嗒啪嗒地响。

傅青霜咬住下唇，将视线移开，这录像带她不知道看过多少遍……

此时画面开始变化，传来哗啦的声响，是雨点打在车上的声音。

莫南爵眯起眼睛，画面很显然是在一段高速公路上，时间应该是凌晨，这时候并没什么人。

画面渐渐清晰起来，可以看到不远处停着一辆别克车，车牌也能够隐约看见，锦K5672。

是锦海市的车牌。

莫南爵同陈安对视一眼，男人眯起眼睛，眼底寒光乍现。

蓦地，别克车的车门被推开，一个穿着夹克外套的男人走下来，点了支烟，靠在车门边抽了起来。

随后，另一侧副驾驶的车门也被推开，一个女人跟过来站在男人边上，语气不悦："这种时候你抽什么烟？万一给人看到了怎么办？！"

莫南爵黑曜石般的瞳仁猝然收缩，是洛庭松和宋芳！

陈安也张大了嘴，他见过洛庭松，所以知道那是洛萧的父亲、童染的大伯……

画面中，宋芳伸手要去拿洛庭松手里的烟，却被洛庭松避开："怕什么？这时候都没人，再说，摄像头都是坏的，没人看见的。"

宋芳哼了一声："我叫你装摄像头你装了没？万一对方使诈……"

"装了，"洛庭松抬手朝镜头处指了下，"我就放在那边的栏杆上了，他发现不了的。"

莫南爵眯起眼睛，原来这录像带还是洛庭松自己拍下来的。

宋芳四处看了看："我早就说你那弟弟不是什么好东西，搞半天老头子还是把童氏留给他了，你捞着什么了？什么也没有！"

洛庭松狠狠吸了口烟："别说了，我早就想他死了，他死了童氏才会是我的！"

宋芳嘴角勾起冷笑："反正不管那人来不来找我们，童明海活着一天，你就得受窝囊气一天，所以这事不需要再犹豫，童明海肯定得死！而且，那人还给了我们一笔钱，何乐而不为？"

洛庭松只是抽着烟，并未再说什么。

宋芳见状推了他一下："你别再犹豫了，怕什么，萧儿现在虽然还小，可他是个男人，肯定得给他好的，你什么都没有，拿什么给萧儿？"

此时，画面中传来哗啦啦的声音，远处开来一辆车，没有车牌，是一辆加长版轿车。

轿车在二人面前停下，车门被推开，上面下来一个穿灰色大衣的男人："你们考虑得怎么样了？"

洛庭松将烟掐灭，站直身体，抬眸看着那灰衣男人："你到底是谁？"

那灰衣男人背对着镜头，看不见脸，声音很冷："这个你们不用管，我也是受人所托，反正只要杀了童明海，两百万就是你们的。"

洛庭松犹豫了下，毕竟这灰衣男人他根本没见过："可是我完全不知道你们的目的……"

灰衣男人话语简短："目的就是要让童明海死，还不明白吗？"

洛庭松还想说什么，宋芳却一口答应下来，她扯住洛庭松的袖子，对那灰衣男人说道："我替我老公答应了，我们本来就想让童明海死，一直找不到机会，这次就当替人消灾了，不过两百万少了点，要不再加点？"

灰衣男人倒是爽快："好，那就三百万。"

宋芳忙点头："好，好，就这么定了。"

灰衣男人四处看了看："你们确定他们今晚会从这里经过吗？"

宋芳点点头："他们夫妻两个去外地出差，晚上会经过这里，昨天告诉我们的，他们应该快过来了。"

"那好，"灰衣男人回到轿车内，"事成之后打我的电话，我再过来给你们钱。"

宋芳点头答应，加长版轿车瞬间便开了出去。

洛庭松望着那远去的轿车，不由得皱起眉头："这一看就是有钱人家的车，我很好奇童明海惹上了什么样的仇家。他们平常也挺安分的，没听说做过什么事……"

宋芳推他一下："你管那么多做什么？三百万啊，我不管，反正我答应下来了。"

洛庭松面色凝重，突然开口："那小染怎么办？"

"童染？"宋芳眼里闪过一丝厌恶，"随便，大不了送到孤儿院去，又不是你的孩子，你瞎担心什么？"

洛庭松摇摇头："她和萧儿感情那么好，你把她送到孤儿院，萧儿不得闹死你？"

"哎呀不管那么多了，到时候再说吧，先把这三百万拿到手。"宋芳转身上车，"你可别忘了，童明海要是死了，童氏就是你的。"

洛庭松听到这句话后脸上的犹豫瞬间散去，转身坐回驾驶座，宋芳系上安全带："我们直接撞不会出事吧？"

"放心吧，我都弄好了，"洛庭松朝外面指去，"你看见那儿没？那儿有个栏杆坏了，缺了个大口子，一直没人来修，底下就是很急的一条河，车子坠下去绝对没活命的可能性。"

宋芳看了一眼："你确定？我们可不能出什么事，萧儿还小……"

"这条高速路这么偏僻，连摄像头坏了都没人来修，你瞎担心什么啊，"

洛庭松双手落在方向盘上，“当时童明海来问我出差要走哪条路，我就推荐他走这条，本想让他自己出点什么意外，没想到刚才那人第二天就来找我们了，真是命中注定啊。”

宋芳这才放心地点点头：“那就好。”

二人坐在车里等着，画面到这里停了很长一段时间。

约莫一个半小时后，不远处再次传来车轮滚过雨坑的声音，宋芳探头出来看了一眼：“来了！应该是他们没错，也是辆尼桑……”

洛庭松点点头，双手握紧方向盘，待车声渐近的时候，他猛然踩下油门，别克车瞬间开了出去！

尼桑车驾驶座上的童明海本就看不清路，前车灯在来的时候撞坏了一个，此时只剩下一个，雨又实在太大，噼里啪啦的，视线都变得模糊。

他小心翼翼地踩着刹车，防止车滑，边上的苏澜手里还拿着件衣服：“这件小染穿肯定好看，我今天下午说买你还说丑……”

蓦地，一道刺眼的灯光从前方直直地照射过来，苏澜睁大眼睛，伸手拍童明海的手：“小心，有车，小心！”‘

童明海忙打方向盘，可是已经来不及，那道刺眼的光越来越近——

“老公，小心！”

尼桑车在路面急速转弯，车胎发出刺耳的摩擦声——

方向盘失控的最后一秒，童明海伸手去抓妻子的手：“小澜！”

苏澜双眼眩晕，手里还抓着给童染买的连衣裙：“老公，你快稳住，小染还在等我们回家，老公——”

砰——剧烈的碰撞声无比刺耳，苏澜瞪大眼睛，最后一次抓紧童明海的手：“老公——”

尼桑车被撞得朝边上飞甩出去，擦过栏杆后，直接滚进了底下湍急的河流！

“啊——”

凄厉的尖叫声划过上空，尼桑车坠入河中，不过几分钟便被接踵而至的暴雨彻底淹没，只剩下噼里啪啦的雨声。

洛庭松将车子在边上稳住，推门下车看了一眼，宋芳摸着胸口走下来：“吓死我了。”

洛庭松走到破损的栏杆边，低头想要朝下面看，宋芳拉住他："你做什么？！掉下去就没命了。"

洛庭松被宋芳拉了回来，见他神色复杂，宋芳骂了句："我就说你没出息！他死了是好事，我们以后就不用受气了。你多为萧儿以后想想，难道要让他出去给别人打工吗？"

洛庭松并不说话，宋芳伸手将他口袋里的手机掏出来，拨了个电话出去："喂……对，我们已经办好了，你现在过来吧，好的。"

洛庭松将车开回到摄像头所在的位置，二人站在公路边等了一会儿，方才那辆加长版的轿车便开了回来。

那灰衣男人走下车，洛庭松带他看了下童明海车子滚下去的地方。

灰衣男人确认过后走回来，满意地点了下头："好，既然事成了，那按照说好的，三百万，"说着，轿车内的人便递来一个箱子，灰衣男人将箱子交到宋芳手里，"点点。"

宋芳打开看了一眼，嘴巴都差点笑歪了："不用点了，我们相信你的。"

灰衣男人点点头："那好，交易结束了。"

他转身就要上车离去，洛庭松眉头皱起来，突然伸手扯住他："现在童明海已经死了，你能不能透露一下，他到底惹了什么人？"

灰衣男人拂开他的手："总之，是他不该惹的人。"

洛庭松似乎是想把他的脸拍下来，抬头盯着镜头的地方，故意开口："那是什么？！"

灰衣男人下意识转过头去看了一眼，只这一眼，便将他的脸清楚地拍了下来。

莫南爵猝然睁大眼睛，霍地站起身来，手里的玻璃杯掉在脚边后碎裂开来，发出砰的一声！

陈安也瞬间站了起来，神色满是难以置信，甚至惊恐地盯着屏幕："我的天……"

那张脸，分明就是……

莫南爵只是站着，一动不动，桃花眼微微眯着，一眨不眨地盯着屏幕上那灰衣男人的脸。

傅青霜看着他们的反应，不解地皱眉，开口问道："这个男人你们认识？”

莫南爵攥紧双手，胸口剧烈地起伏，眼底的阴鸷几乎能将人淹死。他久久未动，直到陈安伸手推了他一下：“爵……”

莫南爵喉间轻滚了下，声音沙哑得不成样子，精致的眉眼染上哀戚之色：“去把他带来。”

傅青霜闻言瞪大眼睛，显然是吓到了：“天……你们，你们真的认识他？”

莫南爵脸色阴沉，犹如黑洞般嗜血：“洛萧……知道他是谁吗？”

“不知道，”傅青霜摇摇头，“我们都很好奇这个人是谁，萧曾经找这个人找到发疯，动用了所有认识的人去找，可就是找不到。而且这录像这么久了，那人现在肯定也已经老了，找起来更不容易……”

陈安闻言看了莫南爵一眼，什么也没再多说，走到边上在黑衣人耳边吩咐了两句，黑衣人也明显吓到了，点头应是后转身走了出去。

陈安转身走到莫南爵身边，男人依旧没动，微垂的俊脸薄凉且阴冷，陈安皱起眉头，不知道该说什么，伸手轻搭上莫南爵的肩头：“爵……”

“拿开，”莫南爵浑身冰冷，眼里结起层层朦胧的霜，陈安这才发现他肩头都在跟着颤抖，男人连声音都是从喉咙里挤出来的，“别碰我。”

陈安将手收回来，叹了口气：“也许，也许不是……”

傅青霜见状站起身来：“你们真的认识？难道是你们熟悉的人……”

莫南爵一动不动地站着，脚边的碎酒杯泛着寒光，却不及他周身的阴霾，令人不由得浑身寒战。

傅青霜咬住下唇，不敢再开口。

二十分钟后。

房内安静得估计连头发丝掉在地上都能听见时，房门被轻叩的声音显得格外刺耳地传来：“少主。”

黑衣人的声音在外面响起：“人带来了。”

莫南爵依旧没动，陈安也不敢喊他，便转身去开门：“进来吧。”

黑衣人侧开身，身后跟着的人走了进来。

傅青霜转过头看了一眼，瞬间睁大眼睛：“你……那个灰衣男人是你？”

周管家闻言抬起头，并不明白发生了什么。他抬眸看向房内，一眼就看见了站在沙发边的莫南爵：“少主。”

莫南爵依旧紧盯着屏幕，双手手背上青筋毕现，连太阳穴都紧绷了起来，明显能看出他正处于极度愤怒之中。

周管家顺着男人的视线望去，看到屏幕上的画面，瞬间瞪大眼睛：“这，这不是……”

陈安走过去站在他身边，问了个很明显却又很严肃的问题：“这是你吗？”

周管家闻言点头，并未掩饰什么，因为没什么好掩饰的：“是我。”

莫南爵眼神更加阴寒，他转过头，嗓音犹如暗夜修罗：“是你？”

周管家见状怔了下，他从小带着莫南爵长到大，知道这是他发怒的征兆，有些不解：“少主，确实是我……发生什么事了吗？”

莫南爵垂在身侧的双手开始剧烈颤抖，他转过身，踩得满地都是沉重的影子，一步一步走到周管家跟前。

下一秒，莫南爵陡然抓住周管家的衣领，大手一扬，将他抡起来朝墙上砸去！

“少主！”周管家整个后背撞在墙上，他毕竟年纪大了，经受不住这样的折腾，这会儿已经开始咳嗽，“少……少主，您这是……”

“你问我？”莫南爵俊脸凑过去，“你居然还问我？我还想问你，你怎么会在那上面？！”

“我，我只是办事而已……”周管家不明所以，完全弄不懂莫南爵为什么发火，“少主，是不是我做错了什么？”

莫南爵抡起一拳就要朝他脸上砸去！

“爵！”陈安冲上前抓住他的胳膊，这一拳下去周管家还能活吗，他拉开莫南爵，“爵，事情已经发生了，打死他也没用……”

莫南爵满脸狠戾，眼神嗜血，他猝然松开手，整个人朝后退了几步。

周管家顺着墙壁滑下来，双手撑住地面：“少主……”

莫南爵居高临下地冷睨着他，嘴角冷笑不止：“办什么事？”

周管家其实并不太记得了，毕竟都是多少年前的事了，他抬起头朝屏幕上看了几眼，这才想起来：“是，是大少奶奶吩咐我办的事……”

莫南爵脸色阴沉到极致，双手死死攥着：“她吩咐你……杀了童明海？”

周管家皱起眉头，回想了半天才想起这个名字：“是的……当时大少奶奶说，因为之前少主您被那个叫童明海的男人送到过仇家手里，还被打成重伤，虽然后来被救回来了，这笔账莫家不可能不算，所以之后就派我把他解决了……”

陈安闻言吃了一惊，这里面居然还有这样的故事，他看向莫南爵：“爵，你被童染她爸送到过仇人手里？”

莫南爵冷冷眯着的眼睛里戾气乍现：“对。”

“那怎么没听你说过……”

“说什么？”男人冷笑一声，眉梢眼角尽是嘲讽，“过去这么久了，我何必说这些事情让她不开心？”

“……”

周管家抬起头来，完全难以置信：“童，童明海是童小姐的父亲？！”

居然有这么巧的事情……

“是，”莫南爵视线移到他布满皱纹的脸上，“你做了这样的事，我是该谢谢你，还是该谢谢她？”

周管家闻言垂下头，莫南爵口中的“她”指的自然是大少奶奶，这么说来，那少主和童小姐之间的关系就是……

莫南爵嘴角的冷笑渐浓，他蹲下身，伸手握住周管家的肩头：“她要你杀了童明海，你又为什么非得找洛庭松？”

周管家浑身一震，实话实说：“当时大少奶奶吩咐我，她说……报复一个人最好的办法不是直接杀了他，而是让他的亲人杀了他，这样不仅那个人会痛苦，他活着的亲人也会痛苦，所以，所以我才……”

莫南爵猛然转过身一脚踢在茶几上，厚玻璃茶几整个朝前飞去，直接砸在屏幕上——

砰一声，屏幕被砸得四分五裂，上面那张脸也碎裂开来。莫南爵侧过俊脸，冷冷而笑，笑着笑着眼角沁出哀戚之色：“好，真是好极了，我从来都不知道，原来老天爷对我这么好……”

陈安走上前，伸手握住他的肩：“爵，你别……”

“滚开！”莫南爵抬手将陈安挥开，双肩剧颤，抡起边上的花瓶直接朝前一砸，“滚！都给我滚！”

花瓶刚好砸在傅青霜的脚边，她没想到事情会发展到这一步，忽然觉得想笑：“原来，这不仅仅是洛萧的七寸，也是你莫南爵的七寸……真是天意，你们都这么爱童染，到头来，你们两个都是她杀父仇人的儿子！”

这简直是个笑话!

傅青霜冷笑出声：“真是棒极了，这七寸当初我就不该掐着，该直接放给童染看，我保准她看完之后绝不会再理你们……”

莫南爵浑身猛颤，身上每一寸似都被熊熊怒火点燃，他突然将手伸向黑衣人，直接从他腰间摸出把枪，抬手就朝傅青霜开了一枪！

子弹射入傅青霜腰侧，她睁大眼睛，没想到莫南爵竟然直接开枪，疼得叫出声来：“啊——”

莫南爵举着枪的手并未放下，走上前，抬脚踩住傅青霜中弹的地方，双眸嗜血般通红：“你想告诉童染？”

傅青霜疼得整张脸拧在一起，却笑出声来：“我有机会吗？不过没关系，反正这件事情是瞒不住的，纸包不住火不是吗？反正这种关系只要存在，童染就别想过好日子……啊！”

男人脚尖陡然用力，神色阴鸷，居高临下地睥睨着她：“说，这盘录像带是哪里来的？”

腰侧的伤口由于男人的力道疼得让人几乎扭曲，傅青霜双肩抖动：“洛萧也曾不止一次地问我是哪里来的……我今天就告诉你，录像带是我找人从洛家偷出来的！你也看到了，是洛庭松自己拍的，他保留起来，也许就是为了日后以防万一，没想到这一防，却把自己儿子防进去了……怎么样，作茧自缚，说起来真是好笑吧？”

莫南爵深邃的眼眸缓缓眯起，傅青霜又开口说道：“我还在想，我这辈子爱一个男人爱到死，却什么都没得到，真是可悲……可现在不了，至少，”她冷笑出声，心中这么久的郁结此时终于得以宣泄出来，“至少，我和我爱的男人之间没有血海深仇！”

莫南爵双眸中猝然涌起寒光，他抬脚用力一踢，力道极大，傅青霜头一歪，加上枪伤，直接痛晕过去了。

陈安冷睇傅青霜一眼：“先把她弄走，别让她死，也别给好日子过。”

“是，安少爷。”

两个用人走过来将傅青霜扛走，陈安转过身，便看见莫南爵揪着周管家的衣领，嗓音无比低沉："那地方在哪里？"

周管家浑身瘫软："哪，哪个地方……"

莫南爵阴狠地咬着牙："她父母出事的地方！"

"应，应该是在东郊阳升高速公路 2 号口……"周管家也记不清了，毕竟那么久了，"那边好像已经拆掉了，不知道还在不在……"

莫南爵猝然松开手，浑身的戾气已经到达顶峰，转身朝外面走去。

陈安忙跟上，可莫南爵脚步很快，出去后跨上跑车便直接冲了出去！

"爵！"陈安赶不上他的步伐，转身跨进一辆保时捷，紧追在布加迪威航后面。

东郊离锦海市区很远，此时夜已经深了，天空渐渐下起小雨，冷风犹如冰刀般刮着皮肤，男人俊目眯起，浑身的寒气甚至比这冷风还要瘆人。

街道上的车并不多，宝蓝色的布加迪威航犹如幽灵般穿梭着，车身擦过栏杆和其他车辆，发出了刺耳的碰撞声。

陈安跟在后头，一颗心几乎跳出喉咙，他扯下领带朝前头大吼："莫南爵，你给我停下来！"

他的话莫南爵自然是听不到的，莫南爵一路将车开到东郊，此时天空已经是电闪雷鸣，男人微眯起眼睛，跑车顶张扬的敞篷并未关上，雨点如银针般打在脸上，莫南爵抬起头，竟觉得享受着刺骨的快感。

他加速朝前开着，这儿并没有人，但路边的栏杆看起来很新，显然是修过的。

男人于凛冽的晚风中侧过头去，一眼便看见了方才录像带中那熟悉的场景。

这底下便是湍急的河流，几十年如一日从未变过，河水犹如大张着嘴的猛兽，什么都能吞噬。

莫南爵降下车速，修长的手臂搭在方向盘上，猩红的瞳仁堪比豺狼虎豹，一眨不眨地紧盯着那新修的栏杆。

她和他本就不是一个世界的人，善恶分开两边，黑白本就是殊途，可莫南爵从未想过把她染黑，他说过，只要她愿意，他会将自己的世界空出一片白色。

那是他独留给她的，他可以为了她过正常人的生活，买菜做饭，朝九晚五，他可以丢开纸醉金迷灯红酒绿。

可他现在才明白，自己当真是妄念了。他这样的人怎么可能得到平凡的爱情？爱能证明什么？能抵过血海深仇吗？

即使她被洛萧带走，他也坚信她还是自己的，他会把她夺回来。莫南爵从来都不想伤害她，他做的事情都是想要保护他，也许他张开的手臂不足以遮挡天下，却也稳当地遮在她的头顶。

莫南爵笑出声来，他曾经不止一次觉得洛萧残忍，无法理解为什么洛萧的爱能那样伤害童染……

结果到头来，他同洛萧一样，也是那个能伤害到她的人。

他步伐小心，跟她的这条路比任何人走得都要谨慎，比任何人都要珍惜，他希望童染能一辈子保持那天真清澈的笑容，为她的笑他可以腹背受敌，甚至是背负骂名……

可，到底还是避免不了伤害她。

莫南爵伸手抹了下脸上的雨水，刺得掌心生疼。

他嘴角勾勒出极深的嘲讽，双手握住方向盘，闭上眼睛时，眼角沁出水珠，分不清是雨水，还是别的什么……

蓦地，身后传来喇叭声，陈安好不容易追上莫南爵，还以为他要做什么："爵，你先……"

话还未说完，只见莫南爵猝然睁开眼睛，用力踩下油门，布加迪威航便对着当年出事的栏杆直直地冲了过去！

砰——布加迪威航整个撞在栏杆上，引起剧烈的抖动，断裂开的栏杆擦着雨水滚进下方的河水里，莫南爵眸中溢满痛楚之色，车轮还在飞转，眼看着整辆车就要栽下去！

"莫南爵，你停下！"

陈安大喊一声，顾不得许多，将保时捷的车速提到最高，疾驰过去将布加迪威航生生从栏杆的边缘撞开来！

又是一声剧烈的撞击声响起。

陈安打着方向盘，撞开莫南爵后保时捷便顺着惯性朝边上甩去，他双手握紧方向盘，可仍旧无法阻止风的阻力，车尾擦过栏杆，车轮发出刺耳的摩擦声，他忙踩住刹车，却不料，整辆车竟然朝着被撞断的栏杆下冲去！

陈安飞快伸手解开安全带，保时捷车身翻转几下，巨大的轰鸣声擦过耳际，整辆车便从栏杆处坠了下去！

陈安抬脚将车门踢开，修长的手臂及时伸出来抱住断裂的栏杆，而后双脚一收——

他整个人从车内腾身出来时，保时捷正好失去平衡，擦着男人的肩膀坠入了下方湍急的河水之中！

陈安双手用力，抓稳栏杆后跃上了公路。他双手撑住膝盖，仍旧在喘气。

那边，布加迪威航被巨大的力道撞到了边上，在湿滑的路面上转了几圈之后继续向后撞去。莫南爵却丝毫没有要稳住车身的意思，男人微垂着头，闭着眼眸也不知道在想什么，任由跑车在雨中失控乱转。

陈安拔腿便冲过去，可他没了车，也无法阻止，只得大喊道："莫南爵，你傻了？！踩刹车啊！"

驾驶座上的男人似乎并未听见，双手放在方向盘上，依旧不动。

"你命都不要了？！刹车啊，莫南爵，你踩啊！"

已经失去控制的布加迪威航四处乱撞，车头车尾都已经撞得凹进去，安全气囊也弹了出来，莫南爵却一动不动。

陈安只觉得眼前一晃，布加迪威航一个剧烈回转，竟然擦着他的肩膀朝前撞去，砰的一声卡进了边上的碎石堆中！

四周瞬间安静下来，只剩下雨滴啪嗒啪嗒的声音。

陈安惊魂未定，抬脚冲了过去，跑到驾驶座边，伸手去拽车门："莫南爵！"

车门被石堆卡住，陈安急得索性抬手用力将车窗捶碎。驾驶座上，莫南爵低着头，整张俊脸埋在安全气囊内，一动不动，双手都是鲜血。

陈安大惊失色，伸手去扳他的肩："莫南爵！你别吓我！"

他叫了几声都不见莫南爵回应，索性搬起一块石头去砸车门，砰砰砰几声后，车门被砸开。

陈安忙去拽莫南爵的胳膊，莫南爵却抬起头来，双眸猩红，鲜血顺着额角滑落下来。

"受伤了？"陈安抬手去碰他的头，却被男人挥开，莫南爵沙哑着嗓音道：“别碰我。”

“你以为我爱碰你？”陈安知道莫南爵此时没力气，便按住他的手，伸手拨开他湿透的短发，发现了一处小伤口，这才松口气，“还好，没什么大事，消个毒就没事。”

莫南爵抽出被卡住的双腿，脚步虚浮地下了车。陈安瞥了一眼，整辆布加迪威航已经完全撞得变了形，估计已经不能用了。

莫南爵双手插兜，俊脸上的血迹被雨水冲淡，刺得伤口微微地疼，男人却并不在意，举步走到被撞毁的栏杆边站定。

陈安跟着走过来，此时依旧暴雨倾盆，二人浑身都湿透了，莫南爵眯起眼睛看向下面的河水，雨水顺着他的下巴滴落下去。

陈安顺着他的视线看过去，突然开口：“爵，你别太自责……那不是你的错。”

莫南爵并未开口。

陈安伸手握住莫南爵的肩，才发现他肩头也有伤口，忙收回手：“我想，童染就算知道了也不会怪你，毕竟童明海当时也有错……”

“也许吧，”莫南爵嘴角勾起苦涩的笑，“她若是怪我，我也不可能怨她。”

陈安抿着唇不再开口，莫南爵突然蹲下身来，单膝跪地，伸手摸向凹凸不平的地面，声音极轻：“我只是不希望她疼。”

陈安浑身一震，也跟着蹲下来：“爵，我想童染一定会理解……”

“就算我保护不了她，也不希望她因我而疼。”莫南爵双手紧紧攥起，完美的侧脸低垂下去，眼角的哀戚晕染开来。

雨一直下，雨滴混合着滴滴热泪，擦着男人的眼睛滑落下去。

南非。

童染坐在窗沿，楠楠围着她的脚边打转，她精神并不好，最近夜里总是头疼得厉害，有几次竟然生生被疼醒。

她经常一坐就是一整天，手边是摊开来的画纸，每一张上面都是男人的一个动作，或挑眉或抿唇或眯眼，总之能想到的，她都画了。

楠楠转了半天，咬着她的裤腿开始喵喵叫。

童染心情不佳，也没空理它，抬抬腿想让它自己去边上玩儿，可小家伙就是不依，叫了几声发现主人没反应，索性咬着边上的窗帘噌噌往上蹿，随后张着嘴朝她身上扑去！

“楠楠！”童染被它扑得猝不及防，整个人向后跌了下，扶住窗沿才没摔倒，她扯住脖颈上的小家伙，“你再闹我就打你了！”

小家伙瞅见她耳垂上的珍珠耳钉散发着耀眼的光芒，便抬手去扒。

“嘶——”童染耳朵上一疼，珍珠耳钉已经被它扒下来掉在了地上，她拎着楠楠的后颈，“再闹就把你扔出去。”

“喵……”

童染将它放到边上，蹲下身想要将耳钉捡起来，却陡然一怔！

只见珍珠耳钉摔在地上后裂开来，珍珠同底座分开，奇怪的是，里面正流出深绿色的液体。

童染皱起眉头，这耳钉是警察交给她的，说是在洛家找到的，可这又是什么？

她伸出手碰了碰那深绿色的液体，冰冰凉凉的。

为什么大伯送她的耳钉里会有这样的液体？

童染正百思不得其解时，房门传来转动的声音，用人开口喊道：“洛太太，您在休息吗？”

童染忙站起身，抽了两张纸将地板上的那些液体擦拭干净，而后将耳钉捡起来收进口袋。

用人没听见回应，以为她出事了，忙掏出钥匙开了房门。

童染正抱着楠楠站在窗边，用人缓步上前：“太太，少爷问您要不要下去散步……”

童染一动不动，仿佛没听见，用人也习惯了她这般冷淡的反应，叹口气后转身下了楼。

房门再度被关上，童染浑身骤然一松，回头看了一眼，确定没人之后，推开浴室的门走了进去。

她开了盏小灯，将另一只耳朵上的珍珠耳钉取了下来。

昏暗的灯光下，珍珠耳钉熠熠生辉，可童染无心欣赏，左顾右盼后，取了支牙刷，将耳钉放在手心，握着牙刷柄开始用力敲击。

好几下之后，珍珠耳钉被敲裂开，深绿色液体流到童染白皙的掌心中。

果然，两个耳钉内都有。

童染紧盯着掌心里的液体，凑近闻了闻，没什么特殊的味道。

这到底是什么？

在耳钉内放这个，是为了让她发现什么吗？

童染眉头深拧，怎么也想不明白。如果说是大伯，完全没必要这么做，这耳钉既然是放在洛家的，还是二十三岁生日礼物，就不会这么快给她……

那，如果不是大伯放的呢？

她霍然站起身，能想到的，只有莫南爵。

那天，是他带着警察上楼，然后警察交给她这个盒子，说是在洛家发现的……

她当时极度伤心才迷迷糊糊地信了，现在想来，洛家火烧得那么大，这样的首饰盒怎么还留得住？

可莫南爵这样做的目的又是什么……

童染皱起眉头，深绿色的液体在手心里颤抖，她紧紧盯着，脑子里乱成一团。

莫南爵为什么会朝大伯开一枪？

他断没理由这么做，可他确确实实做了……

童染突然低下头，伸出舌尖将深绿色的液体舔了个干净。

这东西除了苦没任何味道，童染转过身，还未抬头看镜子，只觉得一阵电流般的触感划过全身，她身体僵硬了下，而后直接顺着浴池倒了下去！

她倒下去的时候手肘撞到了边上的玻璃门，发出剧烈的碰撞声，守在门口的用人对视一眼，吓得忙推开房门："洛太太！"

她们冲进来找了一圈，最后在浴室找到童染，她倒在地上，已经彻底失去了知觉……

用人探向她的鼻息，居然全无，急得大喊："来人啊，太太出事了！"

几个人手忙脚乱地将童染抬起来，耳钉从她的兜里滑出来掉在地上，楠楠过去将它们叼起来，蹬着爪子跑回去藏在了自己的小窝里。

三个小时后。

私人医院里，童染躺在病床上，小脸上戴着氧气罩，心电图正在渐渐恢复正常。

洛萧坐在床沿，伸手裹住她的小手，只感觉冰冷一片。

医生拿着单子走了进来，洛萧忙站起身："她怎么样？"

"没事，吓死人了，送过来的时候我们都以为死了，"医生将单子递给他，"她是误食了河豚毒素B，产生了死亡的症状，不过问题不大，这会儿已经在恢复了。"

"河豚毒素B？"洛萧皱起眉头，回头看了看童染，"她服用了很多吗？"

"不多，这种东西一指甲盖不到的量就够了，你当是饮料随便喝呢？"那医生笑了笑，而后又将另外一张单子递给他，"对了，她怀孕了。"

洛萧一怔，随后接过B超单，完全措手不及。孩子不是因为Devils Kiss停止生长，甚至查不出怀孕吗？怎么会突然又……

"她之前被注射过Devils Kiss对吧？"那医生瞅了两眼报告单，语气变得深沉，"本来孩子确实因为Devils Kiss停止生长了，但是似乎河豚毒素B与Devils Kiss的毒性相抗衡，使得孩子又开始正常生长……这里面很复杂，医学上也很难解释。"

洛萧冷着脸，将B超单揉成团后扔到纸篓里："她可以出院了吗？"

"可以，没什么大事，不过怀孕了就得吃好些，别刺激她的情绪，以后孩子生下来可是随着母亲的情绪走的。"医生走过去将童染的氧气罩摘掉。

洛萧点头，弯腰将童染横抱起来，转身走出了私人医院。

回到别墅的时候已经是晚上，洛萧抱着童染上楼，遣退了用人，弯腰将她轻柔地放到鹅绒的大床上。

童染仍是沉沉地睡着，呼吸均匀，但眉心轻蹙，显然睡得并不安稳。

洛萧在床沿坐下来，拉了拉她肩头的被子，思绪混乱。

这个孩子一直是他心里的一个隐患，却不能打掉，可她要是生下莫南爵的孩子……

而且小染若是知道之前他一直隐瞒着孩子的事，到时候牵扯出的事情更是解释不清。

洛萧侧过头盯着她的脸，现在唯一的办法，就是让她以为这个孩子是他的……

洛萧眉宇间笼上阴霾，站起身将身上的外套和衬衫都脱了下来，而后翻身上床。

他躺在童染边上，动手去解她的衣服，她穿着白色的连衣裙，从边上一拉便能拉开，里面是同色的紧身背心，一片雪肤连带着胸膛起伏，煞是诱人。

洛萧喉间轻滚了下，低下头在她的脖颈处轻吻几下，留下几处显眼的痕迹，而后将身下的床单揉出褶皱，做出缠绵后的假象。

做完这一切，洛萧伸手搂住童染的肩将她抱进怀里，将下巴轻搁在她的头顶，像小时候那样抱着她，睁着眼睛，一夜未眠。

童染只觉得做了个梦，浑身好像被浸泡在水里，怎么挣扎也无法上岸，她拼命想要呼吸，可嘴巴鼻子都被堵住，像是有一只大手死死地捂着她，甚至连睁开眼睛的力气都没了……

童染轻哼一声，抬起一只手遮住眼睛，只觉头痛欲裂。

炙热的阳光从窗外洒进来，童染手肘撑着床想要坐起来，却陡然发现腰间横着一只大手。

她一怔，而后转过头去，同洛萧睁着的双眼对上。

洛萧微微一笑，笑容温和："小染，睡得好吗？"

童染张大嘴巴低下头，看见自己浑身只穿着紧身背心和四角短裤，地上，她的长裙和洛萧的衬衫交叠在一起，显然是被扔下去的。

"你……"童染杏目圆睁，久久无法反应过来。洛萧见状坐起身来，搂着她的腰将她抱进怀里，低头凑到她耳边："小染，你终于是我的女人了。"

一句话如惊雷般劈下来，童染浑身一震，连带着毛孔都在叫嚣。她惊怔良久，伸手用力将他推开："滚开——"

男人手一松，她整个人滚到了床上，而后爬起来就将头朝墙上撞去！

"小染！"洛萧大惊失色，冲过去握住她的双肩将她拉开，男人瞳孔猩红，"我碰了你，你就要去死是吗？做我的女人，你就那么接受不了吗？"

"你滚开！"童染只觉得万念俱灰，伸手揪住头发，整个人蹲到地上，喉间的哽咽从惊恐到绝望，"啊——啊——"

"小染，你听我说，"洛萧将她拉起来后抵在墙壁上，紧盯着她的脸，虽然是谎话，可他相信，他迟早有真正得到她的身体的那一天，“我说过，我要了你就会娶你，我们明天就可以结婚，我会好好爱你，我们会有孩子的……”

“我不要，你滚，滚开！”童染浑身都在颤抖，嗓音沙哑，止不住地抽泣，“你不是人，洛萧，我恨你，我要杀了你——”

她说着猛然转过身，伸手抓住边上的花瓶，抡起来就朝洛萧的头上用力砸去！

巨大的撞击声响起，洛萧痛呼一声后整个人向下跪去，鲜血顺着他的头部流下来，他头晕目眩，伸手碰了下，一手掌的红。

她当真要杀了他……

他笑出声来，如愿以偿了不是吗，他为什么觉得这么痛……

童染不停地摇头，身体朝后面退去：“不，不要，没发生，什么都没发生……”

“小染，”洛萧抬起头，视线变得模糊，“你是我的……”

“我不是……”童染脚步虚浮，背后贴住冰冷的墙面，整个人顺着墙壁滑了下去。

洛萧强撑起身体走过去，伸手将她拉起来：“小染……”

“你给我滚！”童染嘶吼出声，抬手又抓起边上的东西朝他头上砸去，玻璃杯砸在头上，本就涌着鲜血的伤口再度受到冲击，洛萧眉头一皱，整个人朝边上摔了下去！

“少爷！”

孟瑶听到声音冲上来，就看见洛萧倒在门边，头上都是鲜血，童染靠在墙边，眼神涣散，双手环胸，完全是自我保护的姿态：“我不要……”

她说着身体也跟着晃了下，擦着墙壁倒了下去，正好倒在洛萧身边。

孟瑶大惊失色，完全没想到会看到这样一幕，忙大喊出声。用人们上来将洛萧抬下楼，童染则被抬进房内。

洛萧头被砸破，直接被紧急送到医院。

孟瑶并未跟去，她知道洛萧肯定记挂着童染，她走到床边坐下，床上的女子眉心紧蹙，浑身都在发抖，嘴里不停呢喃：“放开我，不要，放过我……”

楠楠不知何时蹿上了床，小家伙也不敢靠近，只是趴在童染的脚边，伸着小舌头时不时舔一下她的脚踝。

也不知道是不是这个起了安慰作用，童染渐渐停止颤抖，很快便陷入昏睡之中。

孟瑶站起身来，朝用人道："你们好好照顾童小姐，别让她做伤害自己的事情。"

"好的，孟小姐放心吧。"

房门被轻带上，几个用人不敢怠慢，分别在床侧站着，只要童染有一点动静就马上绷起神经查看。

童染昏睡了很久，一直到早上都没醒。洛萧头上缝了七针，这会儿也在医院没回来。

一直到接近中午，童染才睁开眼睛。

用人见状忙伸手去扶她："洛太太？"

童染喉间干渴，视线盯着头顶柔和的灯光，眼神却空洞无比："我……还没死吗？"

她还活着做什么……

"洛太太，您在胡说什么呢？"用人伸手将她扶起来，倒了杯水递到她的唇边，"少爷那么爱您，怎么可能让您死？"用人尽量劝着她，就怕她看不开，"您昨晚误食了河豚毒素 B，少爷都着急死了……"

童染被扶着靠在床头，暗淡空洞的眼神在听到这句话后跳动了下，她动了动干裂的唇："你说什么……河豚毒素 B？"

"对啊，唉，我听说那东西会导致人暂时呈现假死状态……太太您千万别想不开啊，没什么大不了的事，少爷这么深情的男人真的很少见的，他为您做了好多……"

用人还在劝着，童染却听不进去。

呈现假死状态……

耳环里藏着河豚毒素 B，又是假死状态，如果这耳环是莫南爵送的，他为什么要说是大伯送的？

童染闭上眼睛，思绪混乱，可她猛然间想到了什么……难道，他想告诉她，大伯没死？

那莫南爵那一枪……是为了什么？被逼的吗？

一连串问题冒出来，炸得她脑袋生疼。童染痛苦地蜷起双膝，将头埋了下去。

用人觉得气氛压抑，起身去开电视："洛太太，您看看电视吧，我们陪着您，看有什么好看的节目。"

洛萧为了童染能看，接了很多中文台进来，只是她平时都是坐在阳台上发呆，所以从来不知道。

用人拿着遥控器看向她："洛太太，您要看什么？"

童染轻闭上眼睛，纤瘦的双肩蜷了起来。

用人没办法，只得随便调了个台，正好是个新闻频道，甜美的女主播的声音传来——

"近日，南非约翰内斯堡开创了世上最大的珠宝城，昨天开业，今天就轰动全国。记者前去调查，第一天的营业额就达到了上千万，MR 珠宝帝国算是开创了南非珠宝史上的销售狂潮……"

童染猝然抬起头，MR 珠宝帝国……

她的视线不由得落在液晶电视屏幕上，画面转到了珠宝城的现场直播。

偌大的厅堂完全是宫殿式装修，四周都挽着厚重的金色窗帘，每一根柱子都是全金的，柜台也是一样的金色，整个珠宝城简直是用黄金堆砌起来的。

童染紧紧盯着屏幕，镜头将珠宝城的招牌照得极其清晰，MR……

画面内，记者拿着话筒走进珠宝城，里面人满为患，都是身份尊贵的人物。

记者跟着礼宾小姐来到台前："据了解，MR 珠宝帝国内有个镇店之宝，是非卖品，标价是 9999 万，据说，幕后老板给出的解释是，因为 M 和 R 之间隔着 4 个字母，所以就用 4 个 9 标价，真是浪漫哦，估计是和老板的梦中情人有关呢……"

记者转过头和那礼宾小姐商量了几句，后者点头，便领着他们朝里面走去，跨过层层金碧辉煌的台阶，来到一个遮着金布的方形展示柜前。

礼宾小姐介绍道："这里面便是我们 MR 珠宝帝国的镇店之宝，本来是不允许外人参观的，但是我们老板今天会过来，而且是我们新开业，就破例让大家看一看。"

记者忙揪住话尾问："不知你们珠宝帝国幕后的老板是何人呢？"

“这个，等我们老板来了就知道了，”礼宾小姐始终保持着温婉的微笑，九十度弯腰，“那接下来，我就要将镇店之宝展示在大家眼前了。”

几十家媒体纷纷举起摄像机，都想要一睹宝物真容。

礼宾小姐双手将金布从展示柜顶端掀开。

咔嚓——

无数闪光灯闪过，巨大的光源从上面照射下来，只见全水晶所造的展示柜中央挂着一根项链，两端用金绳子固定住，桃心形的吊坠自然地垂在中间，绽放出耀眼的深蓝色光芒。

与此同时，四周的大灯骤然亮起，直射进展示柜中，将吊坠上正反两面精心雕刻的字照得一清二楚。

那两个用人惊讶艳羡无比，纷纷摇头：“这东西真漂亮，不知道戴在脖子上是什么感觉？”

童染瞪大眼睛，几乎从床上弹坐起来。

这条项链……

用人们见状忙起身抓住她的胳膊，生怕她又要自杀：“洛太太……”

童染视线紧锁在那条项链上，大灯将吊坠上刻着的字折射到展示柜上，晕染开幽蓝的光。

用人也盯着电视，念出声来：“莫染初心……”

童染杏目圆睁，看着屏幕久久回不过神来，莫染初心，MR 珠宝帝国……

是他来了吗？

此时，电视里的画面瞬间涌动起来，大批的人转头朝外面看去：“来了，MR 的老板来了！”

众人纷纷让开一条道，最北端的大门被推开来，红色镶金边的地毯铺了一路，尽显奢华。

一辆加长版劳斯莱斯疾驰而来，如王者般横停在门口。

侍者忙上前去将车门打开。

一双铿亮的黑色皮鞋出现在众人的视线中，男人修长有型的双腿包裹在阿玛尼西装裤中，一身深黑色西装更是笔挺孤傲。莫南爵双手插兜，俊脸微仰，冷睨着珠宝城顶端的金字招牌。

他嘴角勾起一抹笑，脸上却未见任何情绪。

童染浑身一震，瞳孔猝然收缩，血液都仿佛在倒流。

她从未想过，再次见到他，居然会是在这样的情况下……

才短短一个月不见，他瘦了，站在千万人之中却还是那么耀眼，她一眼就能看见他。

童染努力睁大眼睛，希望能将他的俊脸看得更清楚一点。

可心中的喜悦来不及蔓延，车上便再度跨出一个人，女子穿着桃红色的紧身短裙，白皙的双腿毫不吝啬地露在外面。容沁在侍者的扶持下跨出车门，走到莫南爵身边：“爵。”

男人并未回头，抬脚就朝珠宝城内走去。

容沁娇嗔一声，伸手挽住了莫南爵插在兜内的手臂，身体紧贴上去。

莫南爵抽回手，俊脸上表情冷淡，始终一言不发。

边上的记者连忙跟上去。

“爵少，请问您如何会到南非来开设珠宝城？”

“这属于帝爵近期来的项目之一吗？”

“爵少，帝爵后续打算在南非发展珠宝业吗？”

一连串问题如冰雹般砸落下来。

男人径自朝内走去，头也没回一下，边上跟着的助理挡着记者们的问题：“不好意思啊，让一让，爵少刚到，需要休息……”

记者们不甘心，可是再一抬头，莫南爵已经走进了珠宝城的内厅。

电视屏幕前，童染浑身僵硬，双手颤抖，画面中女子的脸是那么熟悉……

那一声爵，虽然淹没在记者的追问声之中，可她仍旧听得那么清楚。

童染呼吸一窒，浑身犹如坠入冰窖内，颤抖不停。

她方才一眼就看到了那女人的手，纤细白皙，同她一样，肯定也是双很适合弹钢琴的手……

她也是南音的学生吗？

童染赤着脚，就这么站在冰冷的地板上，阵阵寒意涌上心头，她咬住下唇，眼泪还是决堤而出，她唇瓣微张，喊出了那三个字：“莫南爵……”

他也来南非了……

可是她已经脏了，他来了，她还有什么脸去见他？

童染低下头去，眼泪顺着尖瘦的下巴滑入脖颈内。

用人忙起身拿纸巾给她擦眼泪，看她这样也觉得不忍：“洛太太，您怎么了？”

童染只是一个劲地流眼泪，怎么也止不住，视线紧盯着那条项链，当初要进监狱的时候，她就该死死护着，她不该让人将它抢走的……

若她知道再见时竟会是这样的画面，她当时就算是被人打碎牙齿，就算遍体鳞伤，就算头破血流……也该去抢回来的。

童染身体无法控制地向下蹲去，将头深深埋下去，眼泪汹涌而出。

用人吓了一跳，忙将她抱起来放回床上。童染被迫仰躺在床上，电视上还在播放珠宝城的盛况，可她已经听不进去，脑海中回旋着方才男人的样子，她闭上眼睛，任由眼泪顺着眼角滑入发间。

医院。

洛萧躺在病床上，他头上缝了七针，脸上也有伤，这会儿还很虚弱。

电视里循环播放着 MR 珠宝帝国的盛况。

洛萧眯起眼睛，莫南爵搞什么，跑到南非来开个珠宝城？

MR 珠宝帝国，MR……

莫染？莫容？

他抬了下手，边上看护的手下忙走过来：“堂主。”

洛萧撑起上半身，头疼得厉害，嘴唇苍白地道：“上次锦海市那边发来的短信，上面的文件，你们去试了效果怎么样？”

“堂主，您是说那女人发过来的东西吗？”那手下取出一部手机，划了几下后递过去，“您看一下，我们按照她给的机密文件去拦截帝爵的港口和货，都成功了的，”那人说着顿了下，“这一个月左右，我们大概……净赚一千万。”

洛萧拿着手机，里头显示的曲线，确实证明他根据容沁提供的资料，顺利侵入了帝爵的交易系统，并且用的还是内部的账号密码。

这就说明，容沁从莫南爵那里窃取来的东西，都是真的。

洛萧握着手机的手紧了下，他着实猜不透莫南爵怎么想的，若说他爱的是小染，就不可能带着容沁出入那样盛大的场合，可若说他不爱小染，又为什么要到南非来开珠宝城？

还有那条莫染初心的项链……

他眉头紧锁，开口问道：“你们通过这个系统，查到帝爵之前的生意规划了吗？”

“查到了。”手下递上一张纸。

洛萧伸手接过，上面清楚地写着，早在去年二月份，帝爵便有在南非开珠宝城的计划。

难道，这并不是临时决定，而只是业务发展而已？

洛萧伸手按住眉心，这对他来说也未必是个坏消息，小染现在对他这么排斥，如果她看到莫南爵和别的女人在一起，也许对自己能稍微好点……

毕竟，莫南爵并未直接找过来，也未见任何行动，这也许能说明，他其实并不那么在乎？

头上伤口疼得厉害，洛萧面色苍白，放下手里的纸，侧躺下去：“晚上，要是容沁和锦海那边通电话，就直接用匿名 IP 接到我这里来。”

“是，堂主。”

晚上。

MR 珠宝帝国的内城里，便是一栋极大的欧式别墅。

景观式喷泉旁满是打理过的藤蔓，长形的餐桌上摆满美味的食物，样样精致，应有尽有。

容沁拿着盘子站在边上，这里正在举行聚会，来的人非常多，皆是生意场上的人。

莫南爵端着杯红酒斜倚在门边，他换了件浅粉色的针织衫，这颜色极衬他的肤色，松开的领口露出性感的锁骨，更显魅惑。

黑衣人从边上走过来，在他耳边低声道：“少主。”

莫南爵直起身体，二人走到稍暗一点的地方，黑衣人将图片递上去：“这是我们派人去侦察的烈焰堂那块的资料。”

男人伸手接过，俊目微眯：“很难进吧？”

黑衣人点点头：“是的，主要是南非这边我们不熟悉，而且这块都是大大小小的黑帮，我们的人一过去就会被盯上。”

“烈焰堂在最中央？”

“是的，我们的人无法靠近，据说围墙上都撒满了毒粉，而且重机械看守，上空也都是无线探测仪，直升机也开不过去，除非是烈焰堂内部的人。”黑衣人神色凝重，“少主，我们的人去了三十个，活着回来的三个，都说……”

莫南爵眯起眼睛：“什么？”

“说是烈焰堂周围的部署都是莫氏的人，他们也都是从美洲跟着您过来的，莫氏的人他们一眼就能瞧出来。”

莫南爵嘴角勾起一抹冷笑：“当真莫氏要倒闭，得靠着南非这边走毒才能过活了。”

黑衣人垂着头：“这里的人都说，烈焰是南非当地最大的毒枭，再加上若是有莫氏在后头给他撑腰，更是没人敢动。”

莫南爵将手里的图片攥紧成团，扔在地上便踩了上去：“先按照计划去办，那边的人只要能出来，就一定能进去。”

“是。”

黑衣人刚退下去，容沁便蹬着高跟鞋走过来，她手里拿着甜点，夹起一块蛋糕便朝男人嘴边送去：“爵，你尝尝。”

男人拧起眉头，将脸别开：“我没心情。”

“怎么了嘛？”容沁将盘子放下，伸出双手，直接抱住男人精壮的腰，“爵，你能带我来南非，还能为我和你开个珠宝帝国，我真的好感动……”

莫南爵眼里涌起寒冰：“忘了我说的话？”

容沁忙将手松开，退后两步，可怜兮兮地垂下头去：“爵，对不起。”

莫南爵转过身，嘴角勾起一抹魅惑的笑容，语调忽然变得轻柔：“对不起什么？”

容沁抬起头来，未想到他会这么说：“爵……”

“我跟你开个玩笑而已，何必当真？”莫南爵睨着她的脸，笑容越发讳莫如深，“我带你来南非，就证明我想和你认真走下去。”

“爵，真的吗？”容沁睁大眼睛，雀跃之情难以抑制，“你没骗我吗？”

莫南爵眯起眼睛：“我从来不骗任何人，我是那种人吗？”

容沁忙摇头：“不是。”

“那就相信我，”莫南爵抬手轻搭在她的肩上，只一下便拿开，“你跟着我，只要你好好听话，我绝对不会负你。”

“好，”容沁忙点头，一颗心差点跳出来，她咬住下唇，“爵，你方才是在忙公事吗？需要我帮忙吗？”

她还是不想放过任何一个打探的机会。

莫南爵勾起嘴角，似是随口一提：“没什么大事，就是云顿港湾那边有一笔生意，明晚十二点，我们的人在那里和人交易，他们来给我汇报一下具体的见面暗号。”

“云顿港湾？”容沁迅速记下来，抬起头问道，“爵，你什么时候带我去玩？我为了你都不去上课了……”

“明晚过后吧，那笔生意很大，有十几个亿，成了之后，你想去哪里都成，整个南非都是你的。”

一个又一个惊喜接踵而至，容沁睁大双眼：“真的吗？”

“不要老是问真的假的，你跟着我有段日子了，我像是骗人的人吗？”

男人说完转身就走。

“爵！”容沁喊住他，脸上娇羞地开口问道，“我一直想问你……MR，是莫容的意思吗？”

莫南爵顿住脚步，嘴角已经荡漾开冷笑，他并未回头，只是极淡地留下一句：“你说呢？”

容沁垂着头，虽然MR珠宝帝国里那条莫染初心的项链还在，但莫南爵说过那只是为了做生意摆着好看而已，这么说来……

MR肯定就是莫容，否则他何必将自己也带来？

她再抬起头时，男人已经走远。

容沁攥紧手心，转身走到外面的花园。她一直帮洛萧办事，可她喜欢的是莫南爵，如今莫南爵真正将她当作自己的女人了，她何必继续下去？

她走到花园深处，掏出手机拨了出去。

最后一次，她最后再做一次这种事，就彻底不干了，安安心心跟着莫南爵。

容沁眯起眼睛，想到莫南爵那张俊脸，心里越发坚定了这个想法。

电话响了七声后，对方接起来，却再度传来嘟嘟两声，被转到了另一部电话上。

容沁皱起眉头，小心翼翼地道：“喂？”

男人温润的声音响起：“是我。”

容沁大惊：“怎么是你？你在哪里？”

“你别管这些，”洛萧站在窗前，神色凝重，“你跑南非来做什么？”

“莫南爵带我来的。”

“他想做什么？”

“他没想做什么，只是做生意而已，他在这边有好几个港湾的生意呢，”容沁面露微笑，而后脸色陡然阴沉下去，“我想告诉你的是，莫南爵说了要好好跟我走下去……”

“笑话，你有脑子吗？”洛萧冷声打断她的话，“他怎么可能会看上你？”

“你住口！”容沁小脸上浮现不悦，她握着手机蹲下身来，“你凭什么这么说？莫南爵对我怎么样我都看在眼里，他绝对不会骗我！我爱他！”

洛萧冷下声音：“那你想说什么？”

“没什么，我不希望莫南爵知道我们之间的合作关系，不然他肯定不会要我了。”容沁咬住下唇，“毕竟是你把我送到莫南爵身边的，我最后帮你办一次事，以后我们就两清了，你别说我认识你，我就好好跟着莫南爵，做他的女人。”

洛萧怎么听都觉得好笑，不过容沁跟着谁他并不在乎：“那好，最后一次，合作完之后就互不相识。”

容沁点点头，而后开口：“明晚十二点，云顿港湾，他们有交易，据说十几个亿……接头暗号我等会儿偷到了发给你。”

十几个亿……洛萧皱起眉头：“可靠吗？你怎么得来的？”

容沁一听便觉得不爽：“洛萧，你不信我吗？我也帮过你两三次了，哪次失败过？”

“毕竟这么大的生意……”

容沁闻言随口扯了句：“我偷听他讲电话的。”

洛萧想了下，这才点点头：“那行，接头暗号发过来，明晚成了之后，你就可以把你手上的手机扔了，我不会再找你。”

“好，最后一次，说话算话。”

容沁将电话挂断，起身朝别墅里面走去。

顶层的阁楼上，莫南爵冷眼睥睨着她走进别墅的身影，眼角浮现一抹冷笑，伸手将窗帘拉上。

他下楼回到卧室，进了浴室洗澡。

容沁上楼后偷偷摸摸地来到书房，走到办公桌边拉开抽屉，里面躺着一根录音笔，这是莫南爵的习惯，接头暗号都是存在这里面的。

容沁将录音笔贴在耳边，记住暗号后，编辑短信发了出去。

洛萧收到短信后，递给手下："明晚十二点，云顿港湾，去截货。"

"堂主，云顿港湾太大了，"手下见状想了下，"如果我们的人要去截货，一点点人手肯定不够，起码要上百人……"

洛萧皱起眉头："那就多派点人去，帝爵的货，我们怎么可能不要？"

"可是上百人……"

洛萧转身坐回椅子上，脚步还有些虚浮："把东堂的人都调过去。"

"东堂？"手下闻言吃了一惊，"堂主，东堂那边都是帮我们看货的人，要是人都走了，货怎么办？而且东堂并不在我们烈焰堂内部，在西城那边……"

"截个货也就几个小时，能出什么事情？我们也只有东堂的人手能动，别的地方动不了，"洛萧眉宇间阴霾乍现，"反正无论如何，帝爵的货我一定要！就算截不了也得给他毁了，明白吗？"

那手下点头，不敢再说什么："是，堂主，我这就去办。"

洛萧点头，并未再住医院，而是直接回了别墅。

第二天晚上，不到八点，莫南爵便带着人手出了门，走之前男人转过身来，对着门口的容沁笑了下："明天带你去玩。"

他极少笑，这一笑魅惑至极，容沁瞬间红了脸，双手在背后握紧，全身紧张得冒汗："好，我等你。"

莫南爵嘴角笑意渐浓，他转身就走，背过身去的一瞬间，笑容变得冷冽。

容沁注视着他的背影，想着过了今晚，她就能彻底安心地跟在他身边了。

轿车一走，她便掏出手机给洛萧发了条短信。

与此同时，洛萧那边将整个看守货物的东堂的人都派了出去，他今天也找人问过，晚上云顿港湾确实有船只要来。

他将短信转发出去，便翻身躺在了靠椅上。

也许是因为头上的伤，洛萧竟昏昏沉沉地睡了过去，再次醒来的时候，是被急促的手机铃声吵醒的。

他头痛欲裂，看了一眼后接起电话：“什么事？”

“堂主，不好了……”那边的人声音比铃声更急促，“东堂所有的货都被人劫了！”

“什么？！”洛萧霍然起身，套了件外套来到窗前，“云顿港湾那边的事怎么样了？”

“我带着东堂的人赶过去，确实有货，接头暗号也没错，确实挺值钱的，我们的人都截下来了，也把追的人给甩了，”那人顿了下，“可是我们东堂丢掉的货更值钱，云顿港湾的货最多就七八百万，可东堂存着的都是新研发的毒品，起码价值三千万……”

洛萧满眼晦暗：“东堂那边是谁干的查出来了吗？”

“查不到，但是据我估计应该不是帝爵的人，帝爵的人怎么会知道东堂在哪里？”

“你先去追一下看，能追多少回来是多少，”洛萧想了下，第一个便想到了容沁，“先这样，有情况再打给我。”

他挂了电话，往容沁的号码拨出去。

容沁正焦急地在别墅里等着，握着手机来回走动，所以电话响了一声她便接了起来。

她忙来到阳台上：“喂？”

“你到底在搞什么？”洛萧声音骤寒，认定了这件事情同她有关系，“你摆我一道？”

“什么？”容沁听不懂他的话，“你什么意思？”

“你还好意思问我？你说十二点在云顿港湾，是莫南爵教你说的吧？”洛萧冷笑一声，“他现在是不是就在你边上，叫他接电话。”

“你胡说八道什么？”容沁皱起眉头，“我现在躲在阳台上和你打电话，莫南爵出去了还没回来，什么叫他教我说的？洛萧，我说了帮你最后一次，你还想怎么样？”

“难道不是你和莫南爵串通好的？”洛萧冷下语气，“容沁，你别想骗我，这件事情我会查清楚，要真的是你故意害我，我就告诉莫南爵你是我这边的人，我看他还怎么要你！”

他说完便挂断了电话。

“你……喂？喂？！”容沁将手机从耳边拿开，看了下，气得差点将手机砸掉!

容沁当真是气死了，亏她还冒险想帮洛萧最后一次，他自己没把事办好，居然反过来怪她？！

但她细想一下还是有些着急，万一洛萧真的把她和他合作的事告诉莫南爵，那她还怎么跟着莫南爵？

容沁坐立不安，又等了一会儿，时钟已经指向凌晨两点，莫南爵还没有回来。

她实在等不下去了，咬着牙，上楼套了件大衣，便出了门。

她决定亲自去一趟云顿港湾，也许能碰到莫南爵，到时候她就说不放心来看看他，若是真的碰见了洛萧，她一定要阻止他将真相告诉莫南爵!

Chapter 3
童染，等我，我会来

容沁站在路边想要打车，这里的出租车她也不熟悉，好在她运气好，站了一会儿，便有一辆出租车开过来。

更幸运的是，司机居然还会说中文：“小姑娘，打车吗？”

容沁忙点点头，拉开门坐上去：“去云顿港湾。”

“好嘞。”

“你怎么会说中文？”

那司机闻言别过头，嘴角勾起冷笑，面上却不动声色：“噢，我也是锦海人，来这里打工的。”

容沁噢了一声，心思不在这儿，也没多说。

车开了一会儿便到了，司机将车靠在路边停下来：“小姑娘，前面就是云顿港湾。”

容沁付了钱下车。

正值凌晨时分，这儿冷飕飕的，她环着肩朝前走着，可前方漆黑一片，什么也看不清。

蓦地，一阵寒风袭来，容沁抬手挡了下……

感觉有什么东西吸入口鼻，她双眼一翻，双手下意识抓了下，身体便软绵绵地向下栽去，刚好擦着男人的皮靴倒了下去。

莫南爵双手插兜，冷睨着地上躺着的女人，只一眼便别开视线，抬脚跨过去，走到湖边站定：“动手。”

“是，少主。”

几个黑衣人走上前，将容沁抬到一旁的草坪上，伸手扒掉她身上的所有衣服，将她摆成各种姿势，而后拿起相机咔嚓咔嚓地拍起来。

十几分钟后，黑衣人拿着装在信封里的照片走上前来：“少主，都拍好了。”

莫南爵并未伸手去接，侧眸瞥了一眼，容沁已经被用衣服裹起来扔在边上，男人收回视线：“找个这儿的当地人把她送到医院去，在她的枕边放一沓照片，我们自己留一份原件。”

“是，少主。”

莫南爵不再多看一眼，抬脚跨上车，黑色轿车如幽灵般在街道口转了两圈，而后朝反方向疾驰而去。

容沁醒来的时候，入目便是一片洁白，浑身像被碾轧般疼痛。

她撑着床坐起来时，护士正好推门进来，也是个锦海人：“你醒了？”

容沁一片茫然：“我怎么会在这里？”

“噢，是一个老人家送你来的，说是在路边看到了你，”护士将她的点滴调整了下，“送你来的时候你浑身都是泥巴……衣服都是裂开的，不过我们给你检查了下，没大事，好好休息吧。”

护士转身走了出去。

容沁回想着昨晚的事情，她先是打了辆出租车去云顿港湾，然后下了车，一下子就失去了知觉……

容沁皱起眉头，难道……她别过头，想要寻找自己的包，一眼便看见了枕头边的信封。

她心里咯噔一下，伸手拿起信封时，双手都在颤抖。

她打开信封，将里面的东西抽出来。

“啊——”容沁双手一抖，霍然起身，难以置信地盯着那些照片。

这……

“要真的是你故意害我，我就告诉莫南爵你是我这边的人，我看他还怎么要你！”

洛萧说过的话浮现在耳边……

容沁瞪大眼睛，昨晚她才挂了洛萧的电话，没多久出门被就人袭击了，还拍下了这些照片……

很明显是自己办砸了洛萧的事，他报复她！

容沁气得浑身发抖，拔掉手背上的点滴，收起包和照片便急匆匆地出了医院，直接打车回到了 MR 珠宝帝国。

她推门进去的时候，黑衣人看她的眼神都十分奇怪。

容沁颤抖着双腿来到客厅。

莫南爵整个人窝在椅子里，搭起一条修长的腿，手里正拿着个信封。

容沁的心瞬间停了一拍，她稳着脚步走上前去：“爵。”

“你还好意思叫我？”莫南爵扬了下手里的信封，而后用力将其朝茶几上一摔，“你还好意思回来？！”

他俊脸上张扬着明显的怒气。

“爵，我……”容沁低下头，一眼便看到了从信封里散落出来的照片。

“你什么？你打算怎么解释？”莫南爵直起身体，抬手在桌面上轻叩几下，“我今天早上回来，本想带你出去玩，结果就收到这些照片，对方说你办砸了他的事，这是给你的惩罚。你倒是说说，你背着我在外面办什么事？”

容沁闻言双拳骤然握紧，心中蓦然生出怒气和恨意，果然是洛萧！

他居然还直接把照片寄给了莫南爵！

容沁几乎气得牙关打战，她这样帮洛萧，到头来他还这样反咬她一口！

莫南爵神色冰冷地抬起头来，俊脸被朝阳打出一层薄雾，看起来越发魅惑，容沁盯着他的脸，本来，他该是属于她的男人！

男人双手环胸，靠在沙发上：“我给你一分钟的时间解释。”

“爵，我，我不是故意的……”容沁想要最后争取下，走上前，竟直接对着男人跪了下去，“对不起，爵，希望你原谅我，我是爱你的，我一心只想跟你好……”

“哦？”莫南爵冷笑一声，眉梢眼角尽是冷讽，“你一心只想跟我好，所以便背着我替别人办事，对吗？”

容沁咬紧下唇，忙辩解道：“爵，我其实也没办什么事……”

“还要装？”莫南爵抬手从边上的小茶几上拿起一支录音笔，里面是容沁和洛萧打电话时的录音，每一个字都听得十分清楚，“你自己听听看，这是不是你和对方说过的话？”

容沁颤抖着将录音笔拿起来，按开开关后，心底的最后一丝希冀瞬间粉碎。

那确实是她和洛萧通话时的内容……

容沁气得小脸通红，她不明白洛萧为什么要对她这么狠。他的事没办成，能完全怪她吗？

他凭什么寄这些东西来破坏她和莫南爵？！

莫南爵冷睨着她脸上的表情变化，嘴角勾起冷笑，阴沉着张俊脸：“容沁，你还有什么话可说？”

容沁握着录音笔，脸上煞白一片：“爵，对不起，我是爱你的……”

“你还说爱我？”莫南爵伸手将手边的咖啡杯朝她砸过去，深褐色的咖啡洒了她一身，男人语气冷然，“容沁，我本想和你好好走下去，也想过真心待你，但是你做了什么？”

“爵，我……”

“你背着我将我的资料透露给别人也就算了，这些只是小钱，我也可以原谅你，毕竟我不缺钱，但是你居然还和别人拍这种照片！别人都知道你是我莫南爵的女人，你让我的脸往哪里搁？！”

容沁肠子都悔青了，一想到这些照片，就想把洛萧给撕了：“爵，对不起……”

“好了，我不想多说了，既然发生了这样的事情，我这里是不可能再留你了，”莫南爵站起身，双手插兜，掏出两张机票摔在她脸上，最后刺激她一下，“我本来还订了机票，今天带你去玩，路线我都规划好了，可是现在我看到你就想吐，滚吧，以后不要再出现在我面前！”

容沁扑上前想要抱着他哀求，却被黑衣人拉住了胳膊，直接被拎出别墅，摔在门外：“少主叫你滚！不知道珍惜的贱人！”

砰——金碧辉煌的大门被大力关上。

容沁双手撑着地面，气得已经说不出话来，她盯着眼前奢华的别墅，本来她可以住在这里的，本来她会是这里的女主人……

现在全毁了！全被洛萧给毁了！

她攥紧双拳站起身来，双眼迸射出浓烈的恨意。

晚上八点不到，洛萧便接到了个电话，他看一眼号码，按了拒接。

东堂那边丢了几千万的货，他派人去查了，似乎不是帝爵的人做的，而且对方做事太隐蔽，暂时还没查出是谁。

他浑身乏力，转身刚躺回床上，手机又响了。

他皱起眉头，还是按下了接听键：“喂？”

“是我，”那头，女子的声音十分低沉，“出事了，我要见你。”

“容沁？”洛萧听出她的声音，坐起身来，“出什么事了？你没和莫南爵在一起？”

电话那头，女子的声音始终很低：“很重要的事情，我拿到了一个你绝对感兴趣的东西，是关于帝爵总部的机密。”

洛萧眯起眼睛：“你哪儿来的？”

“昨晚，我发现自己怀孕了，”容沁随口瞎编，“莫南爵很高兴，说要奖励我，给了我一张银行卡让我随便刷，他拿卡的时候我看见的，在保险柜里，我趁他睡着的时候偷的。”

洛萧双眼一亮：“你怀孕了？孩子莫南爵要吗？”

“要的，”容沁双眼暗淡，继续骗他，“他说让我生下来。”

洛萧心里骤然放松，若是真的，那小染的这个孩子，莫南爵就算知道了也肯定不会惦记：“那东西……”

“我给你那东西，只是因为我觉得是你送我来莫南爵身边的，我现在怀上了他的孩子，想最后一次报答你，毕竟昨天的事情办砸了。”

洛萧想了下，点头道：“那我派人去取……”

“不，我要亲自给你，”容沁语气坚决，“这么重要的东西，不交到你手上我不放心，而且这也是我们最后一次合作了，我不想像昨晚一样出什么差错，让你误会我。”

“那好吧，”洛萧看一眼时间，“现在八点十分，十点整，你到烈焰堂总部的正门来。”

容沁皱眉：“烈焰堂？”

洛萧并没告诉她实话："我在朋友这里，不能出这个范围，外面不安全。总之你过来吧，会有人放你进来的。"

"好。"

容沁挂上电话，眼底划过一抹蚀骨的恨意。

时间很快就到了十一点整。

容沁准时到了，门口的重机械守卫得到了消息，便直接放她进去。

她什么都没带，只是手里拿着个红色的长方形盒子，身上还穿着昨晚被撕得不成样子的大衣，看起来十分凌乱狼狈。

洛萧身后跟着四五个人，他穿着件白色衬衫，自从童染来了之后，他几乎每天都穿白衬衫。

他在容沁面前站定："东西带了吗？"

容沁并不动，神色镇定，忽然笑出声："你就只关心你要的东西吗？"

洛萧皱起眉头："你来不就是要给我东西吗？"

他说着视线扫过她的全身，觉得奇怪："你的衣服怎么了？"

容沁摇摇头："没事，刚刚摔了一跤。"

"你不是怀孕了吗？"洛萧盯着她的腹部，"孩子多大了？"

"不到一个月吧，"容沁抬起头来看着他，"洛萧，你说我和莫南爵在一起，会有幸福吗？"

洛萧要的只是东西而已，她和莫南爵怎么样，他并不关心，所以闻言点了下头："你好好地替他生下孩子，也许他真的会娶你，就算不娶，也不会薄待你。"

"是吗？"容沁弯起嘴角，"你也这样觉得吗？"

"对。"

"我也是这么想的，真巧，我们想到一起去了。"容沁盯着他的俊脸，眸中的恨意一闪而逝，她突然开口，"你过来，我把东西给你。"

洛萧看向边上的手下："你去拿。"

"不，"容沁摇摇头，将盒子背到身后，"我跟着莫南爵这么久也知道一些东西，万一你身边的人就是叛徒呢？这东西是整个帝爵的机密，我要亲手给你。"

洛萧想了下，她如此谨慎也是对的，毕竟昨天才出了那样的事，便抬脚走过去："给我吧。"

容沁点点头，将盒子拿到身前，身体前倾："好。"

她将盒子递出去，洛萧伸出手来接——

就在这一瞬间，容沁猛然上前两步，从长方形的盒子里掏出一把锋利的匕首，直接朝着洛萧身上捅去！

整把匕首没入男人的腹部。

洛萧俊脸陡然扭曲，剧痛袭来，他闷哼一声后整个人就朝下跪去。

边上的手下见状吓得半死："少爷！"

几个人冲过来就要扶他，可容沁动作很快，将匕首抽出来后再度用力捅了进去！

洛萧瞪大双眼，显然没料到她出手居然如此狠辣，他双膝跪地，捂住腹部的手已经被温热的鲜血染红："你……"

"洛萧，我恨你！"容沁被边上的手下抓住胳膊，手里还抓着那把沾满鲜血的匕首不停挥舞着，双眼满是恨意，死死地盯着他，"要不是你，我怎么会被莫南爵抛弃？他明明说了要好好跟我走下去，他是爱我的，他还订了机票……都是你，都被你给毁了，我这样帮你，你居然还反咬我一口，洛萧，你不是人！"

"闭嘴！"手下用力抓住她的手，容沁手里的匕首砰的一声掉在地上，上面的鲜血飞溅开来。

洛萧疼得整个肩膀蜷缩着，另外两个手下分别握住他的双肩："少爷……"

制住容沁的两名手下将她打昏后扛了起来。

洛萧依旧跪在地上，鲜血一直涌着，他动一下都不行："把她关起来……别，别杀了……"

他说完这句话便陡然向下倒去。

"少爷！"几个手下大惊失色，忙将他抬起来朝里面走去。

远处，莫南爵双手插兜站在一栋别墅的楼顶，这里离烈焰堂总部尚有些距离，但依稀能看清楚发生了什么。

男人嘴角勾起冷笑。洛萧，被自己的棋子捅几刀的感觉爽吗？

后面的黑衣人拿着地形图走过来："少主，我们现在暂时进不去，外面都是莫氏的人……”

“洛萧受了那么重的伤，肯定是要住院的，里面的家庭医生治不好他，”莫南爵好看的桃花眼浅浅眯起，“最迟明天早上，他一定会被送到医院，只要他被送出去，肯定很多人都得跟着去保护他，到时候我再找机会潜进去。”

黑衣人闻言怔了下：“少主，您一个人……”

“莫北焱的人在外面看着，你们进不去，进去了也是送死，”莫南爵转身朝楼下走去，嘴角扬起冷冽的弧度，“等他被送出来再说吧，他撑不了多久的，有种就死在里面！”

黑衣人点点头，跟着他走下去。

洛萧直接被抬回了不远处的别墅内。

几个手下将他抬上楼，可二楼的房间被烧掉还在装修，用人想了下，便让他们直接将洛萧抬到三楼主卧。

童染在房内安静地躺着，没吵没闹，脑袋里想着那对珍珠耳环和河豚毒素 B 的事……

她越想越觉得不对，眉心紧皱，有些念头在脑海中渐渐放大。

蓦地，房门被大力推开，几个手下将浑身是血的洛萧抬到了床上：“快让一让，少爷不行了！”

几个用人慌忙过来帮忙。

童染坐起身，洛萧被放在她边上，浑身是血，一只手还捂在腹部上，已是鲜红一片。

他浑身都在颤抖，俊脸扭曲着，显然已经疼到极致。

童染皱起眉头，转身下了床，并未开口。

用人吓得不行：“少爷这是怎么了……”

“被人捅了两刀，还是个女的，”手下简单交代几句，喊那几个用人下去，“我们还得出个任务，有批货今晚必须得送，你们快去通知家庭医生来，千万不能让少爷出事，实在不行就送医院。”

“好，好……”两个用人忙转身下楼，那几个手下毕竟不是别墅里的人，碍于童染在这里，也没多待，接了电话便走了。

一时之间，房内只剩下他们两个人。

童染站在床边，看了一眼床上满身是血的男人，洛萧双唇都在发抖，短发汗湿地贴在清俊的脸庞上。

她只看了一眼便别开视线，转身走到窗台边，望着窗外的夜色。

不一会儿，房门被敲响，好几声后童染才去开门，她将门拉开一条缝隙：“谁？”

“楼下的用人叫我们上来的，”两个医生站在门口，“洛少爷受伤了是吗？”

童染闻言回头看了一眼床上还在发抖的男人，而后将视线收回来：“噢，方才已经有医生来给他看过了，你们走吧，他包扎过了要休息。”

“这……”医生面露犹疑之色。

“不信我是吗？”童染退后一步，双手不再抵着门，“那你们进来检查吧。”

医生知道她是洛太太，自然是不敢的，忙鞠躬道：“那太太，我们先回去了，有情况再打电话给我们。”

“不用回去了，就住在那边吧，”童染抬手朝对面走廊最里面的房间指了下，“出了事喊你们也方便。”

“好的，洛太太。”家庭医生恭敬地点头，而后进了童染说的那间房。

十分钟不到，用人便过来敲门：“太太，医生在帮少爷检查吗？”

童染站在门边，并未开门：“医生在走廊最里面的房间，没事你们不要去打扰。”

“好的，那太太您……”

“我困了，我不会自杀的，放心吧，要不然我方才就死了。”

“那太太晚安。”

用人闻言放下心来，以为家庭医生在给洛萧治疗，不敢再打扰，便退了下去。

脚步声渐渐远去，童染抬起手将房门反锁，然后转身回到床边。

洛萧整个人蜷成一团，鲜血已经将床单染红。

童染居高临下地看着他苍白的侧脸，突然开口，声音很轻：“也许，大伯的死和你有关系，对吗？”

没人回答她。洛萧此刻意识不清，不可能听到她的问题。

其实童染也不知道自己在问谁，她将视线别开，嘴角勾勒出一抹苦涩的笑。

床很大，童染转身走到床的另一侧躺上去，同他还隔着很大一段距离。她拉起被子盖过肩膀，伸手关掉了床头的灯。

床的那一侧，男人仍轻微地颤抖着，鼻翼间发出近乎痛苦却微弱的闷哼声。

童染将整个身体都蜷起来，闭上了眼睛，到最后究竟是怎么睡着的，自己也不知道。

第二天早上，不到八点，用人便过来敲门了：“太太，您还在睡吗？”用人伸手拧了下门把，发现门从里面反锁了，更加心急，便开始拍门，“太太，太太？”

童染穿好拖鞋下床，走过床尾时顿了一下，洛萧还是维持着昨晚蜷着身体的姿势，腹部的鲜血已经染红了他那一边的床单。男人紧闭着眼，嘴唇苍白如纸，已经没了颤抖的动作。

“太太？太太？”用人还在拍着门，童染走过去将门拉开：“怎么了？”

“太太，吓死我了，”用人见到她后松了口气，而后又提起来，“我早上去医生的房间，他们说少爷没在他们那儿……”

用人说着眼睛朝里面看着，童染也不遮掩，侧开了身。

用人一眼就看到了床上躺着的洛萧，浑身是血，显然并未得到治疗。

用人猝然睁大眼睛，声音更是惊恐无比：“太太，少爷他……”

“是你们抬他上来的。”童染说完后便不再开口，转过身走到洗手间开始洗漱。

用人手忙脚乱地去叫家庭医生，那一头房里的医生赶了过来。

洛萧已经完全失去知觉，医生低头查看了下，语气骤然冷凝：“高烧、深度休克、呼吸停止，快送医院！”

几个人忙将洛萧抬下去，而后通知司机和手下。

童染洗漱完之后走出来，方才那个用人还惊怔地站在原地，看见她后张了张嘴：“太太……”

童染看了一眼染血的床单，而后弯腰将咬她裤腿的楠楠抱起来：“把这些都换掉吧，看着恶心。”

用人目瞪口呆地看了她半晌，而后低下头去：“是，太太。”

中午的时候，因为洛萧不在，童染便下楼吃饭。

用人将准备好的午餐端到桌上，每一样菜里都加了牛肉，这是童染要求的。

她坐下后，楠楠叼着个碗趴在边上，她吃一口，它也吃一口，完全的小跟班。

童染看着它馋兮兮的样子，嘴上吃得油油的，便伸手揉揉它的脑袋，嘴角勾勒出一抹浅笑。

一餐饭还没吃完，大门便被人推开，孟瑶直接冲了进来，左右看了看："童染在哪里？！"

用人吓了一跳，没想到她直呼太太的名字："孟小姐……"

童染放下筷子抬起头来："你找我？"

"你还有心思吃饭？"孟瑶见她还在喂猫吃东西，几乎是冲过去抓住她的手腕，"你居然还能安安稳稳地坐在这里吃饭？！"

"放开！"童染眼神一冷，站起身甩开孟瑶的手，"我不坐在这里吃饭，难道要跪着吃吗？"

孟瑶被她堵得差点说不出话，盯着一桌子牛肉，喉间哽咽了下："少爷在医院。"

"噢。"童染点点头，坐下来继续吃。

"我说他在医院！"孟瑶一掌拍在餐桌上，震得碗碟都颤动不已，"他躺在医院里，你居然还吃得下饭，童染，你到底有没有心？！少爷对你这么好，你看不出来吗？你眼睛瞎了吗？！"

童染不愿意同她争吵，没有说话。

孟瑶看她这副淡然的样子，气得几乎吐血，伸手拽住童染的手臂，用了点力将她提起来："跟我去医院看少爷！"

"放开你的手！"

童染抬手挣扎，可孟瑶是练家子，几下便将她抵在后面的冰箱门上："我叫你跟我去医院！"

边上的用人吓得半死，忙上前劝："孟小姐，别这样……"

孟瑶不管不顾，想到洛萧被抬出去时浑身是血的模样，都想杀了童染："你到底是不是人？少爷待你好你不是不知道，你偏偏要这样伤害他。就算你爱莫南爵，可这不是你伤害少爷的理由！”

“我伤害他？”童染几乎笑出声来，“这真是我活了这么久以来，听过的最好笑的一句话。”

孟瑶咬着牙，死死地盯着她。

童染抬头对上她的视线，此时的她面容冷静，不像来时那样吵闹，而是用冷漠筑起一道保护墙：“孟瑶，我们之间的事情你不懂，我说了你也不能体会我的心情。反正在你们看来，我这也不对，那也不对，怎么做都是错的，既然这样，你不如杀了我。”

真好笑，曾经捅进去的刀，难道就因为伤口是看不见的，就可以当作没发生吗？

孟瑶抓着童染的肩膀，语气变得冷冽：“你以为我不敢杀你吗？”

童染闻言勾唇浅笑，并不挣扎：“那你就动手，我若是眨一下眼，我就不姓童。”

孟瑶抬起的手生生顿住，盯着童染黑白分明的大眼睛，她没说错，自己怎么敢杀她？

孟瑶收回手。

童染见状伸手推开她，坐回餐桌前，舀了勺汤后放下勺子：“去把汤热一下，楠楠喜欢舔热汤。”

“是，太太。”用人走过来拿起汤碗。

孟瑶站着没动，童染也没在意，吃完饭后抱起楠楠，转身就要上楼。

孟瑶盯着她的背影，突然开口：“少爷也许不行了。”

童染顿了下脚步，也就那么一下，什么也没说，也没回头，然后继续朝楼上走去。

孟瑶喉间哽咽了下，想到洛萧，竟然莫名想哭。

蓦地，大门被人用力推开，十几个手下闯了进来。

为首的那个人戴着黑色口罩，看不清脸，但能看出是个亚洲人，他扫视了一圈，最后视线定格在楼梯中央的童染身上，眼神一冷。

身后跟着的人腰间都别着枪，他们全走进来，将用人扯过来后让她们都跪下：“说！早上是怎么回事？！”

几个用人面面相觑，早上的事和太太有关系，可少爷当初交代过，不管怎么样都要保护好太太……

于是没人敢出声。

“说不说？！”其中一个人抡起边上的椅子就要砸下去，“不说都得死！”

“住手！”童染喊了一声，抱着楠楠从楼梯上走下来，神色冷静，未见任何情绪起伏，“早上的事情是因为我，和她们无关。”

童染走到用人身边，弯腰将她们扶起来：“这件事情和你们无关，都下去吧，暂时别出来。”

“太太……”几个用人吓得眼泪都出来了，忙伸手抹脸，“对不起太太，我们……”

“下去吧。”童染擦着她们的肩膀走上前，站定脚步，微仰起下巴，“是我做的。”

为首那个人，也就是李钦，对上她的眼睛，此时的她，同他那时在莫南爵身边见到的完全不一样，冷静勇敢，完全不是当时那副楚楚可怜的模样。

可具体哪里变了，他也说不上来。

童染盯着他的眼睛，觉得有几分熟悉，却想不起来在哪里见过，不由得皱起眉头。

李钦冷笑一声：“据说少爷昨晚躺了一夜都没得到治疗，这件事情是你做的？”

童染并不否认：“是我。”

边上的手下闻言火噌地蹿上来，伸手便要掏枪：“这是少爷的女人吗？怎么这么狠，要我说直接毙了！”

“别轻举妄动，”李钦抬手止住那人的动作，冷着脸吩咐道，“她导致少爷耽误治疗，把她抓起来带走！”说着李钦转身朝外走去。

几个手下上前按住童染的双肩，推着她走到外面，上了大门口停着的黑色轿车。

下车时，童染脚步踉跄了下，抬起头来。

眼前高砌的围墙全是深红色的，她皱眉打量着四周，这是什么地方？

这高墙上撒满了毒粉，一般人是进不来的。李钦走在前面，拿出个小瓶子朝童染身上撒了下，这才转过身：“带进去。”

童染本觉得有些眩晕，这会儿却陡然清醒过来，盯着李钦手上的小瓶子，这是……

“别乱看！”两个手下用力踢了童染一脚，她只得被迫低下头。

几人朝内堂走去，蓦地，外面传来一辆跑车开过来的声音，那跑车砰的一声撞在墙上，差点把墙撞歪。

边上的守卫吓了一跳：“这……”

莫北焱跨下车，一头酒红色的短发张扬不羁，衬出轮廓分明的俊脸，他拿掉手套，抬脚就朝堂内走去。

李钦看到莫北焱还是有些怕，忙垂下头：“焱少。”

莫北焱并未睬他，径自朝前走，没两步，却突然顿住脚步，转过身来，视线定格在童染身上。

童染抬头，看到和莫南爵有几分相像的一张脸，张了张嘴，一时间差点恍神。

莫北焱挑眉，视线扫过她白皙的小脸：“这是你们抓的女人？”

李钦对他知根知底，惹不起他，只得点头：“是的，焱少。”

“不错，”莫北焱走近几步，伸手就去摸童染的脸，“反正也是抓来的，我也没带女人回来，那就给我吧，过几天再还你们。”

“焱少，”李钦忙道，“这是少爷的女人。”

“洛萧？”莫北焱眉梢轻挑，嘴角拉开笑，“我看他清心寡欲，还以为他不喜欢女人，原来藏了个这么纯的。”

童染盯着他的脸，突然开口：“你认识莫南爵吗？”

李钦一怔。

莫北焱脸上的笑容瞬间僵住，而后转化为冷冽，他眯起眼睛：“你认识莫南爵？”

童染摇摇头：“不认识，我只是想问你认不认识。”

“你最好是不认识。”莫北焱冷冷勾起嘴角，说完后便转身朝里面走去。

童染盯着他的背影，越发觉得奇怪：“他是谁？”

“不是你该管的，”李钦惊魂未定，收回视线，“带到侧楼去。”

童染依旧看着莫北焱的背影，直到看不见了，才收回视线。

李钦带着她顺着深红色的楼梯上了楼，童染抬起头，就看到一面巨大的玻璃窗。

整个圆形房间都是用玻璃围起来的，靠近后面的部分是纯白色的，李钦走过去打开门，将童染推了进去。

童染踉跄一下，整个人摔了进去，却并不觉得疼，原来连地板上都是柔软的羽绒。

李钦在她身前站定："这里是实验人专用的隔菌防弹玻璃房，玻璃全是子弹都打不穿的，更别提用砸的，反正除非有钥匙，不然没人进得来。你好好待在这里，要是少爷真的出了什么事，我们整个堂都不会放过你。"

"你们整个堂？"童染抬起头扫视一圈，"实验人……你们到底是做什么的？"

"这些你都不必知道，"李钦冷笑一声，看着她娇弱的身体，"你就在这里等死吧。"

童染皱起眉头，知道挣扎也没用，便什么也没再说，起身走到边上，顺着玻璃窗坐下去。

李钦看她一眼，转身走出去，锁上门后，直接走到自动焚烧桶边，将钥匙扔了进去。

两个手下张大嘴："老大，这……"

"这房间就两把钥匙，一把在我身上，一把在堂主那里，"李钦转头看向玻璃房，"堂主要是不醒，她就一辈子待在里面，除非烈焰堂整个被人掀翻。"

两个手下没再开口，跟着李钦下了楼。

一整个下午都没人再上来，童染一直被关在里面，每餐饭都会从一个特殊的小口子送进来，看起来像是边上有自动加热区。

她只是瞥了一眼，并未吃一口。

一直到第二天晚上，童染饿得头脑发昏，坐得双腿发麻，肚子里空荡荡的难受。

蓦地，玻璃房外传来脚步声。

童染侧过头，就见孟瑶从楼梯口上来。

她身边还跟着两个手下，孟瑶侧过头吩咐了两句，那两人点点头，便退了下去。

孟瑶抬脚走上来，在玻璃房外站定。

童染直起身体，同她对视。

孟瑶身上还是之前那套衣服，上面有点点血渍，应该是还未来得及换掉，脸上明显带着愤怒的神色。

童染别开视线，走回方才的那个位置，准备坐下去。

孟瑶眼神一刺，伸手从口袋里拿出钥匙，将玻璃房的门打开，这还是从洛萧的房里取出来的。

童染听到动静抬起头，见门开了，便起身走过去，孟瑶抬手拦住她的路："你想去哪里？"

"你不是来放我出去吗？"童染面容冷静，站着没动。

"放你出去？你觉得你出了这里还能活下去？"孟瑶盯着童染淡然的小脸，一股子气直冲上来，她咬紧牙关，突然开口，"我告诉你，少爷死了！"

犹如一道惊雷炸过头顶，童染猝然瞪大双眼，浑身像是坠入冰窖之中，脸上血色褪得干干净净。

她张了张嘴，却一个字也发不出来。

孟瑶紧盯着她的脸，眼神黯然："你哭了。"

童染愣怔良久，下意识地伸手抹了下脸，才发现竟然有泪痕滑过。

她慌忙别开视线，身体也跟着转了过去。

孟瑶盯着她颤动的双肩，眯起眼睛，神色探究："少爷死了，你应该高兴不是吗？"

童染并没动，孟瑶继续开口："昨晚他流着血躺在你身边，你无动于衷，这会儿他死了，你又哭什么？"

童染浑身发抖，伸手捂住嘴，发现自己牙关都在打战。

孟瑶居高临下地看着她，眼底也漫上悲恸，她就是看不得洛萧生死不明地躺在医院里，童染还能如此淡然的模样。

孟瑶转身离开时留下一句："童染，害死洛萧的人是你，虽然不是你动的手，但是他会死全是因为你，你就是名副其实的杀人凶手！"

童染一动不动，直到关门声传来，她整个人才顺着玻璃窗瘫软下去，眼泪无法抑制地涌出眼眶。

孟瑶将门重新锁好，走到楼下，私人医院那边看守的人在这时来了电话，孟瑶忙接起来："孟小姐，堂主的手术已经完成，整个胃部已被切除……

目前堂主还在昏迷中，手术后的反应还在观察中，人暂时还未脱离危险。”

孟瑶心口提着的一口气还是未松下去：“我办完事马上过去，你们照顾好他，就算他醒了也暂时别告诉他那女人被关起来的事情。”

看守的人犹豫道：“这……”

“没什么不好的，听我的吧，那女人如此狠心，难保堂主不会非要来看她，再出点什么事怎么办？”

那人想了下，也不敢答应，只是说道：“孟小姐，这……您还是快些过来吧。”

“好，那我现在过去吧。”孟瑶挂断电话后上了车，半个小时后开到了医院。

电梯到达顶楼的重症监护室，孟瑶刚抬脚跨出去，口袋里的手机再次响起，她接起来，对方的声音很急：“孟小姐，您快来，少爷不行了！”

孟瑶握着手机的手一抖。

难道她骗童染的话成真了……

她顾不得许多，抬脚就朝急救室冲去，白色的大门并未关上，里面传来医生的声音：“心脏骤停，准备强心剂，准备电击！”

洛萧穿着病号服躺在病床上，清俊的脸庞惨白一片，薄唇也失了血色。护士走过去按住他的双肩，拉开他的衣服，测试后，将强心剂对准心脏搏动最强的地方注射了进去。

洛萧毫无反应，一动不动，护士探向他的鼻尖：“医生，没呼吸了……”

孟瑶听到这句话再也忍不住，推开门口看守的人：“我要进去！”

“孟小姐，不行……”

“让开！”

孟瑶猛地冲进去，几乎是跌到病床边。医生手里拿着电击器，贴着洛萧的肩胛，按下开关，洛萧整个人被电得弹了起来，而后又重重地落回病床上，却依旧一动不动，一点反应也没有。

孟瑶见状哭出声来，颤抖地伸出手握住洛萧垂在床沿的手：“堂主……”

医生重新将两个电击器按下，洛萧被反反复复电击了五六次，护士看了一眼心电图：“不行，医生……”

“估计不行了……”

“不！”孟瑶站起身，用力将那医生推开，双手扳住洛萧的双肩，“你睁开眼睛，睁开眼睛啊！”

洛萧双眼紧闭，才短短两天，整个人便迅速瘦下去，孟瑶按住他的肩头，眼泪滴在他的脸上：“我是童染，你睁开眼睛看看，我是童染！”

洛萧眼皮轻微颤了下，孟瑶心口一抽，嘴唇贴在他的耳际：“洛萧，我是童染，我来看你了，你看我一眼……就一眼，好不好？”

洛萧只觉得像是置身于一个冰窖中，四周都是刺骨的寒冷，他伸出手，似想要抓住什么。

孟瑶见他有所反应，一咬牙，低头吻住了他的唇，她曾经看到过洛萧带来的东西，上面的日记里写着的那三个字，想必是他们曾经的称呼，她贴着洛萧的唇道：“洛大哥，我是小染……”

最后两个字入耳，洛萧顿觉周身的寒气消失殆尽，他双唇动了动：“小染……”

边上看着的医生一怔，孟瑶忙起身，冲着他喊道：“继续电击！”

医生忙上前，孟瑶紧握着洛萧的手：“洛大哥，你不能有事，我还在等你……”

洛萧于昏迷中下意识攥了下手，期待太久的东西他不敢奢望能重新得到，但至少，不要再失去……

阁楼里，莫南爵一身黑色皮衣，紧身的皮裤包裹着修长的双腿，他弯下腰，将双枪插入长靴后直起身体，浅薄的刘海覆在额头上，流泻出一片清冷的光。

黑衣人拿着一个盒子走上前来：“少主。”

莫南爵伸手接过，打开来，盒子内是十颗一模一样的黑色颗粒。

黑衣人垂首道：“少主，这是最新的信号探测器，只需要随意撒在地上，就可以检测周边的信号，进而确定地形。”

莫南爵点头，将东西收起来：“下去吧。”

黑衣人并未动，犹豫了下，还是大胆地抬起头来：“少主，我们之前都侦察过了，烈焰堂总部外重兵把守，里面肯定也一样……要撒这些东西，我们随便派个人潜进去就行，死了也就算了……”

“不行，”莫南爵眯起眼睛，眼底蓦地出现柔和之色，“你们找不到她的。”

黑衣人一怔：“少主，可是您这样进去，分明就是……”

“送死”两个字他没敢说出口。

莫南爵并未多说，转过身，双手插兜，微眯着的桃花眼阴狠如狼：“那天晚上，关于东堂的资料是谁发来的？”

“我们的人在门口捡到了一封信，信上面写着东堂的地址，并且告诉我们东堂的人全部撤离了，所以属下才带人去的，并且做得很干净，对方也无法发现是我们，”黑衣人说着摇了下头，“可我们不知道是谁，目前也查不到，南非这块太乱了，可能安定下来还需要一段时间。”

莫南爵舌尖轻抵嘴角，盯着远处烈焰堂露在高墙外的红色砖瓦，视线渐渐变得深邃。

要么是认识他的人，要么就是……

黑衣人在他身后站了许久，男人一动不动，直到天色完全暗下来，莫南爵才转过身，抬脚朝楼下走去。

“少主！”

“不用跟着我，那边你们过不去，人多了反倒会暴露，”莫南爵走下楼，戴上皮手套，双手手肘处都放了匕首，“你们在这里等我的消息，一旦信号器能用就开始画地形。”

黑衣人还想劝几句，莫南爵已经大步跨了出去。

南非这里四处都是逃难的人和危险分子，混乱得可怕，如今东堂几千万的货物被洗劫一空，却还找不到是谁干的。

其实几千万倒是小，可关键是很多货都是约定好要发出去的，道上的人做生意讲究的就是“信誉”两个字，若是耽误了交易时间，拿再多钱去，也是于事无补的。

因此堂内的一半人都出去应付东堂被洗劫后的漏洞，烈焰堂内一时群龙无首。莫北焱虽在，可他从来不管事，如今洛萧生死不明，别的人又不同于他那般心狠手辣，整个烈焰堂顿时便陷入了混乱之中。

漆黑的夜幕之下，烈焰堂的侧门被打开，几名用人推着推车走出来，对面的路口停着一辆货车，里面装着些日用品。

其中一个用人抬起头来："喂，我说你们今天的洗发水怎么……"

砰——细微的声音响起，用人顿觉眼前一晃，只看见一顶黑色的爵士帽，随后双眼一翻，顺着同伴的手臂倒了下去。

另一人一怔，还未反应过来，也跟着倒了下去。

男人从车上跳下来，伸手将帽檐压低，微翘的边缘依稀能看见他深棕色的短发，他蹲下身将那用人的白色外套扒下来套在身上，而后推着车走了回去。

门口的守卫方才见过用人出来，瞥了眼便没说话。

莫南爵走进去后便将推车踢到一边，这里的守卫同莫家差不多，男人摸准了套路，前方的侧门内必定有检查的人。

凉风飕飕地刮过，带起阵阵阴寒，莫南爵眯起眼睛，绕到边上杂草丛生的侧墙边，伸手抓住了垂着的藤蔓。

他用力拉了下，承重力应该是可以的。男人动作敏捷，顺着藤蔓爬了上去，屏住呼吸。他知道墙上撒了粉末，可若不爬墙，也不可能进去。

围墙至少五米以上，莫南爵修长的手臂钩住边上的栏杆，从另一侧的墙边翻身下来，手掌为了平衡撑了下，顿觉一阵刺痛。

莫南爵抬起手，虽然戴着皮手套，毒粉仍顺着皮肤侵蚀进去。他单膝跪地，皓齿将手套咬下来，果然，掌心内一道深红色的血痕正在快速蔓延。

男人皱眉，另一手快速从手肘处掏出匕首，对准掌心的红色血痕刺了进去!

莫南爵死死咬着牙，薄汗顺着精致的侧脸滑落，刀尖刺进去后毒血悉数流了出来，一直到完全流干净，那道深红色痕迹才消失。

他将匕首放回去，扔掉沾上粉末的皮手套，站起身，黑曜石般的瞳仁凌厉地朝前扫去。

面前是一片巨大的花园，里面种着各种各样的花。莫南爵微弯着腰，如豹子般敏捷地穿过花丛，手伸入兜内掏出那些黑色颗粒，撒在走过的地方。

出了花园，入目便是几栋深红色砖瓦的别墅，莫南爵眯起眼睛，身后突然响起脚步声，显然是几名刚回来的手下："东堂那边做得真够彻底的，不仅把我们的货抢了，还把仓库给烧了，连存底都没了……"

“是啊，要不是堂主被那女人害得躺在医院起不来，我们绝对要让堂主给我们主持公道！”

“你们说堂主喜欢那女人什么啊？不就长得漂亮点，居然眼睁睁地看着堂主躺在身边流了一夜血，要我说枕边的美人就是致命的……”

几人说着朝前走去，莫南爵侧身隐在黑暗中，闻言眼神越发冷冽。

他们说的不可能是容沁，她捅了洛萧两刀所以断没机会躺在他身边，那……

莫南爵眯起眼睛，眼神变得锐利。如果他们说的是真的，那他就不必再去别的地方找了。洛萧住院，烈焰堂的人不可能放过童染，她绝对被关在烈焰堂总部。

男人俯下身，从长靴中掏出枪，上膛后扣动扳机，朝着不远处的房檐就是一枪！

炸开的枪响划过安静的夜空，各处的守卫都抬起头来，盯着枪响的地方：“拉开警戒！有人闯入！”

“是！”

莫南爵抬手又是一枪。

“快，都出来！”

几乎别墅内所有的人都冲了出去，人人手里都拿着枪，场面混乱成一团。莫南爵猫着腰从这边的黑暗中潜入边上的树丛中，不到十分钟，便有一群人从小道处朝枪响的地方跑。

莫南爵将皮衣的领口拢起，遮住大半张俊脸，出来后直接跟在了那群人最后一人后面。

一行人朝前走了几步，最后那人觉得不对，刚回过头，便被人一把捂住嘴。莫南爵手臂穿过他的腰，抱起他后便一起滚进了边上的树丛中。

“唔……”那人瞪大眼睛，奋力挣扎，可男人抱得极紧，滚进去后才松手：“别出声。”

那人张嘴便要喊，莫南爵抡起一拳直接砸在他的眼睛上！

那人疼得倒抽一口凉气，睁大另一只眼睛，面前的男人衣领拢得极高，只能看见一双桃花眼魅惑却尖锐，正直直盯着他。

“你……”

“告诉我，”莫南爵直接开口，“那女人被关在哪里？”

那人不懂：“谁？”

男人半跪在地上，长靴内的枪被抽出来，抵住了那人的腹部：“说。”

“你是说害堂主的那女人？”那人吃了一惊，而后反应过来，“你和她是一伙的？我就知道，她绝对不是什么简单的人物！”

莫南爵顺着他的话说下去：“对，我就是来救她的。”

“你敢！”那人冷下语气，“你找不到她的，你就算杀了我，我也不会告诉你，我们这么多人，你一定会死在这里……”

“你以为你不告诉我我就不知道了吗？”莫南爵盯着他的眼睛，突然开口，“把钥匙给我。”

那人被枪抵着，正想着该怎么呼救：“什么钥匙？”

“你刚才说的那地方的钥匙。”

“我什么也没说。”

“拿出来！”

“你想套我的话？”那人口气狠绝，“我告诉你，你不拿开你的手，就在这里等死吧！”

莫南爵竟然真的移开了枪，站起身道：“你不给钥匙，我自己也能进去，你信不信？”

“哈哈，你开玩笑呢？”那人见抵着自己的枪没了，便站起身来，脱口而出，“你根本不可能找到，就算你找到了，侧楼那种地方你以为你能进……”

那人说着一怔，瞬间止住了声音。

侧楼。

莫南爵听到满意答案后眯起眼睛，抬起消音枪，对着那人便是一枪。

那人张了张嘴，擦着男人的肩膀倒了下去。

莫南爵拍拍肩上的灰，兜内的手机正好显示黑衣人根据信号探测器模拟的地形图，莫南爵拿出来看了一眼，东南方向，八百七十米。

前方一大堆人还在寻找开枪的人，莫南爵将手机收起来，压低帽檐，转身朝侧楼走去。

玻璃房内并未开灯，每天入夜之后这里都是漆黑一片，只有洒进来的月光能透出一片幽暗的光。

童染蜷着身体靠在玻璃窗边，一手抱着膝盖，小脸上泪痕已干，扯动得肌肤生疼。她抬手抹了下脸，被关了几天，哭也哭不出来了。

天气原因，玻璃窗上全是雾气，童染抬起手，纤细的手指划过玻璃面，一挥一动之间，一张俊脸清晰地被勾勒出来。

童染站起身，前额同男人的相抵，连呼吸都屏住，生怕呼出来的气使得这张脸模糊。

莫南爵走到侧楼下，这里是实验专用的地方，并没任何人看守，底下的深红色大门是电动的，男人走过去，显示屏下面是一排数字键。

要输入密码。

莫南爵剑眉皱起，这里是洛萧的实验室，至于密码……

他眼眸中划过一丝锐利之色，抬手按下四个数字。

是童染的生日。

大门轻响一声，居然开了。

莫南爵嘴角勾起抹冷笑，戴着皮手套的手拉开门，灵敏地侧身闪了进去。

侧楼中一盏灯都没有，漆黑得令人胆战心惊，莫南爵将枪上膛后举在侧脸边，眯着眼睛，每一步都隔好几秒后才跨出去。

他并未一间间去找，而是凭着感觉直接上了三楼。

整个三楼都是玻璃窗隔出来的，一走进去便闻到一种消毒水的味道。这里是化学研究的天堂，有人曾说过，世界上最好的研究所便是毒品研究基地。

莫南爵握枪的手垂在身侧，男人脚步灵活，身形极快地穿梭在走廊中，晃动的影子甚至让人不确定是否有人经过。

莫南爵从走廊的那头走过来，抬头看去，那一侧反射出巨大的倒影，隐约可以看见一个人影站在窗前。

他呼吸莫名一窒。

童染退后两步，垂首盯着玻璃窗上被勾勒出的俊脸，而后低下头，唇瓣贴上他的薄唇。

男人顺着倒影走过来，一转弯，看见的就是这一幕。

他脚步生生顿住，黑曜石般的瞳仁内迸射出强烈的火光。

童染感觉到炙热的视线，粉唇抽离玻璃面，直起身体时，视线扫过玻璃窗外站着的修长身影。

她陡然一怔。

莫南爵一动不动，就这么眼神灼灼地盯着她。

童染怔了下后勾起嘴角，抬手遮住眼帘，差点笑出声来，她思念成疾，已经开始出现幻觉了吗？

她别开眼，擦拭了下眼角。

身前却陡然感觉到阴影，童染又是一怔，擦眼睛的手顿在半空中，而后抬起头来。

莫南爵站在玻璃窗外，薄唇紧抿，俊目一眨不眨地盯着她。

童染张了张嘴，一双眼睛睁得极大，眼珠子都快要掉出来了。她完全难以置信，震惊得话都说不出来了：“你……”

莫南爵眼里满是揉碎的柔情，深邃的眼眸直直地看进她的眼底，薄唇微张，两个字逸出来时，竟是恍如隔世的感觉：“童染。”

童染眼眶一酸，眼泪毫无征兆地涌了出来，她傻傻地站在原地，两只脚像是被施了魔法般无法动弹，随后捂住嘴哭出声来，双肩都在颤抖。

莫南爵盯着她白皙清瘦的小脸，眸中是掩不住的深情。他抬起手抚上玻璃窗，似是要帮她拭去泪痕：“不许哭。”

他的声音，她听不见。

童染摇着头，咬住下唇，盯着窗外的男人，短短两个月不到，再见似已是万水千山。

她张了张嘴，满腹的思念到了此时此刻，却一个字也说不出来。

莫南爵修长的五指紧贴着冰冷的玻璃窗，男人微微垂下视线，这才发现，整面玻璃窗几乎都是她画过的痕迹。

每一张都是他的脸。

莫南爵微微勾起嘴角，视线再度落在她的身上，眼角的魅惑弧度是她所熟悉的：“这么想我？”

她见他的薄唇动了动，却听不见他的声音，童染一下子急了，走上前捶了下玻璃窗：“莫南爵？”

三个字出口，童染才忍住的眼泪瞬间决堤，她再度上前，整个身体几乎贴在了玻璃窗上，额头紧抵着玻璃，目光贪恋地盯着莫南爵的俊脸。

两个月不见，他依旧一如初见，当真是一点没变。

只是她……

童染目光一黯，稍稍退开了身。

莫南爵见状眉头一皱，食指叩了下玻璃面：“过来。”

他说完后想起她听不见，又抬手写下“过来”两字。

童染抬头看了一眼，又低下头去，一动不动。

莫南爵眯起眼睛，抬手用力捶了下玻璃，嗓音带着几分急切：“童染，你给我过来！”

童染双眼酸涩得难受，抬手遮住眼帘。她怎么也无法忘记，那天早上醒来，洛萧就躺在她边上，他说，小染，你终于是我的女人了……

童染想，老天爷真是残酷，她再也不是莫南爵一个人的童染了，他也不是她一个人的莫南爵了……

就算洛萧真的死了，她身上的这些伤害就能洗刷干净吗?

童染抬手将眼泪抹掉，咬住下唇，知道他听不见，才开口说道:“莫南爵，我……和洛萧上床了。”

她从没想过要瞒他……

男人并没动，似乎在等她写字，童染脸色泛白，喉间哽咽了下：“莫南爵……我已经不干净了。”

男人眸中跳动的火光暗了下，不是为别的，而是因为她亲口说出这句话。

她鼓足了勇气，就算知道他听不见，可开这个口，她心里该有多痛?

其实他会读唇语，知道她在说什么，可男人选择了沉默。她不想让他听见，那他就听不见。

他在乎的从来就不是这些，否则她被带走，他就不会来找她。

他疼的，只是因为她亲口说自己不干净了……

童染说完那句话后始终垂着头，一动不动，男人也没写字，静谧的气氛蔓延在二人之间，连月光都变柔和了。

莫南爵站着没动，暗暗咬着牙，体内突然波涛翻滚，痛楚一波一波地从心头冲击上来，撕扯着他一般。显然，方才那围墙上的毒粉并没那么简单。

童染有太多话想说，却没法说。

她走上前，伸手摸了摸自己的耳垂。莫南爵顺着她的动作看了一眼，发现她耳垂上的耳环已经不见了。

男人眼神微变，耳环内的东西，她已经发现了吗？

童染摸摸耳垂，又指指他，莫南爵明白她的意思，什么也没说，只是点了下头。

一个细微的动作，童染便明白了。

他以大伯的名义送耳环给她，里面放着河豚毒素B，那就证明……

心里的猜想被证实，而事实竟然是这么讽刺无比，苦涩得她想哭。

她抬起头，定定地看着外面的男人，张了张嘴："莫南爵，对不起……"

她到底是误会他了，大伯肯定是他救的，要不然他也不至于这样提醒她。

他替她救了大伯，她却还拿刀想要捅他……

蓦地，走廊的那头传来脚步声——

"快检查下，方才死了人，去看看那女人还在不在！"

"你们分头找，我们去那边！"

莫南爵闻言双眼一眯，抬起手在玻璃上写道：等我，我会来……

还没写完，子弹便从边上射过来，那头的人已经喊出了声："有人进来过，底下的密码门被输入过密码！就在半个小时之前！"

莫南爵站着没动，子弹擦着他的肩膀打在边上的窗台上，肩头被擦出血迹，男人咬着牙，将剩下的"接你"二字写完。

等我，我会来接你……

童染捂住嘴，拼命点头，已经泣不成声："你快走，我等你，我会一直等你……"

砰砰砰——

对方已经拉开火力，两边的通道都被堵住，走楼梯和电梯都已经不可能了。

莫南爵直起身体，抬眸深深看了童染一眼，然后将黑色的皮衣拉起来，弯腰将裤腿边的双枪抽出来，敛了神色猫着腰从边上潜了出去。

童染盯着他的背影，小手紧攥成拳："莫南爵，一辈子我都会等你……"

直到他的身影消失在她能看见的范围，童染才收回手，顺着玻璃窗坐下去，心里分不清是雀跃还是更深的悲伤。

莫南爵一路潜到走廊尽头，前方人影攒动，显然还在搜索。男人伸手捂住胸口，窒息般的感觉越发浓烈，他将另一只手的皮手套咬下来后塞进嘴里，暂时先忍住疼痛。

莫南爵将两把枪都上了膛，视线扫了一圈，两边的窗户都上了锁，砸开必定引来更多的人，先不说这里是三楼，而且他也无法确定下面是不是有人埋伏……

男人权衡了下后便直起身体，拿着枪准备冲出去。

他才走了不到两步，肩头便被人一把按住。莫南爵警觉性极高，反手拽住那人的手，对方却凑到他耳边："别出去，你已经中了毒，外面也撒满了毒粉。"

莫南爵眯起眼睛，对方扯住他的胳膊便将他朝边上拉："跟我来。"

莫南爵并不动，嘴里还咬着皮手套，背过身时，才看见身后站着的男人。他头上套着头套，脸上戴着口罩，就是不想让人看见他的样子。

莫南爵也没多问，弯下腰道："跟着你，有多少概率能出去？"

那人声音显然也是变过的："百分之百。"

莫南爵挑起眉梢，掂了下手里的双枪："我不知道你为什么帮我，但若是我们都没出去，我不可能让你一个人活着离开。"

那人点了下头。

砰——一颗子弹在他们脚边炸开。

那人皱起眉头，下意识就挡在了莫南爵身前："小心！"

走廊那头传来脚步声："那边有人！"

那人见状转身朝边上的楼梯口走去："跟我走。"

莫南爵也不再多说，跟着他往下面走，才走出一级阶梯，便能看见下面的人也跟着走上来。

莫南爵眉心一凛，垂下手就要开枪，那人却握住他的枪口："别，他们死了我不好交代。"

莫南爵扬眉："你是烈焰堂的人？"

那人并不开口。

莫南爵收回手，那人左右看了一眼，突然拉着他走进了二楼。

二楼全是实验用地，莫南爵穿梭在无数玻璃窗之间，扫视一圈，一眼就看到了实验室正中央夹着的试管。

满满一管子深红色液体正顺着倒流下去，边上无数台机器正在运作，一管又一管的液体被装好后推出来……

莫南爵眼神一寒，Devils Kiss！

他脚步顿了下，那人回过头来："小心点……"

莫南爵跟上，他算了下，这个实验室在二楼，离童染被关着的三楼有段距离……

男人想着便从腰间掏出一颗小型的手榴弹，这东西威力并不强，原也只是防身用。

那人一路走到二楼走廊的尽头，伸手将边上隐藏的侧门推开："快。"

莫南爵推了他一下，那人便先走出去，莫南爵随后出去，在身体侧出的同时，男人咬掉手榴弹的拉环，而后扬手将其朝那实验室扔了出去！

"你！"那人吓得睁大眼睛，莫南爵不给他说话的机会，抓着他的手臂便一齐滚了出去——

砰——

巨大的爆裂声在二楼响起，整个实验室被炸开，里面的东西全部被炸得粉碎，警报器随之响起。

莫南爵站起身，拍了下袖口："走吧。"

那人张了张嘴，却不敢说他什么，只得转过身："走这边。"

莫南爵擦了下枪走在那人边上，他向来不喜欢走别人后面，那人似乎也知道他的习惯，没加快脚步。

二人走到一个排风口边，莫南爵早已是浑身冷汗，那人伸手推了下，边上的一扇隐门便被打开。

"他们的人都在里面找人，外面看守的人我已经想办法弄开了。"

莫南爵点了下头，转身朝外面走去。

男人态度冷淡，一个谢字也没，仿佛不是别人带他出来，是他带别人出来。

"等等！"那人知道他的脾气，走上前，从口袋里拿出个瓶子，"你中了毒粉，这是解药。"

莫南爵顿住脚步，额角已经泛红，只是他极能忍，所以一点声音也没发出来。

那人见状将瓶子放在他的手上。

莫南爵却反手扣住他的手腕，中毒了力气也不小，男人显然不喜欢不明不白的事，抬腿踢向那人的腿，而后整个人压了上去。

“别！”那人伸手捂住脸，他不是莫南爵的对手，这点他很清楚，“你快走，再不走就来不及了，看守的人十分钟后就会回来。”

莫南爵将他压在地上，膝盖抵住他的肩膀，寒着声音问道：“你是谁？”

不远处传来脚步声。

那人瞪大眼睛：“你快走！”

“说！”莫南爵压着他的脖颈，“你是谁？”

那人咬着牙，浑身跟着发抖，要知道，莫北焱这会儿还在里面，要是被他知道……

“信也是你送的吧？”男人想了下便明白，但是敌是友尚且无法确定，“你到底是谁？”

那人还是不肯开口。

莫南爵见他不说话，便要站起身来，那人急得拽住他的胳膊：“少主，快走……”

莫南爵眯起眼睛，那人见状直接在他面前跪了下来：“少主，我求你了，你快走，为了那没心没肺的女人你根本不值得这么做！莫北焱现在也在南非，这里太危险了……”

莫南爵盯着他颤抖的双肩，脑海中划过某种猜测：“李钦？”

李钦闻言也没承认，耳边的脚步声越来越近，他俯下身，朝着莫南爵磕了两个头：“少主，我求你，以后不要再来涉险，洛萧真的很可怕……”

莫南爵看他一眼，弯腰将自己的一把枪放在他手里：“你既然加入了烈焰堂，那这一声少主我受不起。”说完他转身朝侧门走了出去。

李钦望着他的背影，半晌才站起身，将手里的枪收进口袋。方才莫南爵无疑是给了李钦一个机会，他转身的时候，李钦可以朝他开枪。

但怎么可能下得去手？李钦苦笑一声，将侧门掩上，敛下神色，转身走回了烈焰堂。

私人医院重症监护室。

孟瑶坐在病床前握着洛萧的手，头抵着床沿。

外面飘着小雨，滴滴答答的声音传入耳膜，洛萧眼皮颤动了下，手指也跟着动了动。

孟瑶睡得极浅，这一下便醒了，忙站起身，声音带着雀跃："堂主？"

洛萧缓缓睁开双眼。

孟瑶脸上漾开笑容，她转头就朝外面喊道："医生，医生！他醒了！"

"别叫，"洛萧抽回手，视线扫过病房，"这是医院？"

孟瑶点点头："是的，堂主，你做了手术……"

洛萧打断她的话："小染在哪里？"

"……"孟瑶鼻尖酸涩，没想到他第一个关心的还是童染，"她当然是在别墅里。"

洛萧伸手贴了下额头，浑身仿佛被人剥掉一层皮，疼得他牙关打战，他望了下门口："他们都跟过来了？"

"是他们送你来医院的，堂主。"

"小染没来吗？"

"她怎么会来？"孟瑶想到这个就生气，皱起眉头，"堂主，童染当时……"

洛萧语气冷了下去："'童染'两个字也是你叫的？"

孟瑶喉间生生卡了下，她只得调整话语道："堂主，你当时被抬进三楼的房间，太太也在，可是医生去的时候她说你已经治疗过了，也不让用人进去，在你身边躺了一晚上，任你流血……"

洛萧闻言却没什么表情，只是闭上了眼睛："准备下，我要出院。"

"不行，堂主，你被切除了整个胃，医生说要静养的……"

洛萧撑起身体，孟瑶见状只得作罢，扶着他躺下："堂主你先休息下，我去找医生来……"

医生来看了几眼，无非就是交代不要剧烈运动，只能吃流食，洛萧也听不进去，准备一下后便被接出了医院。

孟瑶趁他在车上闭目养神的时候掏出手机，给那边的人发了条短信，让他们立马把童染从玻璃房里放出来，送回别墅。

可对方回了三个字：没钥匙。

孟瑶瞠目结舌，伸手探了下，才发现钥匙还在自己的口袋里，她又发了条短信：你们那儿不是还有一把备用钥匙吗？

那人也不敢说被老大扔进了焚烧桶，便随便回了句：找不到了。

“……”孟瑶将手机放回口袋，这下糟了，如果洛萧知道童染被关在玻璃房里……

此时，坐在前排的手下开了口：“堂主，昨晚侧楼二层的实验室被炸了。”

洛萧皱起眉来：“是谁做的查出来了吗？”

“查不出，他们说昨天有人潜进来，应该是来看三楼被关着的那个女人……”

洛萧脸色一沉：“哪个女人？”

孟瑶心里咯噔一下，那手下并不知道情况，回道：“不知道，据说是伤了少爷的那个女人，从别墅里被抓出来的……”

“什么？”洛萧转过头去看孟瑶，声音冰冷，“你们把小染关起来了？”

“堂主，也不是……”

“开快点！”洛萧气得脸色铁青，伸手按住胸口，喘息几下才稳住呼吸。

孟瑶咬着唇，不敢再开口。

车子一路开到烈焰堂门口，重重检查后，便放行进去。

手下将洛萧扶下车，洛萧伸手贴住腹部，无法直起腰，便半弯着身：“去侧楼。”

“是，堂主。”

一行人跟在洛萧身后，孟瑶站着没动，洛萧回过头来：“你也跟着。”

孟瑶只得跟在后面。

侧楼二楼被炸得一片焦黑，此时正在清扫，洛萧看也不看一眼，乘电梯上楼，边上的手下开口：“堂主，昨晚底下的门被人打开过。”

“撬开的？”

“不是，输入密码开的。”

洛萧眯起眼睛，密码是小染的生日，能被人打开，那就证明……进来的人八成是莫南爵。

洛萧气得几乎吐血，抬手就朝边上的人脸上扇去：“你们一个个都是废物，看得这么严，还能让人闯进来？！”

“对不起，堂主……”

洛萧咳嗽几声，喉间涌上腥甜的血气，他咽下去，背靠住了电梯壁。

孟瑶站在边上一个字也没说。

电梯很快到了三楼，洛萧抬脚走出去，几下便走到玻璃房前。

童染正坐在地毯上，抱着双膝，头埋得很深，不远处，几盘饭菜都没动，显然是一直没吃。

洛萧见状眼底一刺，转身看向孟瑶。

孟瑶张张嘴：“堂主……”

洛萧抬手就甩了她一巴掌。

孟瑶整个人被打得歪了下，洛萧伸手扶住墙，口气阴冷：“你敢把她关起来？”

“不是我关的……”

“就算不是你，你也可以去我书房拿钥匙，可你居然眼睁睁看着她被关起来！”

孟瑶咬了下嘴角：“堂主，她把你害成那个样子，你叫那些弟兄怎么能眼睁睁看着害你的人还好好地待着？”

洛萧无视她的话，伸出手：“钥匙给我。”

孟瑶将手伸进口袋：“堂主，你就那么爱她吗？”

洛萧口气严厉：“孟瑶，我告诉你，别以为那晚之后你就把自己当成什么，你对我来说什么也不是，你最好摆正自己的位置，她不是你能动的人。”

说着洛萧使了个眼色，一个手下从孟瑶的口袋里摸出了钥匙。

洛萧接过钥匙，抬脚就朝玻璃房走去。

孟瑶跟了上去。

洛萧走到玻璃房前打开门进去，童染蜷着身体并未动，显然是睡着了。

里面很冷，应该是开了冷气，洛萧皱起眉头，走到童染身边蹲下身来：“小染？”

童染迷迷糊糊地嘤咛了一声，洛萧伸手抱住她的腰，却没力气将她抱起来，只是搂着她：“小染？”

童染渐渐清醒过来，抬起头，黑白分明的大眼睛中倒映出一张清俊的脸。

“你……”童染杏目圆睁，难以置信地看着他，“你没死？”

“你以为我死了？”洛萧盯着她满面泪痕的小脸，口气软了下来，并不追问那天晚上的事，“所以你才哭的，对吗？”

童染伸手抹了下脸，忙别开脸：“不是。”

“小染，你舍不得我死，”洛萧扳住她的肩，语气带着希冀，“小染，你还是爱我对不……”

啪！

童染抬手就朝他脸上扇去：“大伯是你杀的吗？”童染双眸中迸射出恨意，“你居然下得了手？洛萧，你还是人吗？！”

洛萧整个人栽倒在地毯上，一只手捂住腹部：“小染……”

“为你报仇”这四个字卡在嘴边，他生生咽了回去，选择了沉默。

“你承认了是吗？”

洛萧皱着眉，承认吗？难道要告诉她，他是为了帮她报仇？

若她知道了真相，他们之间就一点可能都没了……

洛萧并不知道她为什么会知道这些，视线移到她的脸上：“小染，我做这些都是为了你……”

“为了我？为了我杀掉大伯吗？”童染觉得好笑，蹲下身按住洛萧的肩头，“大伯母也是你杀的对吗？小区的火是你放的吧？”

洛萧抿着唇，神色越发黯然。

童染自嘲地扯开嘴角，声音异常冷冽：“孟瑶告诉我说你死了，我居然还哭了，好笑吗，洛萧，我居然还会为你掉眼泪？”

“小染……”

“你别喊我！”童染双拳紧握，牙关紧咬，“洛萧，你杀了大伯就是为了嫁祸给莫南爵吗？他会听你的，你又是怎么威胁他的？是不是我那几天昏迷在医院里其实是你害的？”

洛萧微仰起头，腥甜的味道溢满口腔，难受得他几乎昏厥，他伸手握住她的双肩：“小染，对不起……”

这三个字，他是替洛庭松和宋芳说的。

自从看了那盘录像带，他的天便塌了，梦也在瞬间崩塌……

“这三个字你也说得出口，”童染站起身来，嘴角勾着冷笑，“自己不觉得恶心吗？”

洛萧也站了起来：“小染……”

“我真没想到，原来，”童染盯着他的脸，语气已无一点波动，“我们的回忆是你亲手烧掉的。”

洛萧上前一步：“烧了可以再建，你想要什么样的房子，我马上可以……”

“还有用吗？”童染打断他的话，“你杀了大伯他们，还能再回去吗？”

洛萧的脚步生生止住：“小染，你真的不能原谅我吗？”

“原谅？”童染眉梢眼角尽是讽刺，“他们是我的亲人，你杀了他们，血海深仇你叫我原谅？！”

洛萧眉宇间笼上阴霾，血海深仇……

童染见他不说话，也不想再多说什么，心已如死灰，多看一眼都是绝望。

最终洛萧走上前，伸手搂住她的腰：“我们先回别墅。”

“我不回去，”童染甩开他的手，“你要么放我走，要么我就待在这里。”

她要在这里等莫南爵来救她。

洛萧转身看向孟瑶：“去叫两个人上来。”

童染皱起眉头：“你要做什么？”

“我暂时抱不了你，但我必须带你回去，”洛萧盯着她的脸，“所以找人上来。”

童染闻言眯起眼睛，想强留下来是不可能的了，只能回去再想办法，她便转身朝外面走去：“我自己会走。”

回到别墅后童染便进了房间，一直没再出来，洛萧也知道她在气头上，而且自己的身体也无法负荷，便回房休息。

晚饭童染并未在房内吃，而是下楼来了。

洛萧坐在沙发上，看到她时眼睛一亮：“小染。”

童染也不看他，径自走到餐桌边坐下，自顾自吃饭。

洛萧在餐厅坐了一会儿，便拿起钥匙起身出门。

听到外面传来汽车发动的声音，童染放下手里的筷子，擦了擦嘴，抬起头来：“你，过来。”

用人一怔，忙走过来：“太太。”

童染替她拉开椅子：“坐。”

用人忐忑地坐下。

童染端起一杯茶，食指轻蹭着青花瓷杯沿：“你们少爷平时都干什么？”

用人一怔：“什么？”

童染抬起星眸：“我昨天看到他和另一个女人的照片，而且，那个孟瑶……”

“孟小姐只是和少爷一起工作的。”

“工作？”童染眼里闪过精光，眯起眼睛，“他们做什么工作的？”

“这个，我也不清楚。”用人受过吩咐，自然不敢说。

“是一个什么堂吗？”童染接过话头，“是那种不干不净的东西吗？”

“不是的，”用人忙否认，“是正规途径……”

童染不着痕迹地垂下眼眸，他既然能杀大伯，那韩青青的事情……

她还记得，在莫南爵的手机上看到的字母——South Africa……

还有陈安和她提过，Devils Kiss 是烈焰堂的……

“小染，我带你去南非好不好？”

“要是少爷出了什么事，我们整个堂都不会放过你的！”

童染秀气的眉宇间笼上阴霾，若说洛萧在南非一点势力都没，哪来这么大的别墅？

她站起身，放下茶杯朝楼上走去，走到楼梯口时突然转过身来：“堂主什么时候回来？”

那用人闻言也站起身来，脱口而出：“堂主方才说晚一点……”声音陡然顿住。

童染嘴角弯起一抹冷笑：“好一个堂主，烈焰堂是吗？瞒得我好辛苦。”

用人顿时手足无措：“太太，不是的……”

“没关系，我不在乎他做什么，你放心好了。”

用人一怔。

童染转身就上了楼。

她并未去三楼，而是来到了二楼的书房，这会儿用人都在楼下打扫，也没人会上来。

童染伸手推了下，门并未锁，因为她平时都被禁足，不可能会在别墅走动，久而久之，用人打扫过后也就不锁门了。

童染走进去，里面好几个大书橱都放满了书，童染伸手拿出一本，是化学方面的书籍，上面密密麻麻地写满了字，显然是仔细阅读过的。

以前念书的时候，洛萧就有这种习惯，凡是他看过的书，他都会标注。

难道，这些他都看过？

童染每个书橱都随手抽出几本书，果然，每本都有标注……

她皱起眉头，将书放回去，走到靠近窗台的地方，发现放着一个保险柜。

她蹲下身看了一眼，保险柜需要输入密码。

童染输入自己的生日，不对。她想了下，将她和洛萧的生日结合起来，再在后面加上“21”这个数字。

保险柜应声打开。

童染将保险柜的门拉开，里面放着很多文件，她全部拿了出来，一份份地翻……

最底下的一份，上面清晰地写着——Devils Kiss 五阶段实验报告。

童染眸中一刺，浑身都跟着颤抖，她双眼紧紧盯着手里的报告，分明只是轻飘飘的纸张，她却觉得有千斤重……

童染霍然站起身，神色激动，最后一丝猜想被证实，劈头盖脸而来的真相打得她措手不及，山崩地裂。

纸张从手中滑落，散在地上，童染蹲下身，双手揪住头发：“啊——”

洛萧接到用人的电话，不到二十分钟便赶了回来。

见他走进来，用人忙迎上前：“少爷，我们没注意到，太太就进了书房……”

洛萧眉头紧皱，什么也没多说，抬脚上了楼。

二楼书房的门半掩着，微弱的橙黄色灯光透出来，洛萧缓步走过去，伸手握住门把手，却不敢推开。

里面不再是书房，而是不知深浅的龙潭虎穴……

他犹豫了下，还是伸手推开了门。

童染蹲在地上，听到声音后站起身来，同他对视。

洛萧被她眼底的阴寒刺得瞳孔一缩。

童染就这么看着他，半晌才开口，声音很寒很冷：“莫南爵的毒，是你下的吗？”

她第一句话问的就是这个。

洛萧盯着她的脸，也不否认：“你就这么在乎莫南爵吗？”

“对，”童染点头，“我从来最在乎的就是他。”

“你考虑过我吗？”

“考虑你？”童染望着他的眼睛，无穷无尽的陌生感将这个男人从她生命里彻底击碎，“我因为Devils Kiss废了弹琴的左手，失去了第一个孩子，也差点失去最爱的人……它是我生命中的噩梦。”

洛萧双眼收缩。

童染继续说道：“没想到，我的噩梦居然来自于你。”

洛萧喉间哽咽了下：“这药……”

“解药给我。”童染上前一步，朝他伸出手。

洛萧并不动：“你要救莫南爵？”

“拿出来。”

“怎么可能？”洛萧嘴角忽然勾起，“你爱莫南爵是吗？好，那就让他死！”

“你——”童染气得小脸通红。

洛萧见状伸手搂住她的腰：“小染，你是我的。”

“放开我！”童染伸手去推他，动作却陡然顿住，她伸手捂住嘴，弯下腰开始干呕，“唠——”

洛萧知道她怀孕开始有反应了，抬手拍着她的背，开口问道：“小染，不舒服吗？”

童染只觉得胃里翻江倒海，她睁大眼睛，难道……

洛萧搂住她将她拉起来：“是不是很难受？”

童染任由他拉着，脑子里乱成一团。她月经从来都不规律，甚至经常是几个月来一次，可到南非来之后，一直到现在，她都没来过……

她睁大眼睛，寸寸绝望蔓延上来，怎么可能这么巧……

此时，用人正好走上来，洛萧侧过头对外面喊了句："去叫家庭医生来。"

"好的，少爷。"

童染面色惨白，一动不动，双肩开始颤抖："不，不会的……"

"小染，让医生看一下就知道了，"洛萧盯着她清美的侧脸，凑过去亲了一口，"你该不会是怀了我的孩子吧？"

一道惊雷打在头顶，童染用力将他推开："不可能！"

"怎么不可能？"洛萧拽住她的手腕，"那天晚上我们没做措施。"

童染浑身发抖，连嘴唇都失了血色，洛萧搂住她将她带下楼，医生正好过来。

私人医院离这里并不远，医生给童染抽了血，便送去检查。

半个小时后，对方将检查报告送了过来。

医生看了一眼后脸上有了笑容："恭喜你们，太太确实是怀孕了……"

童染霍然站起身，动作幅度过大，导致桌上的水杯砰的一下滚在地上，碎得四分五裂，她颤抖着手拿起那份报告："不可能，弄错了……"

医生吓得不敢说话，洛萧站起身搂住她的肩："小染，我们有孩子了。"

"不……我不要……"童染用力将手里的报告甩开，挣脱洛萧的手就朝桌角撞去，"我死也不会要这个孩子的！"

"小染！"洛萧挡在她身前，双手握住她的肩，要是可以不要，他早就把孩子打掉了，他这么做，为的就是他们以后也能有属于自己的孩子，"你别冲动，听医生说……"

那医生忙开口："是这样的，太太，因为您之前流过产，加上体质和血型等各方面的因素，要是这个孩子打掉了，您以后可能再也无法受孕……"

童染闻言睁大眼睛，洛萧环住她："小染，这是我们的孩子，生下来，我会好好对他……"

这句话无疑是炸弹，炸得童染体无完肤，她怔怔地站在原地，张了张嘴，滑进嘴里的眼泪无比苦涩。医生见状拧起眉头："孕妇的情绪很重要，而且……"

他看了洛萧一眼，男人摇了下头，医生便没再多说。

童染胸膛剧烈地起伏几下，连牙关都在打战："我不会要的……"

说着她转身就要去撞墙壁！

洛萧目光一寒，他又何尝想留这个孩子，可犹豫了下还是冲上去拽住了她的胳膊："小染，你冷静点……"

"你滚开，我要找莫南爵，我不要这个孩子，我不要……"

童染双手捂住脸，喉间哽咽的声音断断续续。洛萧朝医生看了一眼，吩咐用人过来将童染抱起来："先把她送回房间，看好她。"

用人应声后将童染抱上楼，童染并未挣扎，只是一直在发抖。

洛萧走近那医生："孩子多大了？"

"停止生长前是一周左右，现在也差不多，具体时间确定不了，反正你说是近期同房的，也没人会知道。"

洛萧点点头："送点补品过来，她太瘦了。"

"是，堂主。"

洛萧转身上了楼，三楼卧房里，童染蜷着身体坐在床上，几个用人站在边上，警惕地守着她。

洛萧在卧房门边站定，几个用人抬起头来："少爷……"

童染听见脚步声也抬起头来，她满面泪痕，声音还是颤抖的："我不会要的，你不用劝我，我死也不会要这个孩子。"

用人们对视一眼："少爷，我们看……"

洛萧挥手道："你们都下去吧。"

用人忙退了下去。

洛萧来到床前，二人视线相交，洛萧有一瞬间的恍神，仿佛他们是在洛家，这里是他们的房间……

童染先开了口："我要做手术。"

"不可能，"洛萧打断她的话，"小染，这孩子你必须生下来。"

"我告诉你洛萧，我就是死，也不可能替你生孩子，"童染冷冷地瞪着他，每一个字都像是从齿缝间咬出来的，"我不会替一个我不爱的人生孩子，我这辈子只会替莫南爵生孩子！"

洛萧眉宇间笼上阴霾："小染，你不是要救莫南爵吗？"

童染神色一怔，洛萧见状继续开口："只要你把这个孩子生下来，我就给你 Devils Kiss 的解药。"

童染小手紧攥成拳，这对她来说，无疑是个很大的诱惑……

若是能把莫南爵身上的毒解了，她就算死也无所谓。

可这时候，她无法再去相信他："我怎么知道，你是不是骗我？"

洛萧盯着她的脸："Devils Kiss 是我研制的，除了我，世界上不会再有别人有解药。"

童染摇头："我不相信你。"

"那你愿意看着莫南爵去死吗？"洛萧上前一步，"Devils Kiss 会嗜血，要是等它吞噬了细胞……"

即便童染听不懂专业术语，可也知道严重性，她霍然起身："那你现在就把解药给我。"

"孩子生下来再给你。"

"万一你到时候不给呢？"

"到时候你都替我生孩子了，我还会怕莫南爵抢走你？"

他一句话，生生将她的退路全部堵死。

童染喉间哽咽，似乎怎么做，她都会失去他……

童染双手捂住脸，洛萧知道，她已经妥协。

这场战争他赢得很容易，洛萧却觉得刺骨地疼。

他如此费尽心机，为的居然是保住莫南爵的孩子！

洛萧眉宇间闪过一丝狠戾之色，却被极快地掩饰下去。

童染坐回床上："我要看一眼解药。"

"解药暂时没有，"洛萧跟着坐在床沿，"我还没开始研制解药。"

童染猝然睁大眼睛，洛萧看着她道："你好好养胎，我就开始研制。"

洛萧说完起身朝外面走去："我去给你煮面。"

童染缩在床头没动，房门被轻轻带上，她埋下头，眼泪无法抑制地流了下来。

MR 珠宝帝国。

主卧内，莫南爵穿着件亮绿色的衬衫站在窗前，身后的黑衣人推门进来："少主。"

莫南爵将视线收回来："怎么样？"

“派出去的人都打探好了，大后天晚上，东堂的人要出去送货，是新进来的货。”

莫南爵皱起眉头，走到沙发边窝进去，跷起一条腿：“你们明天派人过去，说是从黑市上收了东堂之前丢的那批货，要卖回给他们，交易时间也定在大后天晚上。”

黑衣人怔了下：“少主，这样做是因为？”

“我们到时候要潜进烈焰堂，肯定不能带太多人，不然会引起骚动，周边大大小小的帮会那么多，难保不会出事，”莫南爵修长的食指在腿上轻点几下，“所以要把他们的人都引开。说是他们之前那批货，他们肯定会带很多人来抓人，你到时候就带几个人过去，跟他们玩猫捉老鼠。”

黑衣人恍然大悟：“是，属下明白了。”

莫南爵轻点下头，眉宇间似有倦色，他轻合上眼帘：“你下去吧。”

“那个，少主……”

“怎么？”

黑衣人犹豫了下，还是开口道：“我们的人通过小道消息买来的，说是别墅里面传出来的……烈焰堂堂主的夫人怀孕了。”

莫南爵霍然睁开眼眸，神色幽暗得令人心惊：“怀孕了？”

“对，好像那边的用人传出来的，说是才一周左右，”黑衣人瞅了眼莫南爵的脸色，语气斟酌，“那用人还说，太太死都不肯要那个孩子，可医生说打了不能再生……”

砰!

莫南爵抬手就将茶几上的烟灰缸扫了出去，男人站起身，高大的身影笼上阴霾：“她人有没有事？”

“好像没事，孩子也没流掉，听用人说，童小姐应该是答应了留下孩子……”

莫南爵闻言神色一松：“好，我知道了。”

黑衣人又瞅他一眼，莫南爵脸色一冷，伸手揪住他的衣领：“看什么？！”

“少主，我……”黑衣人被他拎起来，“我以为你生气了……”

莫南爵冷着俊脸：“你确定她人没事？”

“确，确定……”黑衣人咽了下口水，“少主，那，那童小姐怀孕了，我们，我们还救吗？”

“救，”莫南爵松开手，食指松了下衣领，“为什么不救？”

“……”黑衣人张张嘴，却没敢说什么，起身退了下去。

莫南爵走到阳台，点上根烟，视线探出去，南非这儿天气很不好，不似锦海的碧海蓝天，这里阴沉一片，灰蒙蒙的令人绝望。

童染怀孕了。

莫南爵好看的桃花眼浅浅眯起，孩子一周多……

如果之前那个孩子没被洛萧打掉，一直到现在，怎么算，也不可能才一周多。

除非……

不过，这些都不重要。

莫南爵轻吐出烟圈，又苦又涩的滋味蔓延出来。

他不在乎洛萧是不是碰了童染，他在乎的，是她的身体状况。

他曾经以为绝不可能容忍他的女人被别人碰过，可是真正爱上后他才发现，这些真的都已经不重要，只要她没事就好。

再没什么，比她能站在身边笑更重要。

男人在阳台上站了会儿，转身回到卧室，坐到沙发上拿起电话拨通了陈安的号码。

童染怀孕的反应并不大，也不怎么吐，就是不太想吃东西，也没什么精神。

天气渐渐变冷，卧室内铺着毛绒地毯，如今怀孕了楠楠也被带到隔壁房间，童染只能一个人坐在阳台上。

她依旧是之前的模样，一坐就是一下午，手边本来摆满了画纸，可用人端着鲜榨果汁进来一看，纸上的俊脸都被她给擦掉了。

洛萧身体并不好，医生几次要求他回去住院，可他都拒绝了。他几乎一直待在别墅里陪童染，童染不让他进房间，他便在书房坐着。

孟瑶来时拿着个盒子，进书房之前，还是敲了下门。

“进来。”

洛萧坐在靠椅上，手里还拿着本书，孟瑶将盒子递过去："堂主。"

洛萧瞥了一眼："什么东西？"

"这是你上次要的，我们的人从狂躁型精神病人体内提取出来的原液，已经加工过了，"孟瑶将盒子放在他手边，"野人帮里面的人都不肯听话，他们住的地方太散，手榴弹也不管用。用这个给我们的人注射，再让他们进去杀人，很合适，我们也就死个人而已，不损失别的。"

洛萧拿起原液看了下，极浅的淡紫色液体，晃动时呈现出幽蓝色的波纹："效果测试过了吗？"

"测试过了，注射过这个之后会彻底失去一切判断能力，只想着杀人，见人就杀，不分敌友。并且效果持续7到14个小时，这过程中也不会神志清醒。"

"副作用？"

"对人没任何副作用，原液对神经的刺激性过了，效果就都没了。"

洛萧点头，将盒子随手放在手边的窗台上："我会研究下的，你下去吧。"

孟瑶并没动，咬了下嘴角后开口道："堂主，听说夫人怀孕了，"她们都将称呼改回了堂主，便喊童染夫人，"堂主，恭喜你。"

洛萧眼皮也没抬一下："嗯。"

孟瑶心里抽痛，盯着他瘦削的侧脸："堂主，你不住回医院吗？"

"你的话太多了。"洛萧将手里的书合上，"出去。"

孟瑶脸上一阵尴尬，只得没话找话："对了，堂主，莫南爵会不会再来？"

洛萧眯起眼睛："他来了也找不到这里。"

"万一他找到总部去呢？他能潜进来一次，就一定有办法再潜进来，要是总部被他给动了，难保不会顺着找到别墅……"

她这么一说，倒是给洛萧提了个醒，莫南爵现在肯定已经知道童染怀孕了，难保他不会来抢人。

烈焰堂守卫那么森严他都能出入自如，洛萧真的没把握能拦住他。

"堂主，而且东堂那边……"

洛萧将书放到边上，站起身来："东堂的那些货，应该不是莫南爵做的，他怎么可能知道得那么精确？"

"可东堂已经损失好几千万了，这不是笔小数目，关键是货被劫，我们的信誉也下降了，”孟瑶口气严肃，“我认为，应该加强东堂的守卫。”

“可以，你去办吧。”

洛萧转过身面对着窗外，莫南爵若是潜进来，那些货他肯定是瞧不上的，他会做的只是把童染劫走……

他无法确定莫南爵什么时候会来，又会以何种方式潜进来，更加不能确信能拦住他，可又不能不防……

洛萧眉头紧锁。

孟瑶顺着他的视线望出去，想了下开口道：“堂主，为什么我们不杀了莫南爵？”

洛萧摇头：“且不说我们完全杀不了他，就算杀得了，小染还不得恨死我？”

孟瑶皱起眉头：“还有谁动得了莫南爵……”

洛萧闻言想了下，脑海里灵光一闪：“能够直接伤害莫南爵的人……”

他转过身，口气阴沉下去：“只有小染能伤到他，因为他不会防她，也更加不可能还手……”

孟瑶看着他，一下子没理解过来：“堂主，你要……”

洛萧并不回答，视线移到窗台上放着的盒子上面，嘴角勾起一抹笑，神色阴恻而冷峻。孟瑶看见后生生打了个寒战：“堂主，你怎么了？”

“没什么，”洛萧将盒子拿起来，转身朝外走去，“我去一趟实验室，你找几个正常人过来，”他顿了下脚步，“记住，找个孕妇。”

孟瑶怔了下，而后点头：“好，我，我这就去。”

洛萧转身下楼。

孟瑶盯着他的背影，并未跟下去。洛萧想做什么她明白，其实她并不希望他和童染能走下去，可……

孟瑶犹豫再三，咬了咬唇，也转身下了楼。

过了两天，童染下楼时看见洛萧正坐在餐桌前，转身就要走。

“小染，”洛萧喊住她，“我已经开始研制解药了。”

童染脚步一顿，转过头来：“真的？”

“是真的，”洛萧点头，“过来陪我坐一下，我想摸摸孩子。”

童染不愿意同他争，想到解药，走过去在他对面坐了下来。

二人都没开口，童染只是盯着窗外发呆，片刻后洛萧站起身："我给你打杯果汁。"

童染还是没说话，洛萧起身榨了杯柳橙汁，侧过身时，将手里藏着的液体滴了两滴进去。

洛萧拿起杯子晃了下，而后弯腰放在童染手边："小染，医生说你既然吃不下东西，水果还是要多吃点的。"

童染皱起眉头，伸手推开："我不想喝。"

洛萧顺势握住她的手，将话说足："我不说你为了我，就算是为了莫南爵，你也该喝两口，我不能碰孩子，为他做点事情也不行吗？"

童染甩开他的手，眉头皱得更深，洛萧将果汁端起来凑到她嘴边："尝尝。"

童染只得伸手接过，抿了口，味道酸甜，其实她挺喜欢的，可她喝了几口便放下了："行了吧？"

洛萧并不开口，童染站起身，刚想离开，陡然觉得脑袋眩晕了下，她睁大眼睛："你……"

洛萧勾起嘴角："小染，你也该为我做点什么。"

童染想开口，可已经没了意识，身体朝边上歪去，洛萧及时抱住她，喊了用人来："把她抱到外面的车上去。"

"是，堂主。"

洛萧跟着上了车。

天边的弯月如尖刀般炫目，烈焰堂内人并不多，基本上人都聚集去了东堂，听说是要抓前段时间抢货的人。

人人都铆足了劲，要知道价值几千万的货被人劫了，不但损失了钱，面子上也挂不住。

烈焰堂在南非向来称王称霸，何时受过这种气？

八点一过，烈焰堂周围骤然出现十几个人影。

为首的男人一身亮黑劲装，身形修长显眼，他将皮帽压低，边上的人见状开口："少主，要不您回去，我们进去就可以了……"

"不行，你们找不到，而且她不会跟你们走，"莫南爵摇头，咬住匕首后将枪上膛，动作熟练，“我答应过她，要来接她。”

几个黑衣人对视几眼，可这毕竟不是开玩笑的：“少主，里面情况我们都不知道……”

莫南爵伸手将枪放入腰间别好，而后将那天那人给的解药递给他们：“这是墙上毒粉的解药，你们都服下。”

“是，少主。”

几人接过后一一服下，莫南爵看了一眼时间：“东堂那边怎么样？”

“马上可以炸……”

砰——

话音刚落，巨大的爆破声响彻天际，震得夜空似都跟着颤了下，莫南爵嘴角轻轻勾起，黑衣人扬起眉毛：“这下子好戏开始了，他们都赶去抓人，老巢被炸了都不知道。”

“好了，走吧。”

莫南爵将口罩拉上去，转身朝侧门走去：“走。”

黑衣人拿着枪跟在他身后。

一行人翻墙进去后，莫南爵率先进入树丛，凭借着记忆来到上次的侧楼楼下，身后的黑衣人压着声音道：“少主，刚刚那边的人确定了，说童小姐确实不在别墅里。”

“那肯定在上面的玻璃房里，”莫南爵眯起眼睛，视线扫过四周，“待会儿救了人后要是被包围，你们找两个人带着她先离开。”

“可是……”

“没有可是，救她出去是首要的，不然被关在这房子里，迟早会疯，”莫南爵走到侧墙边，这会儿很安静，连个看守都没，他皱起眉头，察觉到不对劲，“别动。”

与此同时，侧楼三层的隔离间内，洛萧本来站在屏幕前想看好戏，边上的手下却凑过来汇报道：“堂主，东堂被人炸了……”

洛萧闻言吃了一惊：“怎么会这样？”

“正门侧门都被炸开，据说厂房全部被炸烂……”

洛萧神色凝重，东堂是烈焰堂命脉般的地方，被炸了还怎么做下去？他抬手就扇了那人一巴掌：“你们不是去抓偷货的人，人没抓到，反而被炸了？！”

那手下疼得捂住脸：“他们那边当时留了三十多个人看守，可是也不知道对方是怎么潜进去的……”

“废物！”

洛萧气得胸都要炸开，脸色铁青，犹豫了下还是伸手拿起椅子上的外套：“我们去东堂看看。”

那手下看一眼显示屏里的玻璃房：“堂主，那夫人……”

“没事，我给她注射了药，让她一个人待着就好。”

“需要派人进去看着她吗？”

“不用，”洛萧瞥了一眼，“进去的人都会被她杀了。”

那手下一怔，随即问道：“那，莫南爵今晚会来吗？”

“我估计不会，他应该会在东堂那边，”洛萧将外套穿好，“反正这药药效7到14个小时，我给她加了双倍的量，多一天少一天并无区别。”

“那这边就暂时不管了吗？”

“没事，我派人埋伏着了，莫南爵就算来了也走不了。”

手下闻言点了点头。

“走，去东堂。”洛萧穿上外套后便下了楼，从边上的秘密通道出了烈焰堂。

莫南爵从隐蔽处侧身走出来，他耳力极好，方才的脚步声他听得真切，若不是手下，便是洛萧离开，定是去了东堂那边。

黑衣人从两边走过来：“少主，都没人，确认过了。”

莫南爵点了下头，楼下的密码门依旧锁着，他走过去，戴着皮手套的右手扬起。

密码显然已经被洛萧改了，不再是童染的生日。

男人眯起眼睛，人通常习惯一个密码之后，突然要换掉，肯定会不知道换什么，潜意识就会用最普通最容易记的来代替……

莫南爵勾起嘴角，伸手按下四个零。

大门轻响一声，紧锁的门被打开。

身后的几个黑衣人面面相觑，这都能行……

莫南爵伸手将门拉开，里面陡然传来的冷气令人不由得屏息，男人侧着身体，从口袋里掏出一根小棒子扔出去。

几分钟后，原本荧光绿的小棒子呈现出灰黑色。

“果然，楼道里都撒了毒粉，”莫南爵眯起眼睛，抬头望了一眼，“爬上去。”

黑衣人闻言将绳索递过来：“少主，这是从安少爷那儿拿来的……”

莫南爵接过后拉了下，退后几步，抬手一甩，整根绳索在半空中划过一道凌厉的弧线，而后精准地挂在了三楼的栏杆上。

男人伸手拽了下，长腿抬起抵住墙面：“三个一上。”

几个黑衣人跟着他的动作一齐爬上去。

莫南爵手臂缠着绳索，身形矫健，速度奇快，即将跨上三楼栏杆时，手里的绳索却陡然一抖，从边上断裂开来！

Chapter 4
小染，我们结婚吧

“少主！”

黑衣人不敢大喊，几人忙伸手去抓他，莫南爵手疾眼快地松开绳索，抬起右手钩住边上的栏杆。

绳索顺势掉在地上，裂成两截。

黑衣人目瞪口呆：“这，安少爷说这是他做的，万无一失……”

莫南爵冷着张俊脸，稳住身体后甩了下手：“陈安从来就没弄过什么靠谱的东西！”

十几个人爬上去后便从窗户翻了进去，莫南爵率先落地，手掌撑了下地面后站起身来。走廊里很安静，似乎并没人，黑衣人一一进来，却都没动。

莫南爵将手枪上膛后扬起贴在耳际，约莫过了十分钟后，他抬起手，朝着边上的侧门就是一枪！

子弹正中门把。

这一声并不大，加上这儿隔音效果本就好，几分钟后，仍不见人出来。

莫南爵眯起眼睛，身后的黑衣人见他点了下头，便分三路朝走廊边散开。

莫南爵抬脚朝玻璃房走去。

这儿同他那天来时并无差别，唯一的不同便是开了暖气，玻璃房内，童染坐在地毯上，穿着件纯白色的长裙，几乎和地毯融为一色。

童染双膝蜷起，整个人呈现出自我保护的姿势，眼中一片迷离，眼神毫无焦距地盯着前方出神，双手则背在身后，右手中，正握着洛萧放进她手里的匕首，而那上面淬了毒液。

童染一动不动，脑海中已没了一点自我意识，迷离的瞳孔中乍现出嗜血的猩红。

莫南爵来到玻璃房外，一眼就看见了她，男人眼底一刺，她怀了孕，洛萧竟然还忍心将她关在这儿。

莫南爵走近后抬手在玻璃窗上轻叩了两下，抑制不住地轻唤了声："童染。"

女子依旧不动，连头也没转一下。

莫南爵皱起眉头，紧盯着她清美的侧脸。童染仿佛睡着了一般，眼珠都不转一下。

男人心下狐疑，她这并不是正常的样子，难道要毒发了？

几个黑衣人巡视一圈后走了回来："少主？"

莫南爵看了童染一眼，而后将视线移到玻璃房最内侧的一个口子上，那儿应该是饭菜进出的地方。

既然能放食物进去，就证明那里一定能打开。

莫南爵带着几个黑衣人走过去，入目是一面白色的墙壁，他蹲下身，黑洞洞的枪口抵住了正中央的地方。

砰——子弹直直射入，打出一个小洞。

莫南爵收回枪道："全钢做的，割开。"

"是。"几个黑衣人取出工具，可不知道该怎么下手，"少主，从哪里开始？"

莫南爵眯起眼睛，抬手朝着白色墙面的四个角都开了一枪，白色墙灰瞬间脱落下来，露出一面全钢制的密闭门。

男人双手插兜："动手。"

"是。"

黑衣人将钢门扶住后拉开来，里面是一个并不大的自动热食区，每两天负责打扫的用人便会送新的食物进来。

莫南爵拉下口罩，走进去后用力抬脚一踢！

自动送食区的隔离板被踹开，发出震耳欲聋的碎裂声，莫南爵又补了两脚，一个大口便呈现在眼前。

男人双眉一挑，抬脚朝里面跨去，黑衣人则守在外面。

莫南爵走进去，玻璃房内竟然开的是冷气，他皱起眉头，喊出的两个字却温暖如春：“童染。”

女子就坐在他的对面，背部靠着墙。听见声音，她也并未有任何反应。

莫南爵走到她身前蹲下身，童染依旧不动。

男人伸出手，抚上她冰冷的脸颊，又喊了一句：“童染。”

童染一声不吭，莫南爵倾身过去，双手环住她的腰将她轻柔地抱进怀里：“我来接你了。”

莫南爵才要站起身，却感觉腰间陡然一紧，女子的手臂环了上来，他嘴角勾起：“别急，我抱你……”

一句话还没说完，男人嘴角勾勒出的笑意来不及展开，便瞬间僵住。

童染小脸上并没有表情，眸中闪过不正常的猩红，她蓦地抬起手，匕首就直接捅进了莫南爵的腹部！

匕首锋利的尖端顺着男人黑色的皮衣刺进去，鲜血喷涌而出，将童染白色的长裙染红。

她睁着眼睛，握着匕首的手开始剧烈颤抖，视线依旧毫无焦距地盯着前方。

莫南爵瞳仁猝然收缩，剧痛袭上心头，他喉间轻滚了下，将痛呼声生生咽了回去。

童染张张嘴，药性刺激了神经，此刻说出来的话全是没意识的：“放我走，我要找莫南爵……”

莫南爵搂住她的细腰的手松了下，却并未完全放手，他一只手捂住腹部，艰难地弯下腰，将童染放在了地毯上。

她顺势坐了下去。

男人想要直起身体，却并未成功，莫南爵整个人朝下跪去，手掌往腹部紧贴了下，温热的液体源源不断地涌了出来。

他紧紧咬着牙，汗珠顺着俊脸滚落，男人抬起头来看着她：“童染？”

她依旧没有任何反应。

莫南爵疼得牙关都在打战，鲜血从指缝中渗透出来滴落在雪白的地毯上，他半跪在她身前，眼角沁出哀戚之色："对不起，我来晚了……"

他知道，她肯定是被下了药。

童染手里还握着匕首，她用力地抽出来，莫南爵疼得咬破了唇，整个人顺着她的肩膀朝边上倒去，他却伸手拽住她握着匕首的手腕："别割到手。"

童染置若罔闻，站起身来，眼神涣散："不要，放我走，我要找莫南爵……"

莫南爵伸手撑住玻璃窗，强撑着站起身，伸手要去拿她手里的匕首："给我。"

童染瞳孔剧烈收缩，听见声音后大脑被刺激，她猝然扬起手里的匕首朝着莫南爵捅过去！

黑衣人听见动静忙冲进来，怎么也没想到会看到这一幕："少主！"

几人身形飞快，冲过来就要将童染推开，莫南爵靠在玻璃窗上，蓦地想起她怀着孕，旋身将她抱住："都滚出去！"

童染感觉到有人靠近，手里的匕首下意识扬了起来，莫南爵抬手挡了下，尖端在他手臂上割开长长的一道："嘶——"

"少主！"

莫南爵咬着牙将她按在墙壁上："童染！"

童染伸手揪住头发，眼里的害怕无限放大："啊——"

童染只觉得头痛欲裂，什么都看不见，思绪像都被抽空，强烈的精神刺激下，剩下的只有厮杀……

莫南爵按住她的双肩，低下头同她额头相抵，腹部涌出来的液体将她全身都染红了："没事了，别喊，我在这里，没人伤害你……"

童染止不住地摇头，伸手朝他身上捶去，恰好捶到他的伤口处。

男人身体晃动一下，黑衣人忙冲上前去，莫南爵双膝一软，整个人朝下跪去。

"少主！"

莫南爵从童染身前滑下，未受伤的左手撑住地毯，疼得整张俊脸都已扭曲，冷汗顺着精致的下巴滴落。

黑衣人扶住他，其中一人从腰间拿出纱布，莫南爵嘴唇苍白地摇头：“撒了毒粉，没用。”

“少主！”几个黑衣人眼眶微红，他们部署了一切，包括东堂那边都特别顺利，却唯独没料到会在这里出问题。谁能想到，童染会捅莫南爵一刀？

童染靠墙站着，手里还握着匕首，眼神空洞，也不知道望向哪一处，只要有人靠近她，她就会挥动匕首。

此时，走廊那头传来脚步声，同时伴随着手枪上膛的声音，几个黑衣人瞬间警觉，将莫南爵围在中间，举起了手中的枪。

几十个人瞬间将整个玻璃房包围起来。

为首那人戴着黑色口罩，边上的人也都拿着枪，虎视眈眈地盯着里面的人，眼尖的人一眼就瞅见了中间半跪着的男人：“是莫南爵！”

“真的是他！”

几个黑衣人将莫南爵挡在身后，形成一道围墙后，齐刷刷地面对着进来时那个入口。

只要有人进来，众人就会开枪。

外面的人也不敢轻易进去，场面顿时僵持下来。

与此同时，烈焰堂南区后面的别墅——

深红色砖瓦的防炸房内，莫北焱正从大床上坐起身来，拿起边上叠好的衬衣穿上，不着寸缕的女人爬起来抱住他的腰：“焱少，再来一次嘛……”

“滚，想累死我？”莫北焱站起身，径自走向洗手间，出来时已经穿戴整齐，一张邪肆的俊脸勾人心魄。

女人也不穿衣服，就这么下床走过来，双腿缠上他的身体：“焱少，那我住下来好不好……”

“你住下来？”莫北焱笑了下，转过身挑起她的下巴，“你要做什么？”

“服侍你，”女人见机不可失，忙补了句，“我爱你的，焱少……”

“哟，爱我？”莫北焱笑出声来，伸手拍了下那女人的大腿，“爱是什么？别天真了，你要是知趣点钱我一毛不会少你，不知趣，一分都别想要。”

女人咬住下唇，看来来软的是行不通了，还打算争取：“可是焱少……”

砰！

莫北焱抬手就将她整个人甩了出去，女人撞在壁橱上，疼得扶住胳膊：“焱少……”

“速度滚，真没一个能清净点的。”莫北焱转身走出房间，“无聊死了，洛萧又在陪老婆？”

手下摇头：“这个不太清楚，听说东堂给人炸了……”

“炸了就炸了，大不了就不要了，”莫北焱朝楼下走去，“跟我去晃晃，我都没仔细看过烈焰堂里面是什么样。”

手下不敢怠慢，连忙跟上。

莫北焱下楼后漫无目的地四处走着，嘴里叼着根烟，此时一行人正朝不远处跑去，男人出声喊住他们：“喂，都站住。”

几人忙站定垂首：“焱少。”

“跑这么快干吗去？”

“去侧楼抓人。”

“抓谁啊？”

“是堂主交代的，”其中一人想了下，“要我们生擒莫南爵。”

莫北焱眼睛一亮，伸手拿下唇边的烟：“什么？你确定？”

“对，他好像受伤了，就在侧楼。”

莫北焱伸手从边上那人腰间掏出把枪，飞快地检查后上膛：“走，正好无聊，去玩玩。”

侧楼三层，场面还在僵持，黑衣人看一眼莫南爵：“少主，您怎么样？”

莫南爵俊脸苍白，连薄唇都失了血色：“外面多少人？”

黑衣人看了下：“大概三十个。”

外面的人渐渐逼近，甚至已经有走进入口的趋势，黑衣人个个神色紧绷：“少主，我们怎么办……”

“我出去，”莫南爵直起身体，右手血流如注，男人便用左手握住枪，“你们在里面看着她，别靠太近，她会动手。”

“少主！”黑衣人挡在他身前，“我们不可能让你一个人出去。”

此时，外面那戴着口罩的人走到入口处喊了句：“你们都出来，再不出来我们就炸了这里。”

黑衣人抬手就要朝他开枪，那人却在此时伸手将口罩拉了下来。

黑衣人一怔，眼珠子都要掉出来了：“老、老大……”

李钦朝他使个眼色，而后又喊了句：“都出来！”

莫南爵眯起眼睛，黑衣人会意，扶着他朝外面走去，才走出入口，那些人便齐刷刷地将枪口对准他们。

莫南爵冷笑一声，舌尖轻抵嘴角：“洛萧教得真不错，一个个把手举这么高，谁有本事第一个开枪？来，开一枪我尝尝味道。”

众人闻言面面相觑，到底还是没人敢开枪。

李钦盯着莫南爵的伤口，眼底也跟着红了，他转身朝那些人道：“你们都下去，我和他谈一下。”

“可是堂主说要抓住莫南爵……”

“他亲口跟我说的，要我和莫南爵谈判，”李钦口气冰冷，“都下去，难道我的话你们都不信了？”

“老大，您一个人没事吗？”

“他们不会杀我的，杀了我他们也出不去。”

“是，那我们就在二楼等。”

那些人看了李钦一眼，而后都收起枪，转身朝楼下走去。

等脚步声渐远了些，李钦走过来压低声音道：“少主，又是那女人伤了你？”

莫南爵微弯着腰，眯着眼睛：“你要做什么？”

“你们快走，”李钦朝下面看了一眼，而后抬手朝边上一指，“那边是出口，这是钥匙。”他将钥匙递给其中一个黑衣人，“照顾好少主，他要是出了事我剥了你们的皮！”

“是，”那些黑衣人都是跟了李钦很久的，感情自然深厚，“老大，你怎么会在这里？”

李钦并不回答，突然退后两步，直接朝着莫南爵跪了下来：“少主，我对不起您，您的大恩大德我下辈子再报……”

莫南爵眼神冰冷，嘴唇因为中毒而泛白：“我说了，你入了烈焰堂，这一声少主我受不起。”

啪啪啪——

蓦地，楼梯口传来拍手声。

李钦一惊，回过头去，就见莫北焱拿着枪走了过来。

“好戏上演，都不叫上我啊。”

莫南爵闻声抬起头来，视线相触碰时，二人眼里都燃起了熊熊火光。

莫南爵眼神一沉，蚀骨的恨意涌上心头。

黑衣人也瞪大了眼睛，难以置信：“大，大少爷……”

莫北焱将枪放进口袋，视线定格在莫南爵身上：“哟，爵，你流血了。”

莫南爵冷冷瞥他一眼，眉梢眼角尽是冷讽：“看来你跟洛萧混了这么久，眼睛还没被他搞瞎。”

“这什么话嘛，洛萧又不搞我，我怎么会瞎？”

莫北焱走近几步，李钦侧过身来挡在莫南爵身前：“大少爷……”

“原来是你，我说怎么那天看你那么熟悉，”莫北焱瞥李钦一眼，摇摇头，“啧，你这卧底藏得真够深，亏洛萧还把你当心腹一样养着。”

李钦张开双臂挡住莫北焱的路：“大少爷，您不能伤害少主。”

“哎，这说的什么话，我怎么会伤害他？”莫北焱闻言笑出声来，侧头望了莫南爵一眼，“胆儿真是够肥的，是谁敢把你伤成这样？”

莫南爵下巴微仰，嘴角勾起一抹冷笑：“你要不要也来一刀？”

“我才不要，多疼啊，”莫北焱摇摇头，伸手将李钦推开，“别挡道，没看见我弟弟受伤了吗？”

李钦并不动，张开的双臂钢铁般坚固，他咬着牙道：“大少爷，别……”

莫北焱嘴角依旧含着笑，伸手摸了下李钦腰间的枪：“那你开枪把我杀了，你敢不敢？”

李钦并未犹豫，伸手就握住腰间的枪：“只要是伤害少主的人，我都敢。”

他说着拿出枪来。

莫北焱脸上的笑容收敛，他蓦地抬起手，几下便将李钦手里的枪夺了过来。

李钦自然不是他的对手，被按住双手后抬起头，莫北焱手里的枪已经抵住李钦的脑袋，男人一头酒红色的碎发犹如撒旦："你敢这么跟我说话？"

他说着就要扣动扳机。

一只沾血的手突然握住了枪口。

莫南爵挡在李钦身前，冷着俊脸，手上的力道几乎能将枪管掰弯："我的人你敢动？"

李钦眼眶一红："少主……"

莫北焱见状松开枪，摊开双手："我自然不敢，哎呀，爵，你别这么凶嘛。"

莫南爵用枪抵住他的胸口："对你，凶都是多余。"

莫北焱望了一眼胸口的枪，嘴角含笑："爵，你就这么不近人情？"

莫南爵冷笑一声："你都能跟狗住在一起，我近人情做什么？"

"洛萧听见你这么说他，不生气吗？"

"他没那个命听见。"

"好嘛好嘛，我错了，"莫北焱伸手推了下胸前的枪，"那我以后不跟洛萧住，搬去跟你住怎么样？"

砰——莫南爵抬手就朝莫北焱的肩头开了一枪。

莫北焱整个人朝后退了一步，子弹并未射入他的肩头，而是擦过他的肩打进墙里，他伸手摸了下受伤的地方："你还真舍得开枪。"

莫南爵眯起眼睛，黑曜石般的瞳仁内怒火翻涌："你当年有多舍得，我现在就有多舍得。"

"看来是我自作多情了，"莫北焱嘴角轻扬，转身将手上的鲜血擦在李钦身上，"借我擦一下。"

莫南爵喉间轻滚了下，握枪的手收紧，疼得微微弯下腰去。

"少主，"边上的黑衣人过来扶住他，"少主，感觉怎么样？"

莫南爵并未回答，而是转头看向玻璃房内，童染依旧靠墙而站，一动不动，瞳孔内的迷离越发明显，手里的匕首也未曾松开过。

男人神色复杂，深深看了一眼童染的脸，而后将视线移到莫北焱身上："洛萧在哪里？"

"你在问我？"莫北焱闻言左右看了下，而后拍了下脑袋，"那个什么堂来着……"

边上的手下忙出声提醒："焱少，是东堂。"

“对对对，东堂，”莫北焱点点头，“不是被炸了吗？他应该是去那边了，不过应该快回来了。”

莫南爵微垂下头，呼吸开始变得急促。

“少主？”李钦伸手将那黑衣人推开，手探下去，触碰到男人腹部的伤口时被挥开，“少主，您的伤……”

李钦将手抬起来一看，血居然是黑色的。

他浑身一震，拿着枪就要朝玻璃房里冲，莫南爵伸手挡住他：“站住！你还嫌不够乱是吗？”

李钦死死咬着牙：“少主，你都伤成这样了，还要挂念那女人……”

莫北焱朝里面望了一眼，这不是上次他碰到的那个女人吗？

他来的时候就觉得不对劲，这会儿看了下便明白了：“我说呢，按照你的脾气和行事风格，应该直接把烈焰堂端了完事儿，我还奇怪你为什么没杀洛萧，原来是为了个女人啊。”

莫南爵额角沁出层层冷汗，整张俊脸几乎浸湿，他抬起头，桃花眼眯起冷傲的弧度：“你要杀我就杀，不用废话那么多。”

“我怎么舍得杀你？”莫北焱走上前，李钦紧张地要挡，莫北焱直接伸手环住莫南爵的肩，整个人靠过来，“你是我弟弟嘛。”

莫南爵冷笑一声，并未推开他，嘴角漾出不屑的笑：“你和洛萧倒是一样不要脸。”

莫北焱环住他的肩不动，转头朝玻璃房内看了一眼：“想不到你也有爱上一个女人的一天，看来爸曾经的那句话没说错，女人当真都是祸水啊。”

此时，烈焰堂正门口开来一辆车，守卫上前将门拉开：“堂主。”

洛萧点了下头，边上的孟瑶将他扶下车：“堂主，您的身体不要紧吧？”

“不碍事。”

洛萧推开她的手，抬脚就朝里面走去。

孟瑶只得跟上。

侧楼下站着好些人，洛萧走过去时，众人纷纷让开道：“堂主。”

“怎么样？”

“回堂主，”其中一人低着头道，“莫南爵在上面。”

“什么？”洛萧一惊，没想到莫南爵这么快就来了，他望了一眼，“那你们都站在这里做什么？！”

另一人小声道：“那个，焱少也在上面……”

洛萧脸色一沉：“莫北焱怎么来这里了？”

“我们也不清楚，朝这边赶的时候焱少刚好下楼，说是一起来玩玩……”

洛萧眯起眼睛：“他来的时候已经抓到莫南爵了吗？”

“抓不到……”手下摇头，“堂主，他带的人个个都身手很好，我们也领教过的，我们冲进去也是死……”

洛萧脸色越发阴沉，抬脚就要走进去，孟瑶忙拉住他：“堂主，一个莫南爵已经很不好对付了，再加上焱少也在，这场面万一我们……”

“难道叫我在楼下等？”

“……”

洛萧甩开她的手就上了楼。

三楼上，莫南爵背靠着玻璃，浑身都已被冷汗浸湿。李钦咬着牙，他本做好打算直接放他们离开，没想到莫北焱居然半路杀出来！

他暗自捏紧拳头，他身上带着炸弹，如果实在不行，就把这里炸了，少主要是出了什么事，这些人一个都别想活！

洛萧走上来时，边上的人见到他都喊了声：“堂主。”

莫南爵抬起头来，一个尖锐的眼神扫过去，洛萧只觉得周身似骤然笼上寒冰。

洛萧站定后看了下眼前的情况，而后朝身后喊了声：“都上来，给我生擒莫南爵！”

莫南爵微微俯下身，握着枪的手关节咔咔作响。

生擒他？笑话！

黑衣人也全部拉开战线。

洛萧身后的人全举着枪小范围地挪动着脚步，谁也不敢贸然上前。

场面再次僵持，双方都未动，李钦突然站出来，蓦地拉开上衣：“都别动！”

他胸前挂满了炸药，密密麻麻地绑成一团，显然是做好了准备的。

洛萧怔了下，显然没想到他会这么做：“李钦！”

“谁敢动他一根发丝，”李钦看了一眼莫南爵，而后转过头来，“我就让你们跟着陪葬！”

洛萧沉着脸看着他：“我对你这么好，你居然背叛我？”

“我从来没跟过你，说什么背叛？”李钦盯着他的脸，“你害了少主，要不是为了找解药，我早就杀了你！”

洛萧眉宇间笼上阴霾：“当时是我救了你。”

“少废话！”

李钦扬起手里的起爆装置：“都退开！”

莫南爵也未料到李钦会这么做，他艰难地直起身体，鲜血已经将衣服全部染红：“让开。”

李钦回过头去：“少主……”

莫南爵握住他的肩头：“我让你下去，听不懂吗？”

李钦咬着牙，握着引线的手收紧，洛萧见状从身后的人腰间拿了把枪，而后举起来：“你就算把这里炸了也一样，莫南爵也得跟着死！”

李钦勃然大怒：“你给我闭嘴！”

莫南爵将手里的枪上膛，视线冷冷地扫过众人，最后定格在洛萧身上，举起枪对着洛萧的肩头就是一枪。

洛萧吃痛后退两步，疼得俊脸扭曲，咬着牙抬手就要开枪——

莫北焱却突然侧过身，直接挡在莫南爵身前，五指张开握住洛萧手里的枪管：“我不可能让你动他。”

洛萧神色一冷：“你什么意思？”

“听不明白吗？”莫北焱眼角勾勒出笑容，笑意却并不达眼底，“他是我弟弟，你当着我的面伤我弟弟，你说这是不是找死？”

洛萧没料到他会这么说，摸不准莫北焱在打什么算盘：“你想怎么样？”

“当然要我弟弟平安才是最好的，”莫北焱说着转过身，“爵，你说是不是？”

“……”李钦张了张嘴，这什么情况？

莫北焱绝非什么重情重义的好心人，他打的什么主意，莫南爵已然明白了几分。

洛萧脸色更沉：“莫北焱。”

“你们都让开，没看见我弟弟受伤了吗？”莫北焱并不睬他，指了下楼梯口的那些人，“愣着做什么，快去备辆车来。”

“这……”手下犹豫，“堂主……”

莫北焱直接对着他开了一枪。

身后传来惊呼声，洛萧伸手按了下肩头，莫北焱将枪移到他的眉心：“解药拿出来。”

洛萧看着黑洞洞的枪口：“什么解药？”

“那女人捅了他，难不成还能是她自己下的药？”莫北焱将枪口朝前抵了下，“拿出来。”

“不可能……”

“那我就直接崩了你，”莫北焱直接打断他的话，“你别以为我不敢，你可以用那个女人掐着他，可我无所谓，说杀就杀。”

洛萧差点气死，怎么也没想到莫北焱会出来搅这一局。

“放了他对你能有什么好处？”

莫北焱似笑非笑：“我说了，他是我弟弟。”

谁信？

洛萧皱起眉头，莫北焱再度开口：“别挑战我的耐性，我没时间陪你在这里耗。”

洛萧攥紧双拳，就算不答应莫北焱，他也没十成的把握能抓住莫南爵，何况李钦还带着炸药，搞不好就会两败俱伤……

他思量再三，最终下了决定：“好。”

莫北焱并不意外，伸出手道：“先把解药拿来。”

洛萧抿着唇，伸手从口袋里拿出个小瓶子。

莫北焱伸手接过，倒出来看了一眼是颗红色药丸：“你确定没错？”

“确定。”

“错了我就砍你的头。”

莫北焱将小瓶子交给李钦：“你们走，不放心可以回去验了毒再服。”

李钦将信将疑地接过药，而后扶住莫南爵：“少主？”

莫南爵薄唇紧抿，桃花眼也眯着，由于失血过多，整张俊脸毫无血色，意识也渐渐模糊。李钦知道他撑了这么久已经不容易，弯下腰直接将莫南爵背了起来。

“走！”他喊了声，身后的黑衣人迅速将他围在中间，丝毫没放松警惕，手里的枪一刻也没放下。

一行人出了烈焰堂，坐上外面候着的车很快便消失在视野中。

洛萧攥紧拳头盯着他们离开的方向，肩头的伤还在流血，孟瑶扶住他：“堂主，去包扎一下吧。”

洛萧转过头看向莫北焱：“你疯了？”

“我护着我弟弟不是很正常的事情吗？”莫北焱嘴角噙着讳莫如深的笑容，神色有些严肃，“洛萧，我早就跟你说过，你动不了他，就算要动，他莫南爵也只有我能动，明白吗？”

洛萧冷笑一声：“你不是恨他吗？难道不希望他死？”

“难道你觉得死是最痛苦的吗？”

“你什么意思？”

“没什么，不说这些，累死人了，我回去睡觉。”莫北焱不再多留，擦着洛萧的肩膀朝里面走去，“要我说，生不如死才是最痛苦的。”

童染再次睁开双眼的时候，天已经完全大亮。

洛萧就坐在床沿，见她睁眼忙拿毛巾替她擦了下脸：“小染？”

童染喉间干渴，下意识伸手去摸腹部，洛萧开口道：“孩子没事，你别担心。”

童染还未触碰到腹部的手收了回来：“我以为他掉了，白开心一场。”

洛萧抿着唇，伸手将她扶起来：“喝点水。”

童染并不理睬，闭上眼睛，记忆慢慢复苏，昨晚……

她猝然睁大眼睛，整个人从床上坐起来，视线焦急地扫过四周，并未发现任何人影。

童染整张小脸瞬间惨白无比，她低头看着自己的双手，抑制不住地颤抖起来：“你……你那天给我喝了什么？”

“没什么，就是一种药，副作用不大的，”洛萧伸手搂住她的肩，“小染，你亲手捅了莫南爵一刀，如果不出什么意外的话……”他嘴角勾起残忍的笑，故意歪曲事实，“他也许会死。”

“不！”童染浑身一震，而后用力挥舞双手，“不可能！你放开我，我要去找他……”

洛萧按住她的双手，双臂收紧将她搂住：“小染，就算莫南爵不死，也肯定对你彻底绝望，不会再来找你，你已经是我的了……”

童染眼里涌出蚀骨的恨意，他说的话，她一句也不会再信：“你给我滚开！”

“小染，”洛萧双手握住她纤瘦的双肩，“既然你已经怀了我的孩子，而莫南爵也不会再来找你，我们结婚吧。”

“结婚？”童染冷笑一声，对上他的眼睛，“莫南爵没死，对吗？”洛萧眸底一沉，童染继续开口，“你说你爱我，我现在总算看明白了，你恨我，洛萧，这个世界上最恨我的人就是你……”

“住口！”洛萧扳住她的肩将她按回床上，跟着压下来，“小染，我告诉你，莫南爵没死也阻止不了我娶你，我要你，因为你只能是我的！”

“滚开！”童染死死盯着他清俊的脸庞，却觉得犹如魔鬼般可怕，“洛萧，你这个畜生！”

“小染，我可以容忍你骂我、打我，怎么样都行，”洛萧双手撑在她的头侧，“但是我要娶你，这点你改变不了。但凡你还对 Devils Kiss 的解药抱有想法，那你就得乖乖听我的话。”

“你简直不是人！”童染抬手就甩了他一巴掌。

洛萧脸上被打出红痕，他却毫不在意，从她身上翻下来后起身朝外面走去：“婚期我今天就找人定下来，我要你做我的新娘。”

他打开门时对着用人吩咐道：“看好她，别让她出房间一步，要是她强行离开，就把她绑起来。”

用人闻言都低下头去：“是，堂主。”

洛萧转身下了楼。

童染躺在床上，闭上眼睛，又苦又涩的眼泪滑进了嘴里，强烈的自责和绝望涌上心头，她只觉得万念俱灰。

莫南爵，对不起……

洛萧要结婚的消息瞬间在南非传开。

烈焰堂在南非算是一顶一的帮会，如今堂主要结婚，无数双眼睛都盯了过来，对于新娘是谁，他们更是无比好奇。

MR 珠宝帝国内置别墅的主卧内，莫南爵赤着上身躺在雪白的大床上，俊脸因失血过多而苍白一片，双手平放在身侧，手背上插着点滴。

陈安一口气堵着差点被气死，看他一眼，将东西收起来：“暂时没什么事，就是失血太多，那解药是真的。”

李钦陡然松了口气：“那就好……”

陈安将莫南爵身上的薄被拉上去一点，而后拉上窗帘：“让他好好睡一觉，这么折腾铁打的身子也撑不住的，腹部中刀还撑这么久，我真是不知道该夸他还是……”

二人转身出了房间，陈安背靠在走廊栏杆上，叹了口气问道：“你怎么会在烈焰堂？”

“安少爷，”李钦身上带血的衣服还没来得及换，他咬着牙道，“我本来是想去拿到 Devils Kiss 的解药的……”

“拿不到吧？”陈安并不意外，“洛萧要是连这点防备心都没有，还当什么烈焰堂的堂主。”

李钦攥紧拳头：“不过，我也好歹知道一点内幕。烈焰堂是大少爷和洛萧一路建起来的，能到今天这个地步，若说洛萧占了百分之七十，大少爷至少也有百分之三十。”

“一口一个大少爷你叫得爽吗？”陈安眯起眼睛，以前的事情他件件清楚，“莫北焱能是什么好东西？”

李钦垂下头去，只是叫习惯了而已：“对不起，安少爷。”

陈安直起身体看他一眼：“有些话爵不会问你，但是我想问你，难道你当初跟着洛萧的时候，一点点私心都没动过？”

“安少爷，”李钦抬头同他对视，“我承认，当时少主给了我四枪我是真的绝望过，就算后面被洛萧救了，他让我跟着他，我答应了，也替他做过事，但……我从来没做过一件伤害少主的事，我的命是少主给的，我李钦这辈子也是他莫南爵的属下，这一点就算我死了也不会改变。”

陈安点点头，伸手拍了下他的肩：“我也没恶意，就是问一下。”

二人在走廊站了一会儿，一个黑衣人从楼下走上来，递上一张纸：“安少爷，您看……”

陈安接过来一看，瞬间瞪大眼睛，李钦凑过去看了一眼，也跟着惊讶：“这……洛萧要娶童染？”

“风声都传出来了，肯定是要娶的。”

陈安看了一眼后将纸折起来直接撕成两半递回给黑衣人：“这东西扔了。他现在浑身是伤，身体再好也折腾不起了，刀伤起码要半个月才能痊愈，再来这一出他还能活？”

黑衣人闻言明白过来：“安少爷，您的意思……”

“洛萧要娶就去娶，童染不是也怀了他的孩子吗？那就结婚去吧，”陈安想到莫南爵身上的伤，气就不打一处来，“烈焰堂堂主夫人，多么响当当的名字，让童染去当吧，我实在不想再看到她。”

李钦闻言跟着点头：“安少爷说得对，这件事情我们都保密，不要让少主知道，只要我们不说，少主肯定不会知道的……”

“是吗？你的把握真大。”

李钦浑身一震，抬起头时，正好同主卧门口的男人视线相对。

他吓得大气都不敢出：“少主……”

莫南爵冷着俊脸，陈安见状走过去，瞥向他的手背：“你把点滴拔了？”

莫南爵冷冷瞥他一眼：“你实在不想看到童染是吗？”

陈安伸手拽住他的胳膊：“你去躺着行不行？被捅一刀还不够，非得要童染把你捅死你才开心是不？”

“我乐意，你管得着我？”莫南爵甩开他的手，视线扫出去，几个人都低下头去，男人口气冷然，“谁再说童染一句，就脱了裤子给我去闹市区走一圈再回来！”

“……”陈安张了张嘴，这算哪门子威胁？

莫南爵穿着黑色背心，斜倚在房门边：“把那张纸给我看看。”

黑衣人忙递上去。

男人伸手接过，将纸展开后看了几眼，眸中蹿起的火光几乎滔天，陈安望着他攥紧的拳头：“爵，我觉得……”

“少主。”另一个黑衣人从楼下走上来，打断了陈安的话，“少主，大少爷来了……”

陈安一怔："莫北焱？他来做什么？"

莫南爵冷冷勾起嘴角，直起身体，双手环胸："他来得还真快，这股子风这么快就吹遍南非，八成少不了他在后头推波助澜。"

陈安眉心一凝，已然能猜出点什么来。

黑衣人将莫北焱领了进来。

莫北焱倒是毫不拘束，进来就往沙发上一靠，两条腿直接搭上茶几，左右看了看："搞什么，我弟弟呢？"

陈安率先从楼上走下来，莫北焱看见后坐直身体："哟，这不是安大少爷吗？"

陈安走到沙发边坐下来："你吃得真多。"

"什么？"

"我说你吃饱了撑的，"陈安和他本就不合，"在南非混得风生水起的，美洲莫氏开不下去了吗？"

"我就喜欢两头开，你管得着吗？"

莫南爵正好从楼上走下来，他换了件淡粉色的针织衫，两侧锁骨完美地呈现出来。

莫北焱见状站起身来，口气关切："爵，身体好点了没？"

陈安差点连一星期前喝的水都喷出来。

莫南爵并不回答，走到沙发边坐下来，搭起一条腿："你来找我做什么？"

"干吗这么冷淡啊，我是你哥，"莫北焱看一眼冷着脸的男人，"对了，洛萧要结婚了。"

"是吗？"莫南爵剑眉轻挑，"恭喜。"

"跟你女人结婚，"莫北焱伸手在玻璃茶几上轻叩几下，"你伤心不？"

"有话就直说，"莫南爵整个人窝在沙发内，桃花眼被阳光浸润出慵懒的错觉，"拐弯抹角就滚出去。"

"我一片好心来找你，你就这样对我？"莫北焱不怒反笑，也将身体窝进沙发里，兄弟对视，擦出的却是浓重的火药味，"我想帮你，你想想，那毕竟是你爱的女人嘛，你肯定不好受……"

莫南爵嘴角勾起冷笑，直接打断他的话："你要什么？"

“说得好，爵，从小到大，我就喜欢你的直接。”莫北焱弯下腰，侧头看向莫南爵时，眼底蹿出火苗，“你所拥有的一切，我都要。”

莫南爵整张俊脸阴沉下去，莫北焱会提出这样的要求，完全在他的预料之中，可由他亲口将这番话说出来，还是让人忍不住冷笑：“你这算盘，打得真是无比响亮。”

“我一直在打你的主意，你肯定知道的，”莫北焱毫不掩饰，他并不认为这是什么不对的事情，“如今这么好的机会摆在眼前，我怎么可能放弃？”

莫南爵从兜内掏出铂金打火机，却并不点烟，打火机的盖子几度开开合合，发出啪嗒啪嗒的金属声，令人浑身战栗：“你不妨说说，我所拥有的一切，都是些什么。”

莫北焱双手交叉在脑后，笑了下：“还需要我说？”

莫南爵嘴角勾出冷笑：“你难道不比我更清楚？”

这倒是没说错，莫南爵每走一步，莫北焱都是眼睛一眨不眨地盯着的。

莫北焱微侧过头去：“爵，你这么问，我可不可以理解为，我们已经成交了？”

莫南爵眯起眼睛，视线落到莫北焱身上，语气满是嘲讽：“你倒是说说看，要怎么帮我？”

“这个交给我，反正你要的是那个女人，那就把她带出来给你。”莫北焱双手放下来搭在膝盖上，“洛萧要结婚，那就让他结，普天同庆皆大欢喜地结，但是跟谁结嘛，我们可以稍微改变一下。”

莫南爵将手里的打火机摔出去，打火机在茶几上滑了一段后落在莫北焱脚边，莫南爵冷着脸道：“我不信你。”

莫北焱狭长的凤目微微眯起：“爵，我什么时候骗过你？”

是，从来没骗过，要做什么都是残忍地直接做，这比骗来得更直接。莫南爵沉下脸色：“你是说，换新娘？”

“这个到时候再商量嘛，买卖成了，还怕没方案吗？”

莫南爵嘴角紧抿，却并不是在犹豫，他担心的是童染的安全问题。

陈安一眼就看出莫南爵已经动摇，伸手撞了他一下：“爵，你疯了？”

莫南爵并不理他，沉默了一会儿，突然直起身体，双手撑住茶几，眼神直射向对面的人：“你确定能安全、万无一失地把她带出来给我？”

莫北焱点点头，语气十分笃定：“百分之百还你一个完好无损的童染。”

一时谁都没再开口，客厅内的气氛顿时沉寂下来。

莫南爵修长的十指攥了下，眼眸中翻滚着汹涌的波涛，男人喉间轻滚了下，只一个字，却仿佛千层巨浪冲击过来，将一切都撞得支离破碎：“好。”

“莫南爵！”陈安霍然站起身，绷着俊脸，“你疯了？！”

莫北焱闻言笑出声来：“啧，这样才叫作合作，我今儿个心情棒极了，既然你答应我了，那我们现在就开始吧。”

“滚出去！”陈安冲过来拽住莫北焱的衣领，几乎将他提了起来，“他不答应，你少打他的主意，出去！”

“哎哟，我说能不能文明点？”莫北焱并不动怒，拍拍陈安的手，“你自个儿好好看看，他已经答应了。”

陈安胸口剧烈起伏，转过头去：“爵……”

“说吧，”莫南爵双手交握放在腿上，微仰起下巴，口气森冷薄凉，“你要的东西，一样一样列出来。”

陈安满面难以置信：“你……”

莫南爵独自从美洲抽身，站稳脚跟一直到今天，自然是不容易的。自己一手盖起来的重楼，如今却要一片片拆成瓦，拱手让给别人？

开什么玩笑？！

莫北焱推开陈安的手，弹了下衣服上褶皱的地方：“别这么说，好像我要得很多一样。”

莫南爵嘴角漾起冷笑。

“好了，开始吧，”莫北焱招了下手，黑衣人便将门口他的心腹领进来，那人递上一张纸：“焱少。”

莫北焱伸手接过，转了个圈后将纸推向莫南爵，边上的心腹适时开口说道：“二少爷，上面都写得很清楚，您的帝爵集团，包括意大利那边的 DJ 奢侈品公司在内，旗下一共七十七个独立品牌以及经营权，再加上近期的 MR 珠宝帝国、Driso 娱乐……”

他一样样列出来，足足说了三十多分钟才说完。

果然是有备而来。

陈安气得脸色铁青，明目张胆地要原本属于自己弟弟的东西，居然还能这样理直气壮！

“方才那些，都是二少爷您手上目前的上市品牌，”那人又抽出一张纸，也是密密麻麻写满了的，“这些，是您名下的所有财产，公私都算在内，账户、房子、车子以及别的，一共是……”

他报出个数字，而后将纸递过去。

两张纸都摆在莫南爵面前，男人神色极冷地低头瞅了一眼：“就这些？”

“当然不止，”莫北焱视线落在莫南爵的脸上，神色难得收敛了，“还有你在所有股市上的投入，以及至今未兑现的收益，包括整个证券所的交易，只要是涉及你“莫南爵”三个字的，我都要。”

莫南爵眸中溢满旁人读不懂的嘲讽，冷冽幽暗的眼神如泼墨般散开来，他什么也没多说，薄唇轻抿后吐出一个喑哑的字：“好。”

陈安差点气得两眼一黑昏过去。

黑衣人按照吩咐马上去准备，不到二十分钟，便拿着一大沓A4纸走进来。

黑衣人弯腰将文件都放在宽大的水晶茶几上：“少主，这是帝爵目前所有的交易详单，这个是您参与的国际交易目录详单……”他顿了下继续道，“帝爵集团以及旗下所有品牌的股权转让协议，再加上卸任帝爵集团总裁的声明书。”

黑衣人说完后喉间哽咽了下，直起身站在了边上。

莫北焱见状从兜里掏出支签字笔，推到莫南爵手边：“这么多，签起来真是要累死人啊。”

莫南爵薄唇紧抿，一言不发，俊脸上始终毫无表情，拿起笔便开始签字，半分犹豫都不曾表露。

莫北焱笑睨着他精致的侧脸，他签完一份，莫北焱便接过一份，在另外一边签上自己的名字。

二人配合默契，签字的时候头都没抬一下。

时间一分一秒地过，莫南爵始终不置一词，最后一份签完后直接将笔丢开。

“好，最后一个，”莫北焱招了下手，显然最感兴趣的是这个，“爵，虽然当初接手莫氏的人是我，但是你手上仍旧握着百分之十九的股份，这也是爸答应了要留给你的，你该不会忘了吧？”

莫南爵抬起头来，眼底的深邃光芒碎成粉末：“这东西，才是你最终的目的吧？”

莫北焱似笑非笑，并不正面回答：“都是吧，本来莫氏就是我的，你手里拿着这百分之十九，也没什么意思，还不如都给了我，你说对不？”

陈安抡起手边的茶杯砸在莫北焱脚边：“你简直欺人太甚！”

瓷茶杯砰的一声炸开，莫北焱脸上的笑容渐淡：“换作你，你也会这么做，陈安，没在自己身上的事情，就没资格去评论。”

陈安双手紧握，莫南爵却站起身来，双手插兜，转身朝楼上走去：“你要什么，整理好后拿过来，一个个签，我嫌累。”

“好啊，那我让人去整理，”莫北焱也跟着站起身，突然开口，“爵，你忘了，你刚刚签下的那些……”他视线扫了一圈，“这里现在也是我的了。”

莫南爵顿住脚步，嘴角勾起一抹冷笑后转过身来：“还要说什么，一次性说完。”

“这次真的是最后一个，就是你的那些属下，”莫北焱扫过边上站着的黑衣人，“也都要跟了我，不愿意的就都解散，反正不能再跟着你。”

陈安霍地站起身，莫南爵微仰起下巴，冷勾着唇：“哦？你要来做什么？”

“我什么也不做，”莫北焱抬脚上前，擦着莫南爵的肩膀朝主卧走去，“我就是要让你尝尝，只剩下自己的滋味。”

莫南爵眸色凛冽，在场的黑衣人全抬起头来：“少主……”

莫南爵视线扫过他们，这是他的心腹，也是他一直以来的左膀右臂，曾经为了童染，他砍掉了李钦，而如今……

他在楼梯上站了一会儿，高大挺拔的身影被夕阳浸润得薄凉。男人什么也没再说，下楼朝门口走去：“都别再跟着我。”

黑衣人面面相觑，这句话无疑证明……

自然是没人愿意的，在场的几人都朝着他站的地方跪了下去：“少主！”

莫南爵背脊笔挺，并未回头，直接走了出去。

气氛犹如死寂般沉静，黑衣人一个个垂着头，莫南爵的吩咐他们从来不敢不听，可这样的吩咐，听也不是，不听也不是……

陈安抬脚将整个茶几踢了出去，茶几撞在沙发上发出巨大的声响，他朝二楼骂了句，拿起外套跟了出去。

莫南爵走到 MR 珠宝帝国展厅，人依旧很多，他视线扫过，大多是来买珠宝的贵族，个个出手阔绰，脸上都张扬着傲人的笑容。

是真的幸福吗？

边上的迎宾并不知情，见到他忙凑过来："爵少。"

莫南爵点了下头，转身进入内堂，走到金碧辉煌的展示柜前。

那条莫染初心的项链依旧悬挂在里面，绽放着幽蓝色的光芒。

莫南爵眯起眼睛，盯了项链半晌，突然开口："把这个取出来。"

迎宾不敢怠慢，连忙取了出来，用丝绸手帕包裹好递过去，莫南爵接过后放进口袋，转身朝外面走去。

迎宾忙要追上去："爵少，今天一位客人说要……"

她才走了两步，后面跟着来的领班拽住她："内部紧急召开会议，说是老板换人了。"

迎宾瞪大眼睛："不是爵少？"

"豪门恩怨，谁搞得懂呢，"领班拉着她朝里面走，"我们还是过我们的，别把工作丢了。"

莫南爵走出 MR 珠宝帝国时天色已暗，陈安跟出来拽住他的胳膊："你真的疯了是不是？"

"我没疯。"

"那你都给了他？"陈安盯着他的俊脸，"那是你的全部身家！"

"我知道。"

"知道你还给？！"陈安两眼一黑，"一个童染值得吗？她都怀了洛萧的孩子……"

"你没看见洛萧是怎么对她的吗？"莫南爵冷冽地眯起眼睛，眸中深情难掩，"我知道你想说，我们多周旋一段时间，把她救出来也不是太难，可是我一天都不想多等，不想再看她痛苦。"

陈安诧异："难道整个帝爵在你心里，还抵不上她痛苦一天吗？那是你一手建起来的！"

莫南爵紧抿的嘴角轻展开："抵不上。"

"……"陈安彻底无语，"莫南爵，你现在什么都没有了！"

莫南爵嘴角勾起一抹笑，他拍了下陈安的肩头："我不是还有你吗？"

陈安怔了下，莫南爵的手从他的肩上滑下来，似是在他身上抓了下，陈安并未察觉：“爵，你会后悔的。”

“后悔什么？”莫南爵桃花眼微微眯起，“我这不是好好的吗？”

“那些都是你自己的东西。”

“对，就因为是我的东西，所以再拥有也不难，”莫南爵舌尖轻抵嘴角，眼底浮现隐藏的锋芒，“你要是想，赶明儿帝安集团就可以上市，我亲自来，把你打造成一流总裁，包管女人都抢着往你床上爬，怎么样？”

陈安火冒三丈：“莫南爵！你还在这里跟我开玩笑？！”

男人笑不达眼底，转身朝车库走去：“得，那你别跟着我。”

陈安盯着他的背影，想说的话还没出口，往自己口袋一摸，随即抬脚就朝车库走去。

深黑色的保时捷却在这时擦着他的肩膀开出去，他这才反应过来：“莫南爵，车钥匙还我！”

就知道压榨他！

烈焰堂内部商量后，决定将婚礼定在一周之后。

童染自那天便开始发高烧，几天都未退下来，她怀了孕暂时不能打点滴，医生来看过之后谨慎地用了药，但仍旧不见好转。

“堂主，夫人现在是特殊时期，我们不敢用敏感的药，可……”老中医斟酌了下语气，“我觉得和夫人的心情有关，人在绝望的时候，对什么都很排斥，会影响身体的恢复。”

“有什么办法吗？”

“唯一的办法，就是让她心情好起来，好好配合治疗。”

洛萧拧起眉头：“我知道了，你先下去吧。”

洛萧推门进去时，童染躺在床上，不说话也不睁眼，只是躺着不动。

洛萧坐在床沿，伸手拿过床头放着的请柬，指尖轻轻摩挲着：“小染，再过七天我们就要结婚了……”

童染没有任何回应。

洛萧在床沿坐了一会儿，起身走了出去。

到了晚饭时间，童染也没闹什么绝食，坐起身接过用人递过来的瘦肉粥，一口一口喝着，喝完后便躺回床上。

莫北焱吃过晚饭闲着无聊，直接将车开来了别墅。

东堂那边的事情还没解决，残留了一大堆麻烦，洛萧出门并未回来，莫北焱推门进来时，两个用人正在擦楼梯。

莫北焱扫视一圈："你们堂主呢？"

用人并不认识他："堂主出去了。"

"我找你们堂主夫人，"莫北焱抬脚朝楼梯走去，"哪间房？"

"你不能上去……"

莫北焱不听劝，上二楼找了一圈没人，直接到了三楼。

正好一个用人端着碗出来，莫北焱也不看，推门走了进去。

用人见状不敢耽搁，忙下楼去打电话给洛萧。

外面的守卫瞬间增多，莫北焱听见动静后自觉得好笑，一个女人而已，洛萧到底看得有多紧？

童染躺在床上，莫北焱走过去站在床边，凤目盯着她的小脸："你是童染？"

童染并未睁开眼睛。

莫北焱斜靠在墙边，想了下开口："是莫南爵叫我来找你的。"

童染猝然睁开眼睛，视线移到他脸上："你是谁？"

"哟，一提"莫南爵"三个字你眼睛都放光了。"莫北焱在床沿坐下来，伸出手道，"来，认识下，我叫莫北焱。"

童染坐起身，听到这三个字时怔了下："莫……莫北焱？"

"对，"莫北焱点点头，"我是莫南爵的哥哥。"

童染瞬间张大了嘴，微眯起眼睛："原来是你。"

莫北焱笑出声来："这话说的，你好像认识我？"

童染冷着小脸，周管家说的那些话，她一句也没忘记，想起他能自由地出入烈焰堂，她顿觉奇怪："你和洛萧是什么关系？"

"没什么关系，合作伙伴。"

"你的嗜好真是古怪，"童染冷笑一声，"喜欢和家人反目，和家人的仇人合作。"

"那你算不算是我的家人？"

童染并不上套，别开脸道："你来这里做什么？"

"看一下你，"莫北焱瞅着她的脸，"看一下我弟弟看上的女人是什么样。"

"看出什么来了吗？"

"刁蛮、伶牙俐齿，长得嘛，反正不对我的口味……"

这时楼梯口传来脚步声，用人跟上来道："堂主，外面的守卫说来的人是焱少……"

童染听见声音神色彻底冷了下去，莫北焱站起身的一瞬间，在她耳边说了一句："我想，中式婚礼是最好的选择。"

童染闻言皱起眉头。

洛萧正好推门进来，一眼看到莫北焱，脸色很冷："你来做什么？"

"来看一下新娘子嘛，"莫北焱一副玩世不恭的模样，"沾点喜气。"

洛萧看了童染一眼，见她没事地坐在那儿，松了口气："为什么不给我说一声？"

"麻烦。"莫北焱没多留的意思，擦着洛萧的肩膀走了出去，"我走了，一个个跟木头似的，话都不会说一句。"

他这句话让洛萧放了心。

童染也没看洛萧一眼，拉过被子，侧身躺了回去。

莫北焱下楼后便开车离开，洛萧知道他的个性，向来是到处玩的，也没进去，只是吩咐用人看好童染。

房门被带上，童染辗转反侧，细想着莫北焱的那句话。

中式婚礼是最好的选择……

什么意思？

她坐起身，边上的用人忙起来道："夫人？"

"我睡不着。"

用人忙将热牛奶端过来："夫人是不是因为要结婚了，觉得很紧张呢？"

"也许吧，"童染捂着热牛奶，却怎么也焐不热手心，她想了下开口，"你们说，什么样的婚礼最美好？"

"西式的，婚纱多漂亮啊……"

"我倒觉得中式更好，盖着盖头的新娘子才最美嘛，"另一个用人看向童染，"夫人，您觉得呢？"

盖盖头……

童染眼底闪过一丝不易察觉的光芒，她强迫自己勾了下嘴角，故意开口：“对，我也更喜欢中式的。”

她说完这句话便将牛奶喝了，翻身躺回床上睡下

第二天一早，童染难得地下了楼，洛萧坐在桌边，见到她便站起身：“小染。”

童染并不看他，径自走到沙发边坐下来，洛萧跟着走过来：“身体好些了吗？”

童染睬也没睬他一下，洛萧抿了下唇：“我听用人说，你比较喜欢中式婚礼？”

童染嘴角不着痕迹地勾起，她就知道，用人肯定会把她说过的话都告诉洛萧，这样也好，省得她自己提，反而会显得刻意。

她故作冷淡：“我只是随口一说。”

这是她这些天来跟他说的第一句话。

“你可以跟我说，”洛萧伸手去握她的手，“小染，你要是喜欢中式婚礼，那我们就举办中式。”

童染将手从腿上收回来，站起身朝楼上走去。

洛萧忙起身吩咐用人：“去叫人准备中式婚礼要用的东西。”

“是，堂主。”

某栋别墅内。

莫南爵拿了钥匙入住，里面的一切都是精装修的，大到床被小到牙刷用具一应俱全，男人弯腰窝进柔软的沙发内：“这里地段不错。”

陈安跟着走进来，环视一圈：“真贵。”

“还好。”

陈安脸色更冷：“爵，这就是你说的，你还有我吗？”

拿他的钱买这么大栋别墅住，这样真的好吗？！

“怎么，你不是我的好兄弟吗？”莫南爵跷起一条腿，“钱留着不花，你当垫被睡？”

“……”还真是理直气壮。

陈安伸手撑住额头："摊上你这么个朋友，我好苦。"

莫南爵瞥都不瞥他一眼。

二人在客厅坐了一会儿，配备的用人将酒杯端上来，莫南爵端起来晃了下，还未喝一口，陈安的电话便响了。

他接起来："喂？好，我知道了……你们先控制住她。"

陈安将电话挂上，莫南爵轻抿一口红酒，俊目抬起："醒了？"

"醒是醒了，我就怕万一她又出什么意外。"陈安皱起眉头，"我不确定洛萧给她注射的东西，在她体内还残留了多少。"

"这些都不重要，反正又不要她撑一年半载，几天而已，"莫南爵将酒杯放下，"她要是真想报仇，意志力足够支撑了。"

"也是，"陈安眉头松开了点，"我们先去看一下。"

莫南爵点点头，伸手抄起茶几上的车钥匙："我敢赌她绝对愿意。"

陈安睨他一眼："你这么有把握？"

莫南爵率先走了出去。

二人来到车库，莫南爵坐进驾驶座，握住方向盘时一脸嫌弃："我说，你能不能把你这保时捷给换了？"

陈安系上安全带，闻言抬起头来："那你说换成啥？"

"换辆好点的，这怎么开？"

"比如？"

莫南爵拧起剑眉，陈安见他要开口，忙出声阻止："得，要是按照你说的换辆幽灵或是布加迪，你要是哪天心情不好给我撞了，我去哪儿再给你买一辆回来？"

莫南爵发动引擎，脚下一踩油门，整辆轿车便疾驰出去："这些是你该操心的事儿，我明天必须看到一辆幽灵。"

"你除了压榨我还能干点别的吗？"

"闭嘴。"

"……"

莫南爵将车开到一家研究所外，陈安瞥了一眼："就是这儿。"

"什么鬼地方。"

"这里比较隐蔽。"

二人穿过一条长长的回廊，四周都是消毒药水的味道，套着白大褂的医生从里面出来，一眼就看到了他们：“爵少、安少，我等你们好久了。”

冷青也跟着探出头来：“爵少。”

陈安一脚朝他踹过去：“看到我就不叫？”

冷青瞥了他一眼，憋出两个字：“陈安。”

“……”

莫南爵摘下皮手套，修长的手指移了下鼠标：“她还在做检查？”

“是的，目前问题不大，她整个人已经清醒过来，”医生抽出两张单子递给他，“她的听力以及说话能力都正常，我也没发现什么不正常的地方，就算有也可能是慢慢体现出来的，暂时不用担心。”

莫南爵伸手接过单子后看了几眼：“我们现在可以进去？”

医生点点头：“可以，但是尽量离远点，不能确定她会做出什么事。”

“不会的，”冷青忙开口道，“青青不会再错下去了……”

“滚！”陈安看他就不爽，“你知道个屁，我等一下就告诉她你和傅青霜的事……”

冷青瞪他一眼：“你敢！”

“你看我敢不敢！”

莫南爵望着他们摇了下头，转身朝里面走去。

医生忙上前去开门：“爵少，您小心些。”

莫南爵摆手：“没事。”

病房内，韩青青穿着病号服躺在病床上，刚做完检查，注射了康复的药，这会儿正在休息。

莫南爵走到床边站定脚步，居高临下地盯着她的脸。

韩青青将视线移过来，看到他后明显震惊了下：“你……”

冷青忙走上前，伸手握住她的手：“青青，你好点了吗？”

韩青青在他的搀扶下坐起身来，冷青拿了个靠垫给她靠着：“要喝水吗？”

韩青青摇摇头，看了一眼他的脸，并没有印象：“你是谁？”

“……”冷青端着水杯的手生生顿住。

陈安瞥他一眼：“作死。”

冷青喉间哽咽了下，抬起头来：“青青，我是……罗成。”

“罗成？”韩青青睁大眼睛，一时之间没反应过来，“你，你的脸……怎么会变成这样？”

陈安见状忙“好心”替他回道：“跟着洛萧后整的。”

冷青转过头狠狠瞪他：“你——”

“洛萧？”听见这两个字，韩青青眼里极快地闪过一抹恨意，莫南爵眯起眼睛，瞬间将其捕捉到。

她果然是恨洛萧的。

冷青怕她生气，忙握住她的手：“青青，这些事情说来话长，现在你没事了，一切都过去了……”

韩青青看了他一眼，而后视线直直地落在莫南爵身上。

冷青眼底一刺，韩青青张了张嘴：“总裁，是你救了我吗？”

莫南爵双手插兜，俊目冷睨着她，一如初见那般冷傲，直截了当地开口：“你应该知道，我一直想杀你。”

“我知道，”韩青青点点头，她做过什么事，她都记得，她嘴角勾起一抹自嘲的笑，“我做错了事，我对不起你，也对不起小染……”

莫南爵轻抿着嘴角，她的话，不论真假，他自然不可能全信。

韩青青说着环顾四周，语带狐疑：“小染没来看我吗？她是不是恨死我了……”

莫南爵眯起眼睛：“她一直以为是我杀了你。”

“我知道，”韩青青点头，之前她醒来的时候，已经知道了那些事，她咬住下唇，“我能不能见小染一面？我跟她好好解释，那些事情都和你无关……”

莫南爵目光冰寒，视线探入她的眼底：“她要和洛萧结婚了。”

韩青青大惊失色：“什么？怎么可能……”

“就在七天后，在南非举行婚礼。”

“那，你要去南非吗？”

陈安瞥她一眼：“你已经在南非了。”

韩青青张大了嘴，莫南爵双手环胸：“你若是要报仇，我就给你这个机会，若是不要，那……”

后半句他没说下去，韩青青也大概能猜到。

她咬住下唇，想到洛萧给她注射毒药时的阴狠，便不自觉地攥紧双拳：“要，我肯定是要报仇的！我会变成这样完全是因为洛萧和傅青霜，既然老天爷没让我死成，那我就要让他们不得好死！”

“傅青霜已经和洛萧离婚了。”

“怎么会……”

“这里面的事情，让冷青今天给你说清楚，”莫南爵口气冷冽，“你就这一次机会，我不会逼你，你自己考虑。”

“不用考虑，”韩青青无一丝犹豫，“我选择报仇。”

冷青拉住她：“青青……”

韩青青并不看他，盯着莫南爵的俊脸：“总裁，怎么报仇，你说。”

“你确定？”

“确定。”

“好，”莫南爵站直身体，从上至下扫了韩青青一番，而后勾起嘴角，“其实很简单，你比童染稍矮点也看不出来，到时候在鞋子里垫个垫子，没人会发现。”

韩青青闻言明白过来，皱起眉头：“你的意思是，让我去当替身新娘？”

“差不多。”

“可是我什么都不会，”韩青青没法确定自己能装得像，“而且洛萧和小染那么多年感情，怎么可能认不出她来？”

“不需要你做什么，”莫南爵嘴角噙着抹笑，“你只需要安安静静地坐在洞房里，等着洛萧进去就可以了。”

“那小染……”

“你不用担心这些，我会处理好，你只需要按照我的吩咐进去。”

韩青青抿了抿唇：“好，”她想了下，还是问出口，“可，你为什么非要我……”

“这个问题还需要问？”莫南爵眉梢轻挑，“你要清楚，在洛萧心里，你是一个死人，明白吗？”

韩青青睁大眼睛：“你是说……”

“试问，一个自己认定已经死了的人，出现在自己的洞房里，还成了自己的新娘，”莫南爵倾身向前，修长的双手撑住桌沿，“这种感觉该用什么词来形容比较好？”

陈安想了下，就用他说过的那句话：“对，倍儿爽。”

莫南爵直起身体，不再多说，转身朝外面走去：“这件事我已经说得很清楚了，你既然确定了就好好待着，到时候一切我会安排人通知你。”

陈安瞥一眼冷青，拿起外套跟着走了出去。

“总裁！”韩青青突然喊了一声。

莫南爵顿住脚步。

韩青青咬住下唇，看着他颀长的背影，目光带着痴恋。

她半天没说话，男人也不回头，抬脚继续朝外面走。

韩青青握紧双手，突然喊出声：“莫南爵，我爱你！”

莫南爵双手插兜，仿若没听见一般，连眉梢都不曾挑一下。

她的爱恋，他依旧视而不见。

冷青低着头站在边上：“青青……”

“我真后悔，”韩青青声音哽咽，视线还定格在莫南爵身影停留过的地方，“我当时真是一时鬼迷心窍，我不应该去害小染，也不该去害莫南爵，我走错了那一步……”

“青青，你别说了，不是你的错，”冷青俯身紧紧搂着她的肩，“是命运对你太不公平了，不过都过去了，我带你走，我们去一个没人认识我们的地方重新生活……”

“不可能了……”

“可以的……”

“不，我的心已经死了，燃烧不起来了，”韩青青摇摇头，伸手将他的手拉开，“罗成。”

冷青抬起头来：“既然你醒了，从今天开始，我不再是冷青。”

韩青青盯着他完全陌生的脸：“你跟了洛萧，是吗？”

罗成哑了声音，拧着眉：“青青，我当时……”

“你不用解释，这是你的自由。”韩青青别开脸，罗成又去拉她：“我爱你……”

“别爱我，我很脏，”韩青青避开他的手，“我知道你想劝我，我也知道你对我的感情……但是我已经不配了，我要报仇，你不可能阻止我。

洛萧和傅青霜，这个仇我一定要报，否则再活一次还有什么意思？我宁愿现在就一头撞死。”

她话说到这个份上，罗成也无法反驳，他站起身来，神色哀戚：“既然你心意已决，一定要报仇，那你要做什么就跟我说，我能做的，我会尽全力帮你。”

韩青青点点头，声音颤抖：“好。”

莫北焱接手帝爵的事情被暂时保密起来，外界并不知道。

今天天气很好，莫南爵从主卧走出来，身上穿着黑色背心和休闲裤，健硕的身材惹眼至极，边上的用人看了一眼，红着脸低下头去：“爵少。”

莫南爵下了楼，陈安坐在餐桌边，见他过来便将遥控器丢过去：“你自己看。”

莫南爵拿起遥控器按了下，新闻正在播报最近几天最惹人注目的事件。

“今日早上八点整，纽约股市最新走向显示，向来位居榜单前三的帝爵竟然直跌至 198 名，据内部人员分析，短短两天时间，帝爵集团大量低价抛售股票，精英团队一夕之间全部被迫解散，这种行为无疑是在自杀……

“另外，据我台在锦海市的记者最新报道，帝爵大厦也于今早八点整实施爆破拆除，具体原因不详……”

画面转到了锦海市，湛蓝色的天空下，高耸入云的帝爵大厦依旧屹立，一个镶着金边的爵字晃得人睁不开眼，边上围着的人纷纷用手机记录这最后一刻。

时钟指向八点整。

轰——爆破的威力无疑是巨大的，整栋帝爵大厦轰然倒塌，顶端的 DJ 两个字母跟着坠落下来，砸碎成粉末。

“据悉，帝爵集团自两天前开始已经在抛售手里的独立品牌，分别以极低的价格卖给各大公司，似乎求的并不是利益。帝爵集团总裁莫南爵尚未出席任何公开活动，也未对此事做出任何回应……

“关于这一史无前例的商业自杀行为，我们演播室今天请来了……”

莫南爵神色并未有多大起伏，抬手将电视关掉。

边上的用人递上一杯纯黑的冰咖啡。

男人端起来抿了一口，陈安扯了下手里的土司，仿佛土司就是莫北焱：“他还真狠，直接把帝爵给杀了。”

莫南爵神色淡漠，随手拿过一颗葡萄：“我早就猜到了。”

“什么意思？”

“他要帝爵，不就是为了毁掉帝爵给我看吗？”莫南爵修长的手指不紧不慢地剥着葡萄，“这是莫北焱的做事风格，他缺的不是钱。”

“你八成是上辈子造了孽，”陈安瞥他一眼，“哥哥好得人神共愤，找了个女人更是好到无法形容。”

“是，哥们儿也这么好，”莫南爵将剥好的葡萄放到陈安的盘中，“来，尝尝。”

陈安手里的杯子差点吓掉，他难以置信地看了一眼盘中晶莹剔透的葡萄：“你在里面放了什么？”

“没那闲工夫。”莫南爵擦了下手后转身上楼，换了套休闲衬衫后出了门。

外面传来说话的声音，而后便是类似跑车开走的声音，陈安吃葡萄的动作瞬间顿住，他站起身，用人便领着几个工作人员走了进来：“安少，这几位是幽灵跑车公司的，过来找您签单。”

陈安怔了下：“什么？”

“爵少提了辆幽灵跑车，今天早上送货过来，他说您负责签单，”工作人员毕恭毕敬地将单子递上，“加上保养以及美化一共是1822万，爵少是黄金客户，22万的零头我们店已经免掉……”

“……”陈安两眼一黑，险些栽倒。

莫南爵以为剥颗葡萄就能换辆跑车？！

“安少？”边上的工作人员出声提醒。

陈安无力地点头，将单子接过来：“把签字笔给我。”

“好的。”

烈焰堂内，洛萧也在电视上看到了这一消息。

他站在偌大的屏幕前，眉宇间浮现狐疑之色，莫南爵这是搞什么，疯了吗？

莫北焱从外面走进来，将外套脱下：“看什么？”

“你没看到？”洛萧盯着报道，电视上正好是帝爵大厦被爆破的那一幕，“莫南爵把帝爵毁了。”

“哦？不会吧？”莫北焱演技一流，故作惊讶道，“怎么会这样？”

洛萧皱眉：“我不懂他想做什么。”

“我也不懂，”莫北焱走到他身边，“真是奇怪，搞不懂现在的人脑子里在想些什么。”

洛萧瞥他一眼，莫北焱耸耸肩，要演就要演到位，“我估计他是想去别的地方发展，然后才故意做出这些动静，不然的话没别的理由。”

“你不怕他跟你抢莫氏？”

莫北焱勾唇：“不可能，莫氏是我的。”

洛萧没再多说，转身到边上的抽屉里拿东西，将东西抽出来时刚好带出一张照片。

他眸色一凝，弯腰想将照片捡起来。

莫北焱却先他一步弯下腰，伸手将照片捡起，嘴里不忘调侃：“哎哟，我看一下，是不是什么美女……”他瞬间顿住声音。

洛萧伸手拿过照片，看见他的神色后皱起眉头：“这人你认识？”

“再让我看看，”莫北焱将照片抢过来，其实他第一眼就可以确定了，这不就是周管家吗，他怎么可能不认识，“认识啊。”

“你真的认识？！”洛萧语气骤然变得激动无比，他伸手拽住莫北焱的手腕，“他是谁？叫什么名字？现在在哪里？”

“你这么激动做什么？”

“回答我！”

洛萧喘着粗气，要知道，他从那盘录像带上将这个人截图下来后，这照片就一直带着，找了这么久，就是找不到这个人。

这人就是杀害叔叔婶婶的罪魁祸首！要是没有这个人，他和小染怎么可能走到今天这一步？！

莫北焱瞧出不对劲：“怎么，这人是你仇人？”

“对，”洛萧点头，“他害了我的家人。”

莫北焱吃了一惊：“不会吧？”

这么巧？

“告诉我，”洛萧颤抖着抬起头，“他是谁？”

“他叫周锐，”莫北焱对上他的目光，嘴角还含着笑，“小时候他还给我洗过澡。”

洛萧闻言浑身一震，半天反应不过来，他喉间哽咽了下：“他……他是莫家的人？”

“不是，”莫北焱敏锐地从他的神色间看到了蚀骨的恨意，摇了下头，“只是一个用人而已。”

洛萧狠戾地眯起眼睛，双手跟着紧攥成拳：“那他现在在美洲莫家吗？”

“怎么，你要报仇吗？”莫北焱笑出声来，“你的哪个家人啊，死了多久了？”

洛萧语气森寒：“我所有的家人。”

莫北焱怔了下，没想到事情竟然这么严重。

周管家若是去杀人，那铁定就是……

他神色不着痕迹地凝重了下，而后迅速用笑容掩盖住：“怎么，你找到他要怎么样？”

洛萧浑身散发出狠戾之气：“让他生不如死。”

莫北焱笑了下，生不如死，他以为那么容易吗？

洛萧沉着嗓音道：“你还没告诉我他人在哪里。”

“这个，”莫北焱并不打算实话实说，“我也不太清楚，莫家早期的那批用人已经都走得差不多了，看这年龄，估计上哪儿养老去了吧。”

看这情况，要是说了，洛萧扯出一大堆事，他夹在中间不得烦死？

莫北焱最怕麻烦，多一事不如少一事，先把手头上的破事给搞定了再说。

“你确定？”洛萧紧盯着他的脸，语气严肃，“这人对我很重要。”

“当然确定，我要是知道直接抓来给你不就得了。”莫北焱伸手拍拍他的肩，“我说你想那么多干吗？不是马上要结婚了吗，有空多操心点婚礼的事情。”

提到“结婚”两个字，洛萧满身的火焰才降下去一些，他缓下呼吸：“我的婚礼你来不来？”

“来啊，为什么不来？”莫北焱手臂绕过去抱住他的肩，“咱们洛堂主结婚，我肯定第一个送礼，”他嘴角噙着抹意味不明的笑，“送一份最大的礼给你，你可要接好。”

“人来就行了。”

洛萧的思绪还停留在那张照片上，并未从莫北焱的话里听出什么，他将照片重新收起来：“这个人，你要是能遇见，一定要帮我抓住他，算我求你的一件事。”

“好，没问题，”莫北焱笑着点头，擦着他的肩走出去，“包在我身上，走了，去潇洒。”

洛萧也没多留，出了烈焰堂便回了别墅。

童染坐在主卧里的软沙发上，也看到了新闻。

帝爵大厦被爆破?

怎么会这样……

莫南爵好端端的将帝爵给弄成那样，为的是什么?童染知道，帝爵是他一手建起来的，投入的感情绝不是一两个字能说清的。

这里面肯定是有原因的。

“我想，中式婚礼是最好的选择。”

莫北焱的那句话骤然浮现在她脑海中。

童染眉间闪过一丝疑虑，应该是莫南爵要救她出去，可莫北焱那样的人怎么可能轻易帮忙?

莫南爵曾经说过，莫北焱说，只要是莫南爵的东西，他都要。

难道……

童染猝然睁大眼睛，一个念头渐渐清晰起来。

怎么可以！他怎么可以这样做……

她伸手捂住嘴，身体弯了下去，只觉得胸口难受至极。

用人忙去拉她：“夫人，您怎么了？”

童染闭着眼睛，半天没开口，在用人准备去叫洛萧时，出声道：“没事，我就是困了，让我好好睡一下。”

说着童染躺到床上，紧紧闭上眼睛。

她脑袋里乱得不行，加之怀孕本就嗜睡，这一下，便直接睡到了傍晚。

见童染睁开双眼，用人忙替她拧来毛巾，她擦了脸后起身下楼。

洛萧正坐在楼下，见她下来忙站起身。

童染径自倒了杯牛奶喝，洛萧跟在她身后，并未靠太近。

这时，外面走进来两个手下，将令牌交给洛萧："堂主，这是明天堂内会议要用的。"

童染已经知道他的身份，洛萧也就没了隐瞒的必要，伸手接过，手下又道："金堂的人来了，说要见您。"

童染盯着洛萧手里的那块火红色令牌。

洛萧点点头，准备离开，童染却突然开口道："能不去吗？"

那手下一怔，洛萧更是震惊，他自然是答应的："可以，我不去了，留在家里陪你。"

手下退了下去，童染坐在沙发上看电视，洛萧坐在她边上，一直到很晚很晚，童染的双眼还是盯着屏幕。

洛萧站起身，想要将她抱起来："很晚了，该睡了……"

童染突然抬起头来："洛萧。"

二人视线相碰，洛萧眼底燃起火光，他握住她的手："我在。"

童染开口问道："你爱我吗？"

洛萧并没半点犹豫："爱。"

"好，"童染居高临下地盯着他的脸，开口时字字清晰，"我要你的烈焰堂。"

洛萧一怔，并未立即回答。

"怎么，不答应了吗？"童染见状冷笑。

洛萧抬头看着她："小染，你要烈焰堂？"

"对，"童染点点头："以前莫南爵跟我求婚的时候，"她知道洛萧肯定会在乎这个，"他就说过，要把帝爵百分之五十的股份给我，因为他爱我，你不是也说爱我吗？你能做到和他一样吗？"

"能，"洛萧听不得这种话，当即道，"我当然能做到和他一样，他有多爱你，我就比他多爱一分。"

"是吗？"童染抽回手，"我只是找你要烈焰堂而已，你都不肯给。"

"小染，这不是肯不肯给的问题，"洛萧坐到她边上，"烈焰堂内部鱼龙混杂，你管不来的，他们都不是省油的灯。”

“我没说要管，”童染也知道，要让她来管，洛萧肯定不可能轻易答应完全移交给她，她想了下道，“我的意思是，你依旧可以管你的烈焰堂，我只是想要个位置而已，有个位置在那里，也能证明我和你是一起的。”

洛萧皱起眉，并不能完全理解：“你要什么位置？”

童染抬眸看他：“我要烈焰堂的堂主。”

洛萧怔住，完全没想到，她会提出这样的要求。

他想了下，联系到今天的新闻，便开口问道：“是因为帝爵吗？”

童染故作不知情，抓住他的手臂：“帝爵怎么了？出事了吗？”

“没事，”洛萧摇头，反握住她的手，“小染，你为什么非得要烈焰堂，我的就是你的，没区别的……”

“算了。”童染神色恢复冷淡，抽回手后站起身，“方才说了那么多，看来都是白说的。”话音落下，她又补了至关重要的一句，“你到底还是不爱我。”

“我爱你！”洛萧霍然起身，他最不能接受的，就是别人否定他对童染的爱，更何况现在否定的人是童染，洛萧紧盯着她的背影，“小染，我爱你，这一点一辈子都不会变。你要烈焰堂是吗？好，我给你。”

童染嘴角勾起一抹笑，转过身时小脸上的笑已被掩盖：“你不骗我？”

“我不骗你，”洛萧口气真挚，“我答应你，烈焰堂是我的，也是你的。”

“好，”童染点点头，朝他走过去，“我当堂主，你当副堂主，可以吗？”

洛萧犹豫了下：“可以，但是小染……”

“我知道你要说什么，”童染打断他的话，将他的最后一丝犹豫掐断，“我可以保证我不管事，一切权力还是在你手上，我只是想坐这个位置，这样我才能安心。”

“好，”洛萧点点头，轻柔地握住她纤瘦的肩，“小染，相信我，我一定会让你幸福……”

童染推开他的手，转身朝楼上走去：“明天你们不是要开会吗？就可以宣布了吧，婚期将近，我希望你能给我一个安稳的明天。”

“好，只要你心甘情愿嫁给我。”

童染并未回答，径自上了楼。

第二天中午，烈焰堂内部会议在总部举行。

红幕遮盖的台子下站满了人，蓦地，两边站着的手下开口："堂主来了。"

底下的人忙噤了声。

红幕帘被掀开，洛萧穿着深红色的斗篷走出来，身边的童染穿了身黑色的皮衣皮裤，长发扎在脑后，小脸冷冽，举手投足间，竟带着别样的凌厉。

洛萧走上前，底下的人都弯腰喊道："堂主。"

洛萧视线扫过众人，而后在中央站定："今天开会之前，我有件事情要宣布。"

众人也知道童染要和他结婚，都笑着道："恭喜堂主大婚。"

"除了这件事情，还有一件，"洛萧看向边上的童染，伸手将她揽过来，语气严肃凝重，"从今天开始，她，也就是我的未婚妻，出任第二任烈焰堂堂主。"

底下瞬间炸开了锅，为首站着的一人抬起头来："堂主，怎么可以这样？"

"对啊，这怎么能行？她一个女人，什么都不懂，烈焰堂堂主也是她能当的……"

底下的人都不服地道："堂主，就算他是你的未婚妻，也不能这么草率，看她那么娇弱，肯定连枪都没摸过，这样怎么胜任我们堂……"

洛萧皱起眉，还未开口，只见童染转身从边上站着的守卫腰间抽出一把枪，抬手就朝说话那人脚边开了一枪！

所有人都怔住了，没想到她会开枪。

童染将枪举起来，学着莫南爵的样子，对着冒烟的枪口吹了下，微眯起眼眸，冷冽的视线横扫过去："由我来当烈焰堂的堂主，还有谁不服气的，现在可以站出来说。"

众人面面相觑，一个实在不服气的人便站了出来："我反对——"

砰！

童染眯起眼睛，抬手朝他腿上就是一枪！

"啊——"那人抱着腿坐了下去，疼得嗷嗷直叫。

边上的人都瞪大了眼睛，看向童染时目光带了几分敬畏，谁也没想到，她看起来弱不禁风，竟如此果决。

洛萧也没想到，瞬间怔住，而后伸手揽住她：“小染，你别冲动。”

“我没冲动，”童染神色淡漠地握着枪，“人要学会保护自己，你不能保护我，那我就要自己保护自己。”

童染走到台子中央，同洛萧并肩而立，那股气势，竟生生将洛萧压了下去，她粉唇微张，声音冷冽而坚定：“从今天开始，我担任烈焰堂第二任堂主，你们原先的堂主洛萧便是副堂主，即刻生效，还有人反对吗？”

底下的人面面相觑，却并未再有人出来反对，这时候站出来无疑是找死，自然没人会这么傻。

童染扬起手里的枪：“我再问一遍，还有人反对吗？”

底下的人都咬紧牙看向洛萧，可男人无任何动作，显然，他是同意的。

既然连堂主都同意了，他们还能反对什么？

众人跟着半跪下去，声音响彻整个烈焰堂：“参见堂主。”

童染望着底下的一众人，心里却觉得哀戚，在这种位置上，她并不觉得舒服。

童染将枪放回守卫手里，转身走了出去。

洛萧也没再开会，跟着她一起走出去。

这件事情不仅轰动了烈焰堂，更是轰动了整个南非。

别墅内，出去收集消息的探子站在茶几前，将这件事情说了出来。

陈安听完后瞬间瞪大了眼睛：“什么？”

他同莫南爵对视一眼，莫南爵眯起桃花眼，问道：“第二任烈焰堂堂主？”

“是的，”探子点点头，“里面的人都说，那女人很冷，还开了枪，洛萧亲口宣布了，再加上她气势够，底下也就没人敢反对了。”

莫南爵神色暗淡下来，不知道为什么，听到她开枪，他就觉得不舒服。

她喜欢平淡安定的生活，他要她做喜欢的事，而不是勉强自己做不喜欢的事。

陈安眼睛一亮，霍然站起身：“可以啊，真够牛的，居然还把烈焰堂堂主的位子搞到手了，看不出来啊，童染居然还有这本事。”

莫南爵嘴角扬起抹笑，端起手边的咖啡杯："那又怎么样？烈焰堂的实权肯定还是握在洛萧手上，童染要来了堂主，也不过是图个安心，她要么是看到了电视上帝爵的报道，要么就是莫北焱说了什么，她猜中了我们要救她。"

"也是，"陈安皱起眉头，"不过有个堂主总比没有好。"

莫南爵站起身，系着袖扣，看一眼时间："差不多了，去研究所。"

二人来到研究所，韩青青已经进行完最后一次检查，莫南爵推门进去，她正穿戴好出来："总裁。"

莫南爵皱起眉头："别喊我这个。"

韩青青不知道发生了什么，只得改口："爵少。"

陈安走过来握住她的手腕，探了下脉搏："你都准备好了吗？"

"我没事了，身体恢复得很好，"韩青青点点头，抬起头来，"爵少，小染知道我要去替她吗？"

"她不知道，"莫南爵摇头，眯起眼睛，"她不知道你还活着。"

若是知道了，童染铁定不会同意。

"那就别告诉她我还活着，"韩青青垂下头去，她也知道，这件事情是找不到别人来做的，她看向莫南爵，"这次是我心甘情愿要报仇的，和你没关系，别让小染知道，你救她出来后，好好跟她幸福下去。"

莫南爵闻言没说什么，俊脸上神色难测。

"这是我唯一能为小染做的了，我对不起她，也不奢求她原谅，"韩青青口气真挚，想了下后道，"爵少，我能有一个要求吗？"

男人眼皮轻抬："说。"

"我想要傅青霜，她和洛萧的仇，我要一起报。就当是我最后一个请求，别的我什么都听你们的安排。"

莫南爵点头："好。"

陈安将几瓶药递过去："婚礼就在三天后，到时候会有人来接你，你上车就行。"

韩青青接过药瓶，最后看了莫南爵一眼，转身上了楼。

陈安盯着她的背影："爵，你觉得她可靠吗？"

"你还能找到别人吗？也没人比她更合适，"莫南爵双手插兜，"若不是仇恨支撑着，她恐怕连醒过来都很难。"

陈安点头："希望到时候能顺利。"

"不是希望，"莫南爵眼神锐利，"是肯定。"

很快就到了婚礼的前一天。

婚礼定于烈焰堂总部内举行，加上童染的身份已经被确定，所以她并未住在别墅，而是搬到了总部来。

她坐在梳妆台前，中式婚礼要戴的东西很多，样样精致无比，用人站在她身后，给她顺着长发："夫人的发质真好。"

童染拿起桌上的簪子，碧玉散发着青绿色的光芒，她伸手止住用人的动作，白皙的小脸抬了起来："你方才喊我什么？"

用人怔了怔，另外一人反应过来，忙撞她一下，二人一齐改口："堂主。"

童染点点头，拉开边上的抽屉，里面是一把崭新的剪刀。

用人立刻紧张起来，童染将视线落到梳妆台的镜子上："帮我把头发剪短。"

用人以为自己听错了："夫……堂主，明天就是婚礼了，这中式婚礼要是短头发可不好看了……"

"是吗？"童染嘴角勾了下，伸手将自己的头发捋过来，发丝乌黑亮泽，几乎及腰。

莫南爵说过她发质好，他还说，喜欢看她留长发的样子。

可她要嫁的是别人，还需要留给谁看吗？

童染语气冷冽："剪。"

"可是堂主……"

"我说话不管用是吗？"

用人闻言哪还敢多说，忙接过剪刀，站在她身后："堂主，要剪到哪里？"

童染看着镜子中的小脸，伸手比了下肩头的位置："这里。"

用人不敢多说，拿起剪刀开始动作。

洛萧的房间和童染的隔了一层，此时他正站在窗前，俯瞰下去，能看见烈焰堂的正门口。

往事如同泉水般涌上心头，他费尽心机，步步为营，等的，不就是明天吗？

能走到这一步，再累他也觉得是值得的。

房门外突然传来脚步声，敲门声紧接着响起：“堂主。”

洛萧听出她的声音：“我要休息了。”

“堂主，我有话要和你说。”孟瑶不肯走。

洛萧皱起眉头，还是转身去开了门：“什么事？”

孟瑶看了一眼边上守着的两个手下，洛萧开口道：“你们先下去。”

“是。”

洛萧并未让她进去：“什么事，说吧。”

“堂主……”

“别喊我堂主，”洛萧俊脸微沉，“我现在不是堂主。”

孟瑶咬住下唇，深吸一口气，开口时浑身都紧绷起来：“我怀孕了。”

洛萧猝然睁大眼睛，视线移到孟瑶的小腹上：“你……”

“我吃了药，”孟瑶双手移到小腹上，“当时你派人拿药给我，我吃了……但，我还是怀孕了。”

极其稀少的概率，可她偏偏碰上了。

洛萧只觉满眼晦暗，他脸色阴晴不定地盯着她的小腹：“去拿掉，”他神色冰冷，“现在就去，我给你联系医生。”

这句话当真是无比伤人，孟瑶强忍住鼻尖的酸涩，抬头同他对视：“可这是你的孩子……”

“那又怎么样？”洛萧语气冷冽到极致，“这个世界上，我只可能和小染有孩子。”说完他转身拿起手机，联系了医生。

孟瑶转过身咬住手背，哭声无法抑制地倾泻而出。

二十分钟不到，几名手下便带着私人医生赶了过来。

孟瑶见状双膝一软跪了下来：“洛萧，他是你的亲骨肉……”

“把孩子拿掉，”洛萧并不看她，而是对着私人医生吩咐道，“我要百分之百确定拿掉。”

“是，副堂主。”

手下拖着孟瑶朝楼下走去，孟瑶双目染上绝望，喊出声来：“你不可以这样做，洛萧，你不可以这么残忍——”

洛萧眉目一寒，视线冰冷地移到孟瑶的脸上，说出的话句句如同凌迟：“这个孩子的存在就是个错误，我不可能爱你，更不可能娶你，你留着他也是个累赘。我会找人送你离开南非，去别的国家，你可以有自己的生活。”

他说完这席话就转身回了房间。

孟瑶目光贪恋地盯着他的背影消失在门口，她张了张嘴巴，却什么也说不出来了。

洛萧仰躺在床上，盯着天花板出神。

孩子……

躺了片刻他还是起了身，担心孟瑶的那些话会被童染听见，套了件外套便下了楼。

童染坐在镜子前，头发剪成了正好到肩头的位置，越发衬得她一张脸巴掌大小，她伸手捋了下，将眼中的不舍隐藏了起来。

洛萧下来的时候，发现她的头发剪短了，眼神一黯：“小染，你的头发……”

“我乐意，”童染头也没回一下，“你能禁锢我的人身自由，还管得了我剪头发吗？”说着她径自躺到床上，“我要睡了。”

洛萧站着没动，许久之后，他才转身离开。

莫北焱在德班玩了好几天，从娱乐城里出来时眼睛都睁不开了。

“焱少。”

泊车员将钥匙递过来，莫北焱点了下头，今天还要去参加婚礼，他便开车回了烈焰堂。

一直到了烈焰堂，他才听手下的人说了这几天发生的事情。

莫北焱闻言俊脸一沉，大步朝堂内走去。

房间里，洛萧正换好衣服，莫北焱踹门进去，一眼就看到他：“你疯了？”

洛萧一身大红色喜服，抬起头来：“怎么了？”

“你还问我怎么了，”莫北焱走过去拽住他的手，“你做了什么你不知道？”

“不就是个堂主的位置吗？”洛萧挥开他的手，转身去拿东西，“实权还是在我手上，小染对这些没兴趣的。”

“没兴趣？没兴趣会找你要？”

莫北焱差点气吐血，他才从莫南爵手上拿到帝爵，洛萧居然把烈焰堂堂主的位置给了童染！

这和没要帝爵有什么区别？！

洛萧见他满身火气，开口解释了下：“小染不可能有兴趣，退一万步，就算她有兴趣，今天之后她就是我的妻子，东西也都是我们两个人的。”

“你——”莫北焱差点气背过气去。

洛萧抬脚朝外面走去，临出门时顿住脚步：“你不去坐着吗？外面的宾客都到齐了。”

莫北焱没说话，洛萧推门走了出去。

“焱少，”边上的心腹开口，“那今天的计划……”

莫北焱抬手捋了下短发，双手插入西裤兜内：“照常进行，这是我答应过的事。”

心腹点点头：“您放心，都已经安排好了。”

“好。”莫北焱脸色阴沉地走了出去。

艳阳高照，整个烈焰堂张灯结彩，一派喜庆。

房内，童染穿戴着大红色的凤冠霞帔，长长的后摆拖在身后，几个用人围在她身侧，拿着各种化妆品在她脸上修饰。

童染双眼无神，坐着没动。

一群人弄了半天，才将镜子移过来。

房内的人视线都移到她的小脸上，众人不由得赞叹道：“堂主真是好看。”

童染抬头看了一眼，微微扯动嘴角，笑容却无比苦涩。

莫南爵，我要结婚了，你能看到吗？

我说过会一辈子等你……可是我等不了了，怎么办？

外面伴娘过来催了一句：“时间到了，堂主好了吗？”

“好了好了，马上就出去。”用人给童染盖上绣着鸳鸯的红绸盖头，童染在伴娘的搀扶下下了楼。

花轿就停在门口。

童染盖着盖头看不见外面，但也知道边上是站着守卫的。

伴娘扶着她上了轿子，童染住的这里是烈焰堂最里面，离举行婚礼的前堂有一段不短的距离。

轿夫将花轿抬起来，伴娘则跟在边上，轿子前后方分别站着四名守卫。

刚走出不远，外面忽然传来几声细微的声响，童染耳力极好，忙掀开盖头看出去。

花轿左右两边的守卫居然都已经倒了下去！

童染睁大眼睛，只见十几个人从四周的假山后冲出来，手里都拿着消音枪："都别动！"

伴娘和轿夫吓得半死，还未发出声音，便被一枪解决。

轿子失去支撑后猛然落地，砰的一声震得童染手脚发麻，她双手揪紧身上的喜服，只觉得危险正在逼近。

蓦地，外面传来急促的脚步声，轿帘被人掀开。

童染抬起头，视线同那人的对上。

莫北焱一身浅粉色西装，与酒红色的碎发相衬十分显眼，他看了童染一眼，而后微微弯下腰去，做出一个扬手的姿势："染爷，这边请。"

童染警觉地朝四处看了下，外面的人都被解决掉了，剩下的，都是莫北焱带来的人，她蹙起秀眉："你是来救我的？"

"废话，"莫北焱抬头朝外面望了下，"还不出来？等一下洛萧发现了来抓你，我可管不了，这里前前后后都是他的人。"

童染眯起眼睛："你为什么救我？"

莫北焱盯着她白嫩的小脸，竟被她眸中折射出的冷冽光芒给迷了下，他扬起眉："你想知道？"

童染并不确定他是不是好人，除了莫南爵，她现在谁也不信。

蓦地，花轿的顶端居然被人整个给掀开，一把冰冷的长枪紧接着探进来，黑洞洞的枪口抵在莫北焱的太阳穴上。

莫南爵一身黑色漆皮劲装，长靴裹着修长的双腿，左手扣着长枪，视线冰冷地注视着莫北焱。

莫北焱摊了下双手，怕莫南爵擦枪走火，没多说什么，站到边上。

童染坐在花轿里，浑身都在发抖。

真的是他……

二人目光相接，瞬间擦出炫目的火花。

莫南爵抬手将花轿的帘子全部撕开。

童染双手抖得厉害，连带着牙关都在颤抖，鼻尖酸涩无比。

莫南爵蹲在花轿外面，眼中溢满揉碎了的深情。

童染喉间哽咽，盯着眼前这张俊脸，没想到再见他时，她已经是一身凤冠霞帔。

还好没有错开这一步……

童染吸了吸鼻子，还未有所动作，整个人便被从花轿里拽了出去。

莫南爵一手绕过去搂住她的纤腰，将她紧紧搂进怀里。

熟悉的味道温暖得令人止不住颤抖，童染踮起脚，双手环住他的脖子，小脸贴在他的颈间："莫南爵。"

男人并不说话，双臂搂得更紧。

感觉到男人的体温，童染才确定自己是真真切切被他抱着："莫南爵，你终于能抱我了……"

Chapter 5
你就是我的帝爵

莫南爵侧过头，在她发顶轻落下一吻。

此时，几个手下从外面走进来：“大少爷、二少爷，洛萧那边来人了，估计是看新娘怎么还没到。”

一听到“洛萧”两个字，童染浑身一震，环在男人脖子上的手下意识揪紧了他的衣领。

莫南爵弯腰将童染打横抱起来，抬头看一眼莫北焱：“时间差不多了。”

“得了，烂摊子还得我收拾，”莫北焱瞥了一眼莫南爵，视线落在他的臂弯间，不忘揶揄，“怎么样，用江山换美人的感觉爽不？”

童染闻言抬起头来，用江山换……

莫南爵不愿多说，抱着童染从拆了砖的侧门走出去，外面一架崭新的直升机停在不远处的草坪上。

童染安心地窝在他怀里：“我们去哪里？”

“你想去哪里？”

“我都随你。”

莫南爵嘴角勾起薄笑，加快脚步，抱着她跨上了直升机：“走！”

直升机腾然升起，童染从机舱内将视线探下去，看着下面的烈焰堂，搂紧莫南爵的脖子，脑袋轻蹭几下："我再也不要回来了。"

男人双臂搂紧她，低头吻了吻她的嘴角："好。"

与此同时——烈焰堂内。

莫北焱让人将那些守卫都塞进了那顶残破的花轿，连带着一起处理掉。

随后他招了下手，假山后面，一顶一模一样的花轿被抬了出来。

边上的心腹拿着手机走过来："大少爷，方才美洲那边来电话，说是夫人在找您……"

"让她找去，"莫北焱挥了下手，"我这段时间还不想回去。"

"可是……"

莫北焱抬起手摸了摸鼻子，这是他生气的征兆，心腹见状只得闭上了嘴巴。

花轿抬出来后，几名准备好的轿夫和伴娘也一齐走了出来，同方才那几人几乎一模一样。

花轿内，"新娘子"也穿戴着凤冠霞帔，鸳鸯红盖头盖在她的头顶。

韩青青攥紧手里的手帕，掌心溢满汗珠。

莫北焱扫了几眼，确定没问题后开口："你们都悠着点，能不说话就别说话，要是洛萧进洞房之前发现不对，他绝对会想方设法扒了我的皮。"

"是，焱少。"

莫北焱抬脚走过去，经过花轿时抬手在轿沿上轻敲了几下："拜堂的时候别太温顺了，染爷那么野蛮的性子，你太小心反而会露出马脚。"

"……"韩青青闻言怔了下，小染什么时候成爷了？

"走了，这可怕的地方我待不住了。"莫北焱回头瞅了一眼，抬手打了个响指，朝侧门走去。

花轿直接被抬到内堂。

这儿是烈焰堂的中心区域，一切已经准备就绪，边上鼓手乐队正在演奏，大红色的布置让人迷了双目。

洛萧穿着礼服站在厅内。

轿夫将花轿抬到中央放下，伴娘忙上前来将轿帘掀开。

新娘子被扶着跨出轿子。

洛萧俊脸上洋溢着温和的笑容，抬脚朝前走，站在了厅堂正门口。

伴娘扶着新娘子走过来，面前摆着马鞍和火盆，这些都是要一一跨过去的东西，寓意着驱赶邪气。

伴娘在韩青青耳边小声提醒道：“要跨火盆了，小心着点脚下。”

韩青青点了点头，抬起脚跨过去，本可以安稳跨过去，她却陡然想起莫北焱的话，眉头皱了下，突然就将整个火盆踹翻！

火盆里的炭火打翻出来，呛得在场的人连连后退。

洛萧眼神一暗，并未动作，其实他知道，童染嫁给他，肯定是不情愿的。

伴娘怔了下，没想到她会这么做，忙扶住新娘子：“哎呀，红红火火，红红火火嘛……”

洛萧没说话，后面的马鞍也就没跨，伴娘将新娘子扶到了厅堂中。

洛萧伸出手，将新娘戴着红丝手套的手握在手中。

韩青青表情一寒，强忍着一刀捅死洛萧的冲动，跟着他走到了厅内。

高堂上摆着两张照片，是童明海和苏澜的。

洛萧紧紧握着她的手，男人的手很凉，却也很稳。

边上的司仪开始喊：“新人准备拜堂。”

韩青青并没动，洛萧搂着她的腰将她抱起来：“小染，别怕。”

洛萧将她搂到高堂前，司仪的声音响彻整个烈焰堂：“一拜天地。”

洛萧扶着她的腰同她一起磕头。

“二拜高堂。”

洛萧搂着她转身磕头。

“夫妻对拜。”

洛萧这才松了手，韩青青却站着没动。

司仪怕冷场，又喊了句：“夫妻对拜。”

韩青青脚下像是生了根，无法动弹，洛萧眼中溢出哀戚之色，最后这一拜他没再强迫她，而是退后两步，对着她跪了下去，端端正正地按照礼仪磕了头。

“礼毕。”

随着司仪的话音落下，洛萧站起身，突然伸手搂住韩青青的腰，低头吻住了她的唇。

隔着一层盖头，韩青青猝然睁大眼睛，洛萧并未深吻，很快松开她："小染，在婚房等我。"

韩青青紧抿着唇，伴娘上前将她搀扶着朝里面走去。

婚房内布置得很漂亮，复古镂空的装饰品层层叠叠，婚床上铺满了玫瑰花瓣，银铃在窗口处丁零作响。

伴娘让她坐好后就退了下去。

边上的桌子上摆着喝交杯酒用的东西，房门被关上，韩青青小心翼翼地掀起盖头的一角，而后起身走过去，将袖子里藏着的小瓶子里的东西滴进了其中一杯酒。

她动作很快，没留下任何痕迹，滴完后将那小瓶子扔进了边上的抽屉里。

房内点着熏香，味道很是好闻，韩青青坐回去，双手揪紧了大红色的床单。

洛萧在外面敬酒，他知道童染肯定不会陪着他，所以也没让人请她出来，他敬了一圈，被灌了不少，回到婚房的时候，脚步都有些虚浮。

用人见到他忙站直道："副堂主。"

"都下去吧，"洛萧挥手，因为喝了酒，清俊的侧脸被衬出红晕，他别过脸，"没我的吩咐，都别靠近这里。"

"是，副堂主。"

用人也知道新婚两人肯定得多腻歪，忙退了下去。

洛萧推门走进去，婚房内熏香袅袅，新娘子端坐在床沿，头上盖头未掀。

洛萧眸中满是柔情，他等了那么久，等的就是这一天。

他抬脚走过去，伸手拿起红布包着的秤杆，想要将她的盖头挑开。

韩青青一颗心几乎提到了嗓子眼，做好了应对的准备，男人的动作却突然顿住。

洛萧将手里的秤杆放下，垂首凝视着她揪紧床沿的双手："小染，你要是紧张的话，我就先不掀盖头，好不好？"

韩青青如释重负，忙点了点头。

洛萧拿起边上的交杯酒，韩青青紧盯着被她下了药的那一杯，他手伸过来的时候，她接了另一杯。

洛萧也没在意，他断不可能想到面前坐着的这个人不是童染，男人眉梢带着温润的笑，将杯子举起来："小染，你是我的新娘了。"

韩青青自然不可能开口说话，洛萧拉起她的手，同她手臂相缠绕："小染，我爱你。"

他说完这句话便喝下了杯中的酒。

韩青青也将酒杯伸进盖头里喝下去，刚要放下，洛萧却伸手揽住她的腰，将她整个人压在铺满玫瑰花瓣的婚床上。

房内光线很暗，窗帘全被拉了起来，洛萧翻身压在韩青青身上，并未掀开她的盖头，而是俯身凑到她耳边："小染，你别挣扎，结婚的日子，你至少让我碰一下。"

洛萧一手扯下了她上半身的喜服，薄唇顺势吻住了她的锁骨。

韩青青嘴角勾起一抹冷笑，她估算了下药效差不多了，突然开口问道："洛萧，你摸得爽吗？"

洛萧一怔，这个声音……

他撑了下手臂，眸中闪过一丝惊恐之色，整个人站起身来："你是谁？！"

韩青青坐起身来，伸手将洛萧扯开的喜服朝肩上拉了拉："你不认得我了吗？"

洛萧闻言皱起眉头，双拳紧攥："你……"

"你真的不认得我了，"韩青青抬起头来，"萧哥哥。"

她说着伸手将盖头掀开来。

洛萧猝然睁大眼睛，下意识地退后两步，后背撞到后面的橱柜门，发出砰的一声巨响！

韩青青站起身，她也化了妆，长发被绾起来，别样地妩媚动人："萧哥哥，我是青青。"

"……"

洛萧一双眼睛睁得极大，一副难以置信的神情，后背抵着门，竟连动一下的勇气都没了，生平第一次如此害怕："你……"

韩青青缓步朝他走过来，将头上的凤冠扯开，珍珠哗啦一声散了一地："你想问我怎么还没死，对吗？"

洛萧喉间哽咽了下，生生吓得说不出话来。他一直以为韩青青死了，而且他那一针药物打下去，就算不注射安定，她也绝对不可能活到现在。

怎么会……

韩青青走到他面前。

洛萧眼珠子都快要掉出来，他双肩剧烈颤抖，一张俊脸惨白无比。莫南爵没猜错，一个你认定死了的人，活生生站在你面前，而且还做了你的新娘，这感觉当真恐怖。

洛萧无法形容，连呼吸声都变得沉重，就像是在做梦一样，眼里女子的身影被无限放大。

韩青青踮起脚，将脸凑到他面前，伸手搂住他的脖子："萧哥哥，你看清楚了吗？我是青青。"

洛萧只觉得浑身冰冷，像是被一双大手拉扯，他连动一下的勇气都没了。

韩青青将嘴唇凑到他的薄唇边："萧哥哥，不碰我了吗？"

洛萧眼底笼上阴霾，他惊怔了半天总算缓过点神来，反手将韩青青的手腕握住："小染在哪里？！"

"你还有空关心她吗？"韩青青勾起冷笑，伸手揪住他的衣领，洛萧想将她按住，却发现自己竟然一点力气都没了。

他这才发觉那杯酒可能有问题，可是已经来不及了。韩青青将他按在婚床上，玫瑰花瓣在身下被碾碎，红色的汁液弥漫开来。

韩青青从喜服下摆里拿出事先藏好的绳子，爬到洛萧边上，将他的双手拉起后分别绑在床头。

洛萧见状眉目一冷："住手！"

韩青青手里动作没停，她低头看了他一眼："你给我注射毒药的时候，想过住手吗？"

一句话将洛萧堵了回去。

洛萧浑身无力，知道她肯定是来报仇的，咬着牙道："韩青青，你到底要做什么？你把小染弄到哪里去了？"

"你终于认得我了吗？"韩青青将他的双手都绑好，而后下床站在边上，"小染这会儿八成在莫南爵怀里吧，你心心念念惦记的女人，心里根本没有你。”

洛萧连攥紧双拳的力气都渐渐失去，他双眼迸射出极强的恨意：“是莫南爵让你来的？”

“你还有力气管别人吗？”韩青青弯下腰拍拍他的脸，“今天是你的新婚之日，我送你一份大礼。”

洛萧还未开口，韩青青已经绕过婚床走到了另一头的衣柜边上，伸手将柜子门用力拉开。

一声巨响，里面被绑着的人失去支撑，整个人朝外面跌了出来。

洛萧侧过头去，一下就同那人抬起来的眼神对上，二人眼底皆是震惊无比的神色。

谁也没想到还能再见对方一面，更没想到，会是在这种时候这种地方见上。

洛萧张大了嘴，这下更是难以置信：“你……”

傅青霜手脚都被死死捆住，完全动弹不得，嘴里还塞着块布。她睁大了眼睛，方才在柜子里，韩青青和洛萧的对话她听了个一清二楚，原来今天是他和童染的新婚之日……

她神色哀戚，眼眶涌出眼泪。

韩青青上前揪住她的头发，满脸嘲讽：“傅青霜，你好好看看，这不是你爱的男人吗？他要娶别的女人，可惜人家不给脸，怎么样，你替他伤心吗？”

傅青霜满眼怨恨地瞪去，韩青青抬手就甩了她一巴掌：“你瞪我？你当初怎么就没想过会有今天？我这辈子都被你毁了，傅青霜，我告诉你，你今天休想活着走出去！”

傅青霜挣扎着要起来，韩青青索性伸手将她嘴里塞着的布拉出来。

傅青霜冷冷地道：“你想做什么？！”

韩青青神色决绝：“我已经找人在烈焰堂四周埋了炸药，反正我也不想活了，今天就一起死！”

傅青霜一张脸惨白无比：“你杀我可以，把他放了……”

“放了？”韩青青冷笑一声，“当初谁来放我？”

傅青霜跪起身体，竟朝她磕起头来：“我求求你，你放了他……”

“他给我注射的时候，我也是这样求他的，”韩青青俯下身，捏住洛萧的下巴，“你当时是怎么说的？你放过我了吗？”

洛萧抿着唇没开口。

“时间差不多了，”韩青青看了一眼挂钟，“我们一起死吧，我这条贱命留下来也是脏，到地狱，我也不会放过你们！”

她话音刚落，只听东边传来轰一声巨响。

洛萧也知道肯定逃不了了，他睁开眼睛望向窗外。小染，你就这样丢下我，你真的想看我死吗？

他勾起嘴角，笑容苦涩得令人想哭。

韩青青还是不太放心，想了下，弯腰从鞋子内掏出一把匕首。

傅青霜瞪大眼睛：“你要做什么？”

韩青青并不回答，匕首朝着洛萧的胸口刺下去！

“不——”傅青霜睁大双眼，也不知道哪里来的力气，整个人挣扎起来，扑在洛萧身上的时候，匕首正好刺下来，整个尖端没入她的肩头。

洛萧浑身一震：“青霜……”

傅青霜微抬起头，正好对上洛萧的视线，她凑过去，吻住他的嘴角：“我爱你……”

洛萧盯着她惨白的脸，心头莫名软了下，别开视线：“我不值得你……”

傅青霜疼得牙关打战，低下头将脸贴在他的颈间：“可是我爱你。”

韩青青握住匕首想要将其拔出来，地面却突然传来震动，西边再次响起巨大的爆炸声。

外面有人冲过来拍门：“副堂主！副堂主！”

韩青青将匕首架在洛萧的脖子上：“说你没事，让他别进来，先下去。”

洛萧看了她一眼，只得照说。

手下退下去后，韩青青直起身体，外面的声音越来越大，她低头看着洛萧，突然开口：“莫南爵中毒了是不是？”

洛萧微睁开眼帘：“你想要解药？”

“你拿出解药，我就放了你。”

洛萧冷笑一声：“我还会信你吗？”

地面再次被南边的爆炸震动了下，蓦地，婚房的窗户被人推开来。

因为那一声巨响，韩青青并未听见声音：“我再给你一分钟的思考时间……”

砰！

一声枪响，子弹穿过韩青青的胸口。

她皱起眉头，还未回过头，整个人已经顺着墙面倒了下去。

孟瑶举着枪出现，昨晚医生检查过后说她体质虚，一周之后才能做人流，她躺了一晚上，好不容易才从私人医院逃出来，没想到一赶回来，居然遇上这样的爆炸。

洛萧一怔：“你怎么……”

“堂主，我们快走！”孟瑶冲过来，松开他手脚上的绳子，将他扶起来，“快，这边马上就要爆炸了，再不走就来不及了！”

“不行，”洛萧浑身提不起一点力气，走路都很困难，“我被下了药……”

轰！床头的花瓶砸了下来。

“糟了！要炸到这里了！”

“你快走，”洛萧嘴唇苍白地摇摇头，“我走不了了。”

孟瑶心急如焚，她从小也是练家子长大的，四处看了下后转过身，背对着洛萧：“上来！我不可能丢下你！”

洛萧并不想这样，可孟瑶这会儿力气比他大，她将他背起来时，洛萧回头看了一眼昏过去的傅青霜：“把她带上……”

“我们的命都保不住了，哪有空管别人！”

孟瑶死死咬着牙，用尽全力将洛萧背起来，猫着腰朝外面走去。

洛萧靠在她背上，药效越来越强，他只觉得视线都跟着模糊。

孟瑶背着他走出去时，婚房内的花瓶全掉了下来。洛萧回过头，看了一眼浑身是血的傅青霜，眼神哀戚。他想要伸手去拉她，却没了这个可能。

青霜，对不起……

孟瑶背着洛萧冲出去时，烈焰堂内已经乱成一团，东、南、西三个角都被炸得粉碎，站着的守卫全部一命呜呼。

此时，唯一剩下的北角，一群守卫围在一个炸弹边上。

白色的炸药包放在地上，一根长长的线牵着，似乎并没有爆炸的迹象。

几人小心翼翼地凑过去：“好像没事啊？”

“是啊，要不然，我们拿水来浇？”

“好，你快去提水！”

其中一人忙转过身去提水。

孟瑶背着洛萧正好走到附近，手下见状忙冲过来：“分会长、副堂主，你们没事吧？”

洛萧已经彻底失去知觉，孟瑶艰难地抬起头：“没事，但是这里不能留了，快告诉弟兄们，都走！”

“这个炸药包好像是坏的，我们的兄弟去提水了……”

话音刚落，方才那人便将一桶水提了过来。

孟瑶摇了下头：“别再犹豫了，大家都快走，这里肯定会被炸毁！”

“先试试泼水。”那人说着要将那桶水朝炸药包上面泼去——

就在此时，房顶上突然跃下一个深蓝色的身影，众人都晃了眼，显然不知道是什么。

楠楠从房顶上跳下来，眼珠子四处乱瞅，可是找不到童染也找不到莫南爵，小家伙气得半死，从人群中穿过后，直接冲到了那个炸药包边上！

“哪来的猫？”

楠楠一瞅氛围不对，扭头看看，突然转个身，一口咬住了炸药包边上的那根引线。

“糟了！”

楠楠咬住引线后便撒开脚丫子朝外面疯狂地跑去，楠楠前脚刚跳出正门，后脚便牵动了引线，整个烈焰堂北角发出轰的一声——

“快跑！”

几乎所有人都被炸飞，孟瑶动作迅速地俯下身，护着洛萧的头部，抱着他朝边上滚去。

这个炸药包显然是威力最大的，孟瑶只觉得背后一阵灼烧般的疼痛，整个烈焰堂几乎被夷为平地，巨大的砖瓦从上方坠落下来！

瓦片整个砸在孟瑶手上，洛萧的后脑勺也连带着被砸出血来。孟瑶弓起身体，将他死死护在身下。

爆炸声不知道持续了多久，震得人耳膜都要破了，孟瑶感觉小腹处疼得不行，她死死咬牙忍住，伸手去拍身边男人的脸：“堂主，你醒醒！醒醒！”

她手上满是鲜血，拍得男人的侧脸也都是血。孟瑶手伸向洛萧的心口，一下一下地按着：“堂主？洛萧！你醒醒！”

男人毫无反应，俊脸苍白如纸。他身体本就极其虚弱，这样的刺激下，更是雪上加霜。

爆炸声还在继续，不断有石子砸在脚边，地震一般令人心惊。孟瑶浑身都是冷汗，她咬住哭声，颤抖地探向他的鼻间。

没有呼吸。

孟瑶猝然睁大眼睛，扳住他的肩，抡起拳头就朝他肩头砸：“洛萧，你醒醒，你醒醒啊！”

男人浑身冰冷，身上的礼服成了最讽刺的东西。洛萧怎么也不可能想到，他心心念念了这么多年的婚礼，竟这般支离破碎。

有那么一瞬间，他甚至觉得生无可恋。

爆炸声暂停了下，摇摇欲坠的“烈焰堂”三个大字就要从顶端砸下来，孟瑶伸手将自己的上衣衣摆撕下来一点，揉成团后塞进嘴里死死咬住，拽住洛萧的胳膊将他背了起来。

她顾不得小腹的疼痛，背着洛萧朝外面冲去，瓦片还在不停砸落，四周都是呛人的浓烟以及逃跑的人，在这种时候谁也顾不了谁，大家都想着活命。

烈焰堂建在一片绿树的正前方，后面围绕着许多森林，最底端是一条湍急的河流。

眼看着就要出这片区域，孟瑶双眼燃起希冀的光芒。她前脚才跨出正门，蓦地，天空划过一道闪电！

惊天巨雷响彻头顶，直接劈开了边上的参天大树，孟瑶转过头去的那一瞬间，一半树干直直地倒了下来！

“不要——”孟瑶绝望地喊出声来。

她脚步趔趄了下，身体朝边上倒去，锋利的树枝划过洛萧的背部，拉出一道长长的血口。

两人倒下的地方是一个巨大的斜坡，斜坡底端便是河流。

两人滚下斜坡的瞬间，孟瑶伸手抱住洛萧的腰，洛萧闭着眼睛，身上被石子划出无数道血痕，他只觉浑身无力，如坠入万丈深渊。

滚落的过程中，孟瑶瞥到不远处的半坡中央有个山洞，她双目一亮，几番努力，终于在某一处钩住了一根树干。

身体稳定下来后，孟瑶想要站起来，却发现洛萧身体被树干撞了下，朝着边上滚去，一根粗壮的树枝摇摇欲坠。

她猝然睁大眼睛："不要——"

树枝整根砸下来，直接砸中洛萧的后脑勺，原本凝固的血迹再度晕染开来。

男人被这一下砸得竟然恢复了点知觉。

洛萧微微睁开眼睛，雨滴滴进眼睛里，酸涩得难受，他想要伸手抹一下眼角，却没了这个力气。

孟瑶撑起身体朝他这边爬过来。

意识渐渐模糊，双眼也跟着蒙眬，洛萧仰躺在一堆枯树叶上，视线渐渐变成一团白雾，可身上再痛，也比不上心里的痛。

耳边的叫喊声不断，洛萧什么也听不清，思绪在涣散，瞳孔在收缩，过往的一幕幕在脑海中呼啸而过，如同被砸碎的玻璃片，几乎刺得他双目失明。

爸爸、妈妈、叔叔、婶婶、小染……

洛萧轻合上眼睛，最后一点意识被铺天盖地的绝望和心碎彻底撕裂成粉末。

他微微动了动手指，腰间卡了根树枝，他才能躺在这儿。

男人修长染血的指尖抬起，用尽全身最后一丝力气将那根树枝拨开。

他清瘦的身体晃了下，而后飞快地擦着树枝滚了下去！

下方是湍急汹涌的河流，孟瑶难以置信地瞪大眼睛，尖叫出声："堂主，不——"

洛萧越滚越快，已经彻底陷入昏迷。

孟瑶咬着牙，身体滑了下后，沿着男人方才的路线跟着滚了下去。

暴雨越下越大，二人一起坠入波涛汹涌的河流中。河流很急，也不知道会被冲到哪里去，坠入的最后一瞬间，孟瑶闭上了眼睛。

堂主，如果真的要死，我们也能死在一起，真好。

如果还能活下来……

暴雨只持续了一个小时不到，阴霾便顷刻间散尽，南非上空骤然晴朗，一道道彩虹横挂在天边。

竟异常刺眼。

莫北焱从烈焰堂出来后也没想好去哪儿，便将跑车开了一段后停在路边上。

他坐在跑车里，眉头紧锁着，也不知道在思索什么。

后方，一辆轿车紧跟着开来，他的心腹推门下来："大少爷。"

莫北焱发动跑车就想离开。

"您别这样，"许平快步走过来，他跟了莫北焱这么多年，也摸透了很多东西，"夫人的电话，您还是接一下比较好……"

"没那个必要，"莫北焱头也不抬，神色难得冷淡，"她还能跟我说什么？莫氏我已经接手，什么都是我在管，难道连我在哪里都要汇报吗？"

许平为难地站在旁边。

"让开。"莫北焱一脚踩下油门，跑车还未开出去，天空骤然传来一阵轰鸣声。

莫北焱抬起头，酒红色的碎发被阳光折射出微妙的金黄色，男人凤目微眯，一眼便看见了军绿色直升机上的莫字。

他眉间骤然笼上层层戾气，视线蓦地扫过去。

许平心虚地低下头去，声音很低："大少爷，对不起，我拗不过夫人的，她也是为您好……"

"为我好？"莫北焱嘴角勾勒出冷笑，双肩抖动了下，"好，好，"男人手握成拳，砰的一声砸在方向盘上，刺耳的喇叭声响彻丛林，"很好！"

直升机越靠越近，机舱内的人将舱门拉开来。

莫北焱一双凤目变得通红，双拳紧攥，俊脸阴戾，推开门下了车。

陈安在南非认识几个研究所的朋友，逗留了几天后，便准备先回锦海市。

他驱车回到在南非的别墅，将车停在门口，下车后朝大门走去，掏出钥匙插进门锁却发现拧不开门。

他皱起眉头，什么情况？

蓦地，李钦从边上走出来，身后跟着几个身强体壮的保镖，其中一个保镖手里拿着一沓厚厚的 A4 纸。

陈安眉头皱得更深，隐约感觉到什么："你们做什么？"

"安少爷，"李钦走过来，"这栋别墅已经不再是你的了。"

陈安闻言怔了下："什么意思？"

"安少爷，是这样的，"李钦从身后的保镖手里抽出几张纸，解释道，"这栋别墅已经在昨天早上被移交拍卖公司，以高出买入价格两百万的价格拍给一对南非夫妇。"

"……"陈安瞬间怔住。

李钦将 A4 纸递过来，陈安伸手接过，上面写得很清楚，确实如他所说。

陈安眯起眼睛，李钦见状又从那保镖手里将剩下的 A4 纸都取过来："安少爷，是这样的，您所有的东西如下：在南非的这栋别墅，包括您在锦海市的七套房子，分别是五栋别墅和两套公寓，加上一辆保时捷、一辆幽灵跑车、一辆玛莎拉蒂……"

李钦说着抬起头来："安少爷，对吗？"

陈安听得都蒙了，点了点头。

李钦继续说道："还有您在锦海市的私人医院、私人疗养所，以及几个实验基地，再加上您在老家银行卡里的一千二百万现金，综上所述，这些是您的全部个人财产，对吗？"

陈安听后想了下，道："是的，所以？"

"所以，这些都已经不是您的了，"李钦将手里的 A4 纸递给他，"少主已经吩咐下去，您所有的房子和车子已经移交拍卖公司，并且对方已经接下单子，有两辆车和四套房已经拍卖出去，银行卡里的钱少主已经取了出来。"

陈安瞬间两眼一黑，差点吐血。

李钦又道："包括医院和疗养所也都进行了拍卖，今天应该就能卖出去，安少爷您放心，交易很顺利。"

放心？他都被掏空了还叫他放心？！

陈安伸手撑住额头，好半天才缓过神来，抬起头道："那……拍卖的钱呢？"

李钦站得笔直："都会直接汇到少主的卡上。"

"他人在哪里？"

李钦目不斜视："我不知道。"

"……"陈安差点昏厥。

此时，外面传来汽车的声音，几个拍卖公司的人走进来，手里还拿着文件，递给李钦："李先生，包括锦海市的房子、车子和医院已经全部卖出去了，钱已经汇到您指定的账户上，合作愉快。"

李钦伸手接过："要签字吗？"

"要，"拍卖公司的人瞅了一眼，"户主是陈安对吗？"

"是的。"

"手续都已经齐全，您直接签字就可以了。"

李钦签了字，拍卖公司的人拿了东西朝外面走去。

李钦又不知道从哪里拿出一沓纸，翻了下后开口解释道："安少爷，少主已经为您接下了世界各地的手术邀请，瑞士、西雅图、西班牙、挪威……一共81个手术，都是少主精挑细选的，接下来的几个月您要飞这81个地方，分别完成手术。"

陈安："……"

李钦看一眼差点气成脑膜炎的陈安，突然开口道："安少爷，少主说，他这辈子最重要的人就是您。"

陈安闻言怔了下。

李钦趁热打铁："少主还说，他这辈子最幸运的事情就是交到你这样的哥们儿，你在他心里永远是第一位，赴汤蹈火在所不辞。"

陈安有些难以置信："真的？"

"真的。"

陈安闻言竟不再说什么，坐上准备好的直升机，朝丹麦飞去。

某个五星级酒店房间内，灯全部被关掉，只留下床头一盏橙黄色的小灯，氤氲如雾气般的灯光洒下来，将女子白皙的小脸晕染得一片迷离。

地上散落着二人的衣物，显然是撕开来的。

莫南爵双手撑在童染的头侧，姿势很巧妙地避开了她的小腹，桃花眼微微眯起，陷入极度的享受之中。

头顶价格不菲的水晶灯耀眼无比，童染轻垂下眼帘，眼底洒下一片暗淡的光："莫南爵，你不嫌我脏吗？"

男人动作顿了下。

童染没去看他的眼睛，轻声道："我被洛萧碰过了。"

莫南爵压下身，将她的脑袋按在自己胸前："我不在乎。"

"可是我在乎！"童染陡然提高声音，这个坎她跨了无数次，可每每想起来，都是心头的一根刺。

"我告诉你，你别想拿这些乱七八糟的事情来当作逃跑的借口，"莫南爵按紧她的后脑勺，让她的小脸紧贴自己，"你只会是我莫南爵的！"

童染心里一酸，他不知道，他越是这么说，她越觉得难受："莫南爵，我配不上你。"

莫南爵闻言俊脸一沉，嗓音跟着冷下去，隐含怒气："童染，你要是再敢说一句，我立马打断你的腿！"

童染被他给吓住，咬住下唇，想哭又不敢哭，只得趴在他胸前哽咽。

莫南爵垂下头盯着她湿漉漉的小脸，叹了口气，到底还是心软，侧躺在她身边，伸手搂住她的腰将她抱在怀里。

童染低下头，脸埋在男人胸膛上："对不起……"

莫南爵什么也没再多问，只是伸手将她搂紧："胡说什么。"

两人躺了片刻，进浴室洗了个澡，换好衣服后，莫南爵拿起墨镜戴上："走。"

童染好奇道："我们去哪里？"

"逛逛。"

二人跨进电梯，童染一直被关在房子里，好久没接触外面的世界，这会儿看什么都新鲜："莫南爵，我们去吃凉皮吧？"

男人搂着她的肩膀，闻言笑出声来："去哪里吃凉皮？"

"夜市啊。"

"这里没有夜市。"

童染一怔。

待走出电梯，她才发现，外面的招牌全部不是中文。

"我们……不在锦海市吗？"

"去看看。"

童染跟着他走到酒店外面，绕了一圈后来到了夜宵街。

原来这里是泰国!

莫南爵将她的小手握在手心里："怎么，吓到了？"

童染点点头，既惊喜又惊奇，目光止不住地四处打量："我们怎么到泰国来了？"

"来玩几天，过两天再换个地方，"莫南爵牵着她朝前走，"想吃什么？"

"凉皮！"

"……"

没出息。

夜宵街是这里最热闹的地段，来自各国的游客都聚集在这边，热闹的小摊子在两边铺开，空气中满溢着香味。

童染任由他牵着，挤来挤去也不怕丢："好多人啊。"

莫南爵点点头，他极少来这种地方逛，换作以前，这种廉价的地方他连车都不会停一下。

最前方是一个大型商店，顶端挂着液晶显示屏，上面正重播着今天的新闻。

"北京时间今日下午14时37分，最新消息称，帝爵集团宣告全面破产，所有内部团队全部瓦解，短短二十天不到，曾经叱咤风云的帝爵竟不复存在，对于这一商业巨头的倒下，众说纷纭……"

童染瞪大眼睛，完全难以置信，这……

边上来来往往的行人也都停下了脚步，有人议论道："喊，搞什么啊，不是牛得很吗，随随便便就倒闭了，八成是被抓了吧？"

"谁知道啊，帝爵总裁不是到现在也没出面说一句话吗，是不是被人暗杀了啊……"

"哈哈哈，我看肯定死了，世事难料啊……"

一行人边走边说，不关自己的事，说起来自然幸灾乐祸。

莫南爵于人群中站定脚步，男人戴着墨镜，童染看不清他眼底的情绪。

二人都没有开口，液晶屏幕还在循环播放，似乎世界上只有这一条新闻似的，巴不得让所有人看见。

莫南爵只站了一会儿，便抬脚朝前走："想吃什么？嗯？"

身后没有声音。

男人回过头去，就见童染脸色煞白地站在那儿，双手发颤："帝爵是怎么回事……"

"没看到吗？破产了。"莫南爵伸手搂住她的肩，"走，不饿吗？"

"破产了……"童染抬起头来，她知道，那是莫南爵的全部身家，也是他出了美洲后一手创建起来的，"怎么会破产？"

莫南爵显然不愿意多说："你问那么多做什么？"他揽着她就朝前走。

童染却像是脚步生了根，她想起莫北焱当时的那一句"用江山换美人的感觉爽不"，脑袋中轰然一下清明起来。

原来……原来救她出来的代价，竟然是整个帝爵！

莫南爵摘下墨镜，二人视线相碰，童染抡起小拳头就朝他肩头砸："你把帝爵给莫北焱了？"

莫南爵神色平淡，来来往往的行人很多，撞到肩膀会踉跄几步，童染伸手去抓他的手："莫南爵，你是个傻子吗？"

"好了，走吧，"莫南爵嘴角勾起笑，拉住她的小手，"你想饿死我吗？"

童染喉间哽咽了下："可是……"

"没那么多可是，没了就没了。"莫南爵一手捏住她的下巴，低下头来，黑曜石般的眸子紧紧锁着她。

他动作轻柔，像是捧着什么稀世珍宝："我从未失去过什么，"莫南爵低下头，薄唇吻住她的嘴角，"你就是我的帝爵。"

童染只觉得鼻尖一酸，这七个字胜过了千万的甜言蜜语，她死死咬住牙，才没让自己哭出声来。

有那么一个人，他无论做什么都感动不了你，哪怕他在你面前再卑微再可怜；可也有那么一个人，他只需要一句话、一个动作，就能击得你溃不成军。

童染伸出手去，抱住了男人精壮的腰，还好，她碰见了她的莫南爵。

莫南爵嘴角含笑，自然不会错过这个机会，搂住她的腰深吻下去，周围的人也见怪不怪。小情侣嘛，热恋就是这样。

童染本就穿得少，这会儿浑身都要燃烧起来，她忙挣脱开："人多！"

"是谁先抱上来的？"

"……"童染转身就走，莫南爵上前霸道地揽住她，二人逛了会儿，这里小吃种类繁多，让人无从下手。

童染左看看右看看，就是不知道该吃哪一个。

莫南爵冷瞥她一眼，搂着她走到一个小摊前："吃这个。"

童染一看，中文写着，烤八爪鱼："好吃吗？"

那老板也是个亚洲人，闻言抬起头来："好吃的嘞，尝尝就知道啦。"

烤好的八爪鱼又香又可爱，莫南爵知道她爱吃辣，蘸了点辣酱后朝她嘴边喂去。

童染一个心急，张嘴就要咬，男人皱下眉头："小心烫。"

童染小咬了口，还未尝到味道，便有一阵恶心的感觉从喉间蹿上来，她忙伸手捂住嘴，弯下腰止不住地干呕。

莫南爵怔了下，从未遇到过这种情况，竟也觉得有些手足无措，他忙丢开手里的八爪鱼，轻拍她的背："怎么了？哪里不舒服？"

童染轻摇下头，却干呕得更加厉害。

"小姑娘肯定是怀孕了吧？"烤八爪鱼的老板笑眯眯地瞅了一眼，"这一看就是前三个月，反应比较强烈嘛。恭喜你们啊，都说孩子是夫妻之间最好的礼物，要爸爸妈妈一起陪着，生下来才能健健康康的……"

莫南爵动作顿了下。

童染撑在膝盖上的手紧握成拳，这番普通人无心的话，在她听来，却刺耳无比。

她直起身体，双眼沁出的泪模糊了视线。童染依旧捂着嘴，呕吐的感觉已经过去，她却觉得更加恶心。

莫南爵俊脸被灯光浸润出层层落寞，男人并未表露任何情绪，而是伸手搂住她的肩，将话题岔开："是不是太辣了？"

童染别开视线，喉间哽咽："可能……是吧。"

"那我们走吧，吃点别的。"

男人付了钱后揽着她朝前走，可童染已经没了吃任何东西的心情，她始终垂着头："我们回去吧。"

"才出来，回去做什么？"莫南爵知道她在乎什么，可这种事情，不可能就这么放着，迟早要跨过去，"要不要去买点宝宝的东西，这里……"

"莫南爵，"童染打断他的话，"明天你陪我去这里的华人医院看看吧。"

莫南爵侧眸盯着她的脸，思索了下后开口："其实……"

童染纤细的食指抵住他的唇瓣，她知道他想说什么：“莫南爵，这件事情没法解决，你别劝我，你才是受害者……”

“……”

二人在夜宵街逛了一大圈，其实无非就是些吃的玩的，也没什么特别，人没心情起来，再好的东西都没了兴趣。

回到酒店后，童染洗澡后便上了床，侧身拽着被子，已经习惯了这样的睡姿。

莫南爵伸手关掉床头的灯，躺下去后将她搂紧。

翌日，二人睡到中午才起来。

两人收拾一番后，上了等候在外面的轿车，直接到了华人医院。

因为提前预约过，所以很快便进入了看诊室，男士禁足，女医生将童染领进去：“你先坐着，马上有专人带你检查。”

童染点点头，放在腿上的双手紧攥成拳。

不一会儿，两个护士便过来带她进去，一系列检查下来，医生将报告单递给她：“孩子目前情况还算稳定，一个月左右，就是你太瘦了，记得多补充点营养，我给你开点叶酸，记得每天吃。”

“那个，”童染双手握紧报告单，“我怀孕之前，被注射过毒品，会对孩子有影响吗？”

女医生明显怔了下：“什么毒品？”

童染实话实说：“我也不知道叫什么……反正不是好东西，药效大概持续了四十八小时。”

女医生惊讶无比：“是在你和你老公同房之后吗？”

童染咬了下唇：“是的。会对孩子有影响吗？”

女医生神色瞬间变得凝重：“这个，还真不好说，这种情况我还从没遇到过。怀了孕的人怎么能注射毒品？这是最忌讳的。”

童染眼角湿润，止不住的悲凉从心口涌了上来。

女医生见状伸手拍了下她的肩：“影响什么的我们说不准，但肯定是有的，注射到你体内，毋庸置疑会影响到宝宝……”

童染伸手抹掉眼泪：“那把孩子拿掉吧，可以吗？”

“如果按照我的专业意见，我会建议你拿掉，但……”女医生伸手推了下眼镜，拿起B超检查单，“你的子宫壁太薄了，而且，你之前是流过产的吧，再加上……总之，你要是这胎拿掉了，估计很难再怀上。”

童染喉间像是被玻璃片卡住般，疼得难受：“那……没别的办法吗？”

“我做这行这么多年了，不会看错的，你这情况打掉了要再怀真的很难，”女医生也是叹气。

童染攥紧小手，这是她的孩子没错，可也是洛萧的，她无法去爱，就算她能接受，可对莫南爵来说，那真的太残忍了。

她不忍心让他退让到那一步。

“我要把这个孩子拿掉，”童染突然抬起头，下了决心，“现在可以安排手术吗？”

“这……”女医生面色犹豫，“你要考虑清楚，拿掉后，你可能再也不能生孩子了。”

童染站起身：“我要现在做手术。”

“那，好吧，”女医生也不好多过问病人的情况，抽了张单子，“今天人不多，可以帮你安排现在手术，你老公……”

“不用告诉他，”童染表情清冷，“这是我自己的事情，我有决定权。”

“这……”几人对视一眼，不好再多说。

“早上来的时候在楼下充了卡的，”童染将充值卡递过去，她知道莫南爵在里面充的钱肯定够，“现在能手术吗？”

女医生站起身，看了一眼安排表：“能，刚好一个预约的患者没来，你空腹四小时了吗？”

童染算了下，回道：“有的。”

“那可以。”女医生挥了下手，“先带她进去准备，我随后就来。”

护士将童染领进手术等候室，将衣服递给她：“你先换好，医生来了我们会叫你。”

“好的。”童染坐在等候室内，里面开了冷气，吹得她双肩发颤，她双腿并拢，头顺着臂弯埋了下去。

人的母性是天生的，她虽然不想要这孩子，可有时候晚上睡不着，伸手摸一摸小腹，似乎能感觉到宝宝在和她说话。

这么小的孩子，就能同她连心了吗?

蓦地，等候室的门被人推开。

童染深吸一口气，手里还捏着病号服："不好意思，我还没……"

砰！等候室的门被人大力摔上。

童染抬起头，对上了男人阴鸷的眼眸，瞬间怔住。

莫南爵大步跨进来，伸手扣住她的手腕："你胆子长肥了？"

童染这才反应过来："你怎么……"

"我昨晚说过的话你就忘了？"莫南爵表情阴沉，"你非要气我是不是？"

童染被他抓得手腕生疼，她奋力甩开他的手，情绪莫名地爆发出来："不要你管！"

"我不管你谁管你？"莫南爵将她按在雪白的墙壁上，双手撑在她的身侧，"是不是非要我把你吊起来打一顿，你才知道怕？"

"我当然怕，"童染抬起头来，鼻头通红，"我怕孩子生下来，我怕你看到他！"

"我都不怕你怕什么？"莫南爵低下头，鼻尖同她相抵，眼里的冰寒慑人心魄，"童染，我说过的话你都不记得是吧？好，那我就再告诉你一遍，不管这孩子是谁的，只要他在你童染的肚子里，我莫南爵就是他父亲，明白吗？"

童染伸手捂住嘴，摇着头抽泣不止："我不明白，我不想让你难受……"

莫南爵手指抵住她的唇，薄唇凑到她耳边："童染，我保证，孩子生下来后，我会好好对他，相信我……"

"我相信……"童染伸手抱住他的脖子，一个劲地摇头，"可是，莫南爵，我不想你吃这个亏，我想给你生孩子，属于我们的孩子……"

"不吃亏，"莫南爵搂紧她，将她的脑袋按在自己胸口，含住她的耳垂，"你是我的女人，你的孩子就是我的，你的一切都是我的，我怎么会吃亏？"

童染的眼泪滴在他的衣服上："莫南爵……"

"好了，这件事情到此为止，你最好好好地把孩子给我生下来，"莫南爵大掌在她后脑勺上轻拍几下，"否则我不会轻饶你。"

童染双肩颤抖，并未开口接话。

"听话，难道你自己的身体不想好了吗？"莫南爵弯腰将她打横抱起来，"走，检查没什么大问题，我们去吃饭。"

轿车还在外面等候，莫南爵将她放在座椅上："饿了吗？"

童染双手绞在一起，垂着头，像是做错事情的小孩："不饿。"

"不都说怀孕了很能吃吗？"莫南爵视线扫出去，"前面就是个小吃街，去逛逛。"

童染声音闷闷的："不想去。"

莫南爵瞥了她一眼，推门下了车。

童染始终垂着头坐着，心事重重，等她回过神时，便闻到一阵香味。

莫南爵修长的腿跨上来，手里拿着一个小盒子："刚烤好的。"

童染吞了吞口水，说不饿是假的："是什么？"

"章鱼丸子。"莫南爵拿起一个递到她嘴边，"张嘴。"

童染闻着味道便觉得饿，吃起来就收不住，一连将七个都吃干净了。

莫南爵嘴角轻扬，刚想吩咐司机去哪里逛一下，童染便圈住他的手臂："我们去庙里拜一拜好不好？"

男人睨了她一眼："你做了什么亏心事？"

"没什么，就是听说泰国寺庙很有名，想去看看。"

司机按照吩咐将车开到寺庙外面。

泰国白庙，白色佛殿外层镶着一块一块镜面玻璃，纯白的颜色象征着纯洁，阳光照射下耀眼无比，也更显神圣。

莫南爵让司机先回去，他搂着童染下车，今天来的人很多，大多是游客。

二人绕了一圈，也就出来了。

"去那边。"童染拉着莫南爵走过去，佛殿的边上是个许愿池，可以将愿望写在心形的许愿牌上，然后挂上许愿树。

童染一看便扬起笑容："我们也写！"

莫南爵双手插兜站在后面，童染买了块牌子后递给他："你来写。"

莫南爵伸手接过，微弯下腰，在许愿牌子上写下"莫染初心"四个字。

"还有还有，"童染笑眯眯地抱着他的胳膊，抓住他小拇指上的尾戒，"还有四个字。"

男人又提笔写上"染指终生"四个字。

"这里这里，写名字……"

童染指指点点，莫南爵也不嫌烦，她说什么他就写什么。

到最后写好一块牌子，光是她设计位置就花了半天，童染将牌子举起来：“你抱我挂上去。”

莫南爵伸手绕过她的腿弯，轻松地将她抱了起来。上面挂满了大大小小的牌子，童染好不容易找着个位置，将牌子挂上去。

美国，拉斯维加斯。

东郊外，一大片森林是这儿最大的特色，蜿蜒的公路盘旋在周边，而森林后方，一栋栋房子屹立其中，大气磅礴。

房子的风格很是独特，民国时期的样式，带着点古代宫廷的味道，周围是紫色的围墙，每个角都站着拿枪的侍卫，正中央的匾牌上，写着一个龙飞凤舞的莫字。

地下室暗房里，人形十字架上，莫北焱赤着上身，双手双脚都被铁链绑着，身上的血痕几乎与酒红色的碎发融为一体。

啪——又是一鞭狠狠甩过来，莫北焱只觉得眼前一闪，镶金皮鞭直接打在侧脸上，他舌尖轻抵嘴角，抬起头时，露出不屑的笑：“毁了我的容，你负责？”

谢阳华拿着皮鞭站在他身前，语气不卑不亢：“大少爷，这是夫人吩咐的，她说了，您私自出去六十七天，一天十鞭，一共是六百七十鞭。”

“是吗？”莫北焱冷笑出声，“还剩多少鞭？”

谢阳华直视他的眼睛：“还剩三百六十二鞭。”

说着谢阳华抬手又要抽一鞭子。

莫北焱索性闭上眼睛，只是这一鞭还未抽下来，门口的铁门便被人推开，一个用人走进来，朝着莫北焱跪下，行了个礼后才直起身体：“谢总管。”

谢阳华点了下头：“说。”

用人低垂着头：“夫人说，请大少爷沐浴更衣后去见她。”

“那鞭刑……”

“夫人说暂时先免了。”

“好，我知道了。”

谢阳华挥手，那用人磕了个头后便退了下去。

莫北焱睁开眼睛：“怎么，失望了吧？”

“我失望什么，大少爷不用受罚，自然是件好事，”谢阳华招招手，几名侍卫过来将莫北焱手脚上的铁链解开，“送大少爷去沐浴更衣。”

“不需要你多事。”铁链被解开，莫北焱身体朝地面栽了下，右手撑住地面后勉强站起来，拉扯得伤口流血他也没皱一下眉。

边上的侍卫面面相觑，谁也不敢上前动他。

谢阳华皱起眉，却也没说什么，让到一边。

莫北焱走到刑架边上拿起衬衫，每动一下，凝结的鞭伤便会裂开，疼得撕心裂肺，他却一句话也没有说，穿好衬衫后转身朝外面走去。

谢阳华朝侍卫使个眼色：“去保护大少爷的安全。”

“是。”

莫北焱出了暗房后走到沐浴间，氤氲的水汽弥漫，衬得他俊脸迷离，伺候沐浴的侍女走过来将浴巾裹在他身上。

莫北焱没再动，只是轻合上眼睛，任由她们服侍。

身上的伤口实在太多，清洗到最后莫北焱自己都觉得不耐烦，挥开侍女的手，起身出了浴池。

后楼。

莫北焱来的时候屏退了所有人，他只身走进书房，抽出其中一本红木皮的书，翻了两页后，边上的暗门缓缓打开。

他放下书，抬脚走进去。

暗门内熏着香，精致的屏风遮住了软榻上的人。

莫北焱走到屏风中央的时候，里面的人开了口，声音娇媚细腻：“你又忘了规矩了。”

莫北焱眯起眼睛，双手攥了下后，朝着屏风跪了下去：“妈。”

“出去玩得都顾不得家了，”女人站起身来，边上的侍女忙扶住她：“大少奶奶小心身子。”

啪！沈心碧反手一巴掌甩了过去：“谁准你叫我大少奶奶的？”

侍女捂住脸垂下头去：“夫，夫人，对不起，我一时忘了……”

“一时忘了？”沈心碧招了招手。

砰！

边上的侍卫走出来，将那个被枪毙的侍女抬了出去。

莫北焱始终冷眼跪着，连眼皮都没抬一下。

不一会儿，又一名侍女走进来，代替了方才那人的位置，搀扶着沈心碧。

沈心碧走到莫北焱身前，微微蹲下身子，侍女忙取过垫子给她垫在膝盖下。

沈心碧抬手抚上他的脸，眼中溢出怜惜之色："焱儿，这是怎么回事？"

莫北焱跪着没动，眉梢勾勒出冷笑："您的老相好打的。"

"胡说什么？！"沈心碧神色一变，随后挽住莫北焱的胳膊，"让妈好好看看你，来，到里面来。"

莫北焱任由她扶起来，跟着她走进去。

侍女将茶倒好，沈心碧戴着指套的手将茶杯端起："你瘦了。"

莫北焱不开口接话。

"怎么不跟妈说说话？"沈心碧放下茶杯拉过他的手，在掌心内轻拍，"你是不知道，你出去的这些日子，妈找不到你，每天都在想你……"

"是吗？"莫北焱抬起头来，目光嘲讽，"那您想莫南爵吗？"

沈心碧的动作一顿，她松开莫北焱的手，端起边上的茶喝了一口："你才是妈的亲生儿子。"

"您带了他那么多年，难道就没感情吗？"

"感情能浓于血缘吗？"沈心碧放下茶杯，抬起头来，点缀着珍珠的发饰异常炫目，"焱儿，妈说过都会补偿你，妈现在一心一意就是为了你……"

"为了我，那就让我把莫氏独立出去，"莫北焱碰都不碰一下手边的茶杯，站起身来，"我一个人，照样可以把莫氏撑起来。"

"不行，"沈心碧断然拒绝，拿起手帕擦了下嘴角，"焱儿，你怎么还是不明白？现在很多人盯着莫氏，不光是莫南爵会和你抢，莫家那边的那些元老，哪一个没这个想法？现在我们只要等莫正龙那个老不死的咽了气，一切就都好解决了。"

莫北焱闻言转过身来："您就这么肯定，爷爷若是死了，爸不会插手进来？您未免也想得太简单了。"

"怎么说话呢！"沈心碧语气微怒，嘴角漾起意味深长的笑，"想要控制住你爸简直太简单了，控制住那个蠢女人，你爸自然什么手脚都不敢动。"

“说到底，受益的人还是您。”

沈心碧瞪他一眼：“死孩子，又胡说了，你是我儿子，莫氏是你的，不就是我的吗？”

莫北焱抬起头：“您想要的是莫氏，还是想看我爸痛苦？”

沈心碧并不正面回答：“我只是希望，莫氏的掌权人是我的亲生儿子。”

“您当初不也把莫南爵当成亲生儿子吗？”莫北焱冷笑一声，“这些年来，您不断派人去找他，打听他的情况，万一他回来了，您会向着谁？”

“住口！”沈心碧一拍桌子站起身来，口气骤冷，“焱儿，你怎么能这么说话？当初的情况能怪我吗？”

莫北焱冷笑一声：“您不还是把莫南爵从小带到大吗？他一个私生子，却享受了十七年的长子待遇，而我呢？我明明是长子，可我那十七年是怎么过来的，就不需要我给您复述了吧？”

“焱儿，这些妈都知道，妈也知道你苦……”

“您知道我苦？”莫北焱上前一步，攥紧双拳，双眸迸射出极其强烈的恨意，“我七岁时，被扔在森林里，身后狼追着的时候谁知道我苦？是啊，你们也一样残酷地训练莫南爵，但就因为他坐上了长子的位置，什么事都面面俱到，我受伤从来没人管，他受伤千万人拥戴，凭什么？”

沈心碧眼眶湿润，伸手握住莫北焱的手：“焱儿，你听妈说，现在莫氏是你的，你爸和那个贱女人，妈一个都不会放过的，妈会帮你要回来的……”

“要回来有什么用？”莫北焱甩开她的手，“莫氏我接手这么久，你什么时候真正放手过？明着说是我管，大权不还是掌握在你手里？”

沈心碧压下情绪，语重心长道：“焱儿，妈是怕你一个人管不好，是为了帮你……”

“是帮我还是私心，我不想多说，”莫北焱神色始终冷淡，往事浮上心头，怎么想怎么痛，“当初，您还不知道我是您的亲生儿子的时候，对我是什么态度？甚至多少次设计陷害要我的命，我在森林里，您就故意放毒气进来，我没冤枉您吧？”

沈心碧看着他俊逸的脸庞：“焱儿，妈那时候以为你是你爸和那个女人的孩子，所以才……”

“是吗？”莫北焱冷挑下眉，“那当时您知道了莫南爵不是您的亲生儿子，为什么不直接杀了他？还放他回去做什么？”

“毕竟他也是莫家的骨肉，而且我也带了他那么多年，”沈心碧走到软榻边坐下来，伸手撑住额头，“至少感情还是有的，但是妈可以跟你保证，等爵回来之后，妈绝对不会让他插足莫氏。”

“莫南爵要是知道您还活着，他会原谅您吗？”莫北焱高大的身体挡住窗外的阳光，“莫南爵从头到尾不知道他才是私生子，他甚至以为您死了，我很好奇，他要是回来了，您打算怎么告诉他？”

“妈自有办法。”沈心碧半个身体靠进软榻内，“焱儿，在妈心里，你们两个都是我的儿子。”

莫北焱什么也没再多说，转身朝外面走去，边上的侍卫却挡住他：“大少爷，夫人说过，您不能忘了规矩。”

莫北焱回过头，见沈心碧只是躺着，并未反对，便冷笑着转过身，跪下朝她磕了个头。

侍卫这才让开道。

沈心碧的声音从屏风后面传来：“记住，在外人面前别表露出情绪，要是那群老不死的知道我还活着，又不知道要闹出什么事来。”

莫北焱并未回答，径直走了出去。

孟瑶睁开双眼的时候，天还是一片漆黑。

她喉间干渴，张了张嘴，却只能发出模糊的声音：“啊……”

边上似乎睡着人，听到动静后翻身坐了起来：“你醒了？”紧接着灯被拉开。

灯光刺得眼睛非常不舒服，孟瑶眯起眼睛，这才看清楚，自己是在一间砖瓦房内。

“你感觉怎么样了？”走过来的是一位中年妇人，她手里还拿着碗水，“喝点水。”

孟瑶清醒了一会儿，感觉左脚传来剧痛：“我的脚……”

“没什么大事，就是有一处崴了，我们给你上了药，几天就好了。”

妇人轻轻将她扶起来，孟瑶背靠着墙壁，喝了几口水，这才感觉嗓子不那么干哑：“这是哪里……”

“这是象牙村。”

孟瑶视线扫了一圈，陡然想起什么，翻身就要下床，妇人忙按住她：“你可别乱动，从上面冲到我们村来，孩子差点就滑掉了，还好你天生体质好，我们也费了好大力气才给你保住的。”

“我的孩子……”孟瑶伸手抚上小腹，而后又抬起头来，“你们，就……看见我一个人吗？还有……”

“还有你老公对吧？”那妇人重新扶着她靠好，“他在隔壁村老赵那儿，动了个手术，他伤得比你重多了，头上伤口很深，估计脑震荡了，不晓得会不会出现什么问题。你先睡着养养精神，明天一早我带你过去看看。”

“好的，谢谢你。”毕竟这么晚了，孟瑶也不好多说，只得躺下来。妇人很快就睡下了，传来均匀的呼吸声。

孟瑶心里担心洛萧，睁着眼睛一晚上没睡，好不容易挨到第二天早上，妇人煮了点米粥，她喝过后才上了车。

牛车走起来特别慢，甚至还不如她跑得快，可孟瑶这会儿不能剧烈运动，只得安静地躺着。

三个小时后到了隔壁村。

孟瑶跟着那妇人，一路上她看过才知道，这里估计是南非比较偏远的一些村庄，边上靠着森林，人们生活得都很闲适。

妇人将门推开，孟瑶抬头看去，里面是个小诊所，显然是私人的那种，设备不齐全，更别提干净卫生。

里面的人走出来，那妇人打声招呼后拉过孟瑶：“这是那小伙子的媳妇儿，来看看他怎么样了。”

“你是他老婆？”老赵眯起眼睛，叹着气摇头道，“他脑干受损，压迫了脑神经，虽然手术成功了，但是我不保证他能不能醒，就算醒了……”

他后半句话没说，孟瑶也大致猜到了，她喉间哽咽了下，眼泪莫名地夺眶而出：“会影响智力和记忆吗？”

“有这个可能，”老赵走到边上洗了洗手，“你进去看看他吧，可累死我了。你是叫小染吧？这小伙子一直喊着你的名字呢，真够痴情的。”

“……”

边上的妇人拍她一下：“小染，你姓什么啊？”

“我，”孟瑶支吾了下，不知怎么脱口而出，“我姓童。”

“童染，这名字好听啊。”

孟瑶垂下头去，什么也没再说，转身走了进去。

里面是个病房，也很简陋，中间的木板床上，洛萧头上缠满纱布安静地躺着，身上被人换了件干净的棉布衣，垂在身侧的手上满是树枝剐过的痕迹，这会儿涂了药，看起来越发可怜。

孟瑶眼底一刺，走过去轻轻在边上的凳子上坐了下来，小心地拉起洛萧的手，脸颊蹭着他的手背：“堂主……”

洛萧俊脸惨白一片，呼吸微弱到几乎消失。

孟瑶抬手抚上他的脸，又喊了句：“洛萧，你不可以有事，你还有我，还有孩子……”她说着微低下头，在他的额头上轻轻落下一吻。

孟瑶没有再随那个妇人回去，而是在这个村子住了下来。

她每天醒来后就会过来，坐在病床边，一遍一遍地跟他说话，从早上说到下午，说到夕阳西下，说到夜深露重……

一直到第二十七天的时候，洛萧醒了。

孟瑶没想到他会睁开眼睛，惊怔在原地，差点把手里给他擦身的脸盆给打翻。

“堂，堂主？”

洛萧神色并未见多大起伏，还很是虚弱：“你……”

“是我，你没事，没事就好……”孟瑶哭出声来，俯下身抱住他，“我还以为你再也醒不过来了。”

洛萧躺着不能动，孟瑶忙转身要出去叫老赵来，前脚还未跨出去，就听得男人沙哑的声音传来：“你是谁？”

孟瑶又是一怔，随即回过头来，半天无法反应过来：“堂主，你……”

洛萧看着凹凸不平的天花板，皱了下眉头：“堂主是什么意思？”

“你……”孟瑶转身走回去站在床边，盯着男人清俊瘦削的脸：“你不认得我了吗？”

洛萧缓缓将视线移到她脸上，似乎在思索，可最终还是一片空白。他微微蹙眉，那个名字在脑海中挥之不去：“你是小染吗？”

孟瑶鼻尖一酸，缓缓坐下来，感觉心头剧烈刺痛：“你知道小染是谁吗？”

洛萧眉头蹙得更紧，似乎牵扯到了伤口，他紧盯着孟瑶的脸，双眸溢出歉意：“对不起……我想不起来了。”

孟瑶伸手捂住嘴，眼泪就这么滑落下来。

见她哭了，洛萧瞬间慌了，伸出手来，却够不到她的脸：“你，你别哭，我是不是说错什么了？”

孟瑶哭着摇摇头。

“那，你是小染吗？”

他的眼睛干净而纯粹，没有一点阴狠与戾气，孟瑶以前总是看不透他，可现在，能够一眼看到他的眼底。

他卸下了所有的防备与算计，不再被那么多年的执念和爱情所遮蔽双眼。

孟瑶握住他的手，点了点头：“我是，我是小染。”

“我总是梦见你，可是我看不见你的脸，”洛萧凝着眉，神色有些痛苦，“我梦见你打我，说你恨我……”

“没有，都是梦而已，梦是反的，”孟瑶生怕刺激他，忙止住这个话题，“你先躺着，我去喊医生进来。”

“好。”

老赵叔检查过后，将孟瑶拉到了一边。

“怎么样？”孟瑶语气紧张。

“如我所料，他脑干受损，影响了脑神经，就他现在还能想起人名来看，应该是短暂性失忆，”老赵叔叹了口气，“智力应该是没受什么影响……”

“那什么时候能恢复？”

“这个不确定，短暂性失忆有一个月恢复的，也有三年才恢复的，因人而异，”老赵叔掏出根烟，“或者，让他受个什么刺激，说不定压迫的神经瞬间反射，就想起来了。”

孟瑶神色复杂，她不知道，这对于洛萧来说是好事还是坏事。

“你好好照顾他吧，要是不嫌破就在我这儿先住下来，等身体情况稳定了再做打算吧。”老赵叔拍拍她的肩，“别想那么多，一切都是天意。”

“好的，谢谢您。”

孟瑶垂眸盯着自己尚且平坦的小腹，也许，这是老天爷给她的一个机会，洛萧失去了记忆，就算把她当成小染，至少她能待在他身边。

至少，他不会再那么排斥她。

又过了几天，洛萧暂时能下床了，孟瑶便扶着他到外面走走。这村庄很美，依山傍水，空气也很好。

在屋内躺了许久，洛萧并不太适应外面的光线，微微眯起眼睛："这是哪里？"

"是我们的家，"孟瑶不想刺激他，"我们从小就住在这里，你看，很美吧？"

二人走到河边坐下，洛萧双手撑住草地，仰起头时，耀眼的光芒洒在脸上，他侧过头问道："你是我老婆吗？"

孟瑶一怔，随即脸上一红。老婆这个词，她以前连奢望都不敢，今天他却亲口说了出来。

洛萧盯着她的脸，神色尽显柔和："你长得真好看。"

孟瑶咬了咬嘴角："你记忆中的我，是这个样子的吗？"

"记忆中……"洛萧收回手，整个人向后躺在草坪上，"我不记得了，我只知道，你叫小染。"

"你记得我姓什么吗？"

洛萧蹙起眉头，努力搜寻记忆："姓童。"他说着别过脸看她，"你叫童染，对吗？"

孟瑶只觉得悲凉，都到了这个份上，他居然还是只记得她。

她垂下头，眼底是藏不住的哀伤。

洛萧握住她的手："小染，你怎么了？"

"没事。"孟瑶忙收回思绪，躺到他身边的草地上。

洛萧自然而然地伸手揽住她的肩膀："我想，我肯定很爱你。"

孟瑶被他抱着，差点就要哭出来，她强忍住情绪道："为……为什么？"

"因为我每时每刻都在想你，你的名字一直在我的脑海里，怎么都挥之不去。"

孟瑶将头靠在他的颈窝里，含着泪点了点头。

二人靠在一起，清晨的微风有点凉，洛萧将她搂紧："冷吗？"

“不，不冷。”

“你还没告诉我，我叫什么名字？”

孟瑶伸手抱住他的腰：“你叫洛萧。”

“洛萧？”洛萧将这两个字念了一遍，而后微笑，“洛萧、童染……这两个名字确实很配。”

孟瑶闭着眼睛没说话，洛萧又问：“小染，我们是怎么认识的？”

“我们……是从小一起长大的。”

“是吗？”洛萧侧过头亲了亲她的脸，“那肯定有二十多年了吧？”

“有的，二十一年了……我今年二十一岁。”

洛萧伸手抬起她的下巴：“小染，你爱我吗？”

孟瑶对上他的眼睛，用力地点了点头：“爱……”

“我也爱你。”洛萧神色温柔，缓缓低下头，同她唇齿相贴。

一吻柔情，孟瑶止不住地颤抖起来，洛萧双手将她拥紧：“别哭，小染，我这不是没事吗？乖，别哭……”

“好，我不哭……”孟瑶也拥住他，她知道，这一切都是假象，她也知道，洛萧爱的不是她，可是……这些还重要吗？

她宁愿他一辈子不要想起来，她可以为了他做一辈子的童染，随便叫什么都好……

半晌，二人纠缠的唇才分开，孟瑶抬起头，目光痴恋地盯着他的脸：“萧。”

洛萧皱了下眉头，抚着她的头发：“我记得，你以前好像不是这样叫我的。”

“……”孟瑶咬了咬下唇，那三个字在喉间转了一圈才喊出来，“洛大哥。”

洛萧见状笑了下，伸手捏捏她的脸：“你做什么一脸紧张？好像我随时会打你一样。”

“……”

二人在草坪上躺了一会儿，孟瑶伸手抱住他的腰，将脸枕在他的颈窝里：“我们以后一直住在这里好不好？”

“好，”洛萧脾气本就温和，此时她说什么都好，“都依你。”

他的体温清晰地传来，这种场景是孟瑶一辈子都不敢想的，她见时机差不多了，突然开口道：“我怀孕了。”

洛萧一怔，视线移到她的小腹上："什么时候的事？"

"昨天才发现的，我本来也不知道。"孟瑶握住他的手，"我以后喊你萧好不好？我想喊得亲密点。"

"好。"

他这般百依百顺，孟瑶又想起婚礼前一晚他对自己说的那些绝情的话："萧，那这个孩子你要吗？"

"当然要，"洛萧皱起眉头，"我的孩子我为什么不要？"

孟瑶闭上眼睛，眼角有眼泪滑落下来。

她多希望，时间就停留在这一刻，永远不要转动……

从锦海市机场内走出来时，童染抬头看去，锦海市的天空还是那么湛蓝，和她离开前，一模一样。

童染眯着眼睛，感受着熟悉的微风拂面，张开双臂道："我还以为，我再也回不来了。"

莫南爵并未让司机来，其实也只是带她回来看看，他并不想回来。

一路上男人都没说话，童染侧过头，看见他侧脸紧绷的弧度，她咬住下唇问道："莫南爵，我们去哪里？"

男人看一眼时间："夜市。"

"夜市？"

"你不是天天吵着要吃凉皮吗？"莫南爵眯起眼睛，危险地看向她，"难道你要告诉我你不想吃了？"

童染哪里敢说，况且自己也确实嘴馋，忙点点头："想吃想吃，我做梦都想吃。"

轿车正好路过中心地段，童染一眼看过去，就看见了被爆破的帝爵大厦。

曾经那栋金碧辉煌的大楼已经消失，如今只剩下残破的地基。

童染眼底一刺，这是她上过班的地方，也是他的心血……

童染转过头，见莫南爵只是双眼盯着前方，并未侧头看一眼。

她咬了咬唇："莫南爵……"

男人一手伸过来拉住她的手："饿了？"

童染将即将出口的话咽回肚子里，没再开口，只是用力握紧了男人的手。

到夜市已经是一个小时后，里面挤满了人，大多是年轻的学生，童染拉着莫南爵的手："你也吃一碗好不好？"

男人皱皱眉头："不要，难吃。"

"这叫特色。"

童染要了一碗凉皮，知道他不爱待在这儿，便叫老板打包。

莫南爵双手插兜站着，俊目瞥了一下，红油油的一碗，显然是放了很多辣椒，他皱起眉头，抬脚走过去："换一碗，别放辣。"

童染忙阻止："没辣怎么吃……"

老板看看两人，忙又拌了一碗，这回没敢再放辣椒，莫南爵接过后揽住她的肩膀："走。"

童染看他拎着个打包盒的样子，怎么看怎么别扭，忙伸手拿过来："我们去哪里？"

"你想去哪里？"

"哪里都不想去，"童染在车前顿住脚步，忽然转过身，用力抱住他，"莫南爵，我们以后都不要回锦海市了好不好？"

"为什么？"

"没有为什么，就是不想再来了，这里不好的回忆太多了，我再也不想记起……"她说着闭上眼睛，整张脸埋入他的颈窝内。

"童染，"莫南爵握住她的双肩将她拉开，"逃避不是解决的办法。"

她别开脸："我没逃避。"

"离开不能解决任何事，"莫南爵低下头，鼻尖同她相抵，眼底浮动着极深的波纹，"我曾经也以为，离开就能忘掉一切，可那都只是自欺欺人。"

童染睡了一觉，醒来的时候，轿车刚好停下来。

童染揉揉眼睛坐起来，发现自己的座椅已经被摇下去，身上还盖着毯子。她动了动腿，发现腿下还垫着好几个抱枕，这样一来，睡醒之后就不会腿酸了。

真是细心。

她嘴角勾起浅笑，发现车子停在路边，男人并不在，她拉开毯子下了车：

“莫南爵？”

转了一圈没找到，童染一下子急了，忙朝前面的路拐出去，才走几步便被人一把拽住了胳膊：“想偷跑？”

她抬起头一看，悬着的心瞬间落下来：“你到哪里去了，我找不到你……”

“这么依赖我？”莫南爵俊脸含笑，搂着她走回去。

二人绕过轿车朝前走去，童染这才发现，竟然是他们上次来过的那个沙滩：“这里……”

“你不是说想再来玩一次吗？”莫南爵并未多说什么，“上次太匆忙了，这次可以好好玩个够。”

童染觉得内心莫名一暖，多么希望时间就在这一刻停留。

什么都不要有，什么都不要想，她能和他一辈子看日出，每时每刻都是他们的日出……

童染吸了吸鼻子，视线再度落在小腹上，嘴角弯起一抹苦涩的笑，苦得她双眼湿润。

“走，我们到前面去看看，”莫南爵牵起她的手，“还记得上次住的那个老妇人家吗？”

“记得。”

“你砸了人家电视，正好过去看看。”

他什么时候有这么好的心了？童染撇了下嘴。

两人走到小木屋前，童染敲了敲门：“有人在吗？”

里面没有人回答。

她又敲了敲：“您好，打扰了。”

还是没人。

童染放下手，转过脸来：“老人家可能是……”

砰！莫南爵抬脚就将木门直接踹开！

“你……”童染杏目圆睁，那木门本就破旧，男人长腿一踢，木门瞬间就倒了下去，“你这样要是被人看见了怎么办？！”

莫南爵收回脚：“废话一堆。”

“你们……”蓦地，身后传来一个犹豫的声音。

童染惊得转过头去，就看见老妇人提着一篮菜站在他们身后。

“……”被撞个正着。

童染看了一眼被踢烂的门，忙过去道歉：“对不起，我们路过这里来看看您……还以为您不在家。”

“我去摘了点菜，”老妇人也没介意，笑眯眯地拉着童染走进去，“我就说有缘还会再见到你们的，那次老王叔还跟我说，这小伙子来过一次……”

童染一怔，朝莫南爵看去。男人走进来后坐下，跷起一条长腿，视线扫了一圈后才对上童染：“只是来逛逛。”

老妇人将菜篮子拿进里面后，擦着手走出来：“小姑娘，你们这次住几天啊？”

莫南爵转过身来，从口袋里掏出一张纸，顺着木质桌面推了过去。

老妇人不明所以：“这是……”

童染也不知道是什么，走过去拿起来一看，发现是一张死亡通知书，上面是一名男性的照片，死亡时间写得很清楚。

童染攥紧手心，这照片她见过，是上次老妇人拿出来的她老伴的照片。

老妇人走过来：“小姑娘，是什么东西啊？”

“没什么，”童染忙将通知书藏到背后，脸上的笑容有点僵硬，“是张支票，他说想买下这里给我住。”

“没关系的，你们要是喜欢这里我就让出来给你们住，反正我一个老太婆哪里都一样，”老妇人将茶水端出来，微胖的身体有些蹒跚，“就是我还得在这里等我老伴，也许他哪天回来了，我还可以给他做顿饭吃……”

童染鼻尖止不住地酸涩，她忙将死亡通知书揉成团后紧捏在手中：“老人家，我，我想睡会儿……”

“那边房间昨天才打扫过的，你们肯定累了，去休息一下吧，我给你们做点好吃的。”

童染点点头，生怕莫南爵还会说什么，拉着他走了进去，将门关上。

莫南爵半靠在床头，两条修长的腿交叠着。

童染走过去在他身边坐下来，压低声音后才将手里的纸重新铺平：“这是哪里来的？”

“不是你求我查？当然是查来的。”

“他……真的死了？”

“我派去的人在山里挖到他的尸体，”莫南爵神色未变，这对他来说是极其普通的事情，“致命的是枪伤，打在腰侧。”

“在哪里？”

“锦海市。”

“怎么会……”

“如果，”莫南爵突然伸出一只手，摩挲着她白皙的脸颊，口气转沉，“我说是洛萧干的，你信吗？”

洛萧？

童染张了张嘴，皱起眉头：“他为什么要杀一个催眠师？”

“用过的人肯定要杀掉，这叫杀人灭口。”

“他用催眠师……”

“不说这个，”莫南爵并未继续这个话题，搂住她的腰将她抱到身上，“不是累了吗？睡会儿。”

童染乖乖地趴在他胸前，心里还是有些难受：“可是，就算你查到了，也不该就这样把死亡通知书给老人家看……”

“死了就是死了，瞒着能改变什么？”莫南爵眯起桃花眼，除了她以外，怜悯这种东西从未出现在他的生命中，“她迟早要知道。”

“你想过吗？也许她不会知道，”童染小脸贴着他的锁骨，语气莫名哀戚，“她会一直等下去，这样她的生活也有了信念，起码能活下去，哪怕这个信念到死都没有出现……”

“是吗？”莫南爵嘴角浅浅勾起，垂眸睨着她的眼睛，“要是换作你，你会希望被瞒着吗？”

童染忙捂住他的嘴：“你别胡说八道。”

男人轻咬她一下，她吃痛后松开。

“你不希望，那她肯定也不会希望。”他指的是那个老人家。

童染咬住下唇，也许吧，这样的消息谁都希望能第一时间知道……可她还是觉得太残忍了，无法确定老人家年纪那么大，是否承受得住。

她什么也没再说，很多事情不是说说就能改变的。童染闭上眼睛，没过多久就睡着了。

一直到傍晚的时候她才醒过来，老妇人已经烧好了一桌子菜，莫南爵将她拉起来，拧干毛巾后给她擦了擦脸。

老妇人做的大多是些野味，童染确实觉得饿了，一口气吃了很多，莫南爵按住她的手："慢点吃。"

童染嘴上吃得油油的，夹起一块排骨："要是楠楠肯定会扑上来跟我抢……"

她说着动作突然顿住，抬起头来："找不到楠楠吗？"

莫南爵抿着薄唇："烈焰堂总部被炸毁，连带着别墅都遭殃了，后来派人进去找，已经是一片废墟了。"

童染垂下头去，瞬间没了胃口。

莫南爵知道她心里难受，夹了块兔肉放到她的碗里："吃吧，不是喊饿吗？"他安慰道，"明天我再让人去找找，说不定就在边上的森林里。"

其实希望很渺茫，童染也知道，茫茫人海找个人都很难，更何况是找一只猫？

她觉得有些食之无味，便将兔肉夹到男人的碗里："你都不吃，光看着我吃。"

莫南爵嘴角浅浅勾了下，拿着筷子将其夹起来，右手却陡然一阵无力，夹起的兔肉掉落在桌面上。

童染抬起头来："怎么了？"

"没事。"莫南爵眯起眼睛，只觉得右手手臂开始轻微地颤抖，他想要将筷子放下来，却发现根本无法控制手指活动。

他微微皱起眉头，感觉连带着肩头都跟着轻颤。

啪嗒——筷子从男人修长的手指间滑下来，掉落在地上。

童染吃惊地放下筷子，见他并未动作，便弯腰将他的筷子捡起来，直起身体时，男人已经起身走了出去。

"不好意思，我出去看看。"童染对着老妇人说了句，忙起身跟出去。

难道……这就是所谓的 Devils Kiss 的第三阶段？

可陈安说过，第三阶段是和前面两个阶段相连接的，怎么可能一下子出现这种症状？

莫南爵在海边停下脚步，眯起眼睛，抬起左手握住了右手手臂，五指用力，捏下去的时候，右手竟然没有半分知觉！

莫南爵俊脸一沉，眼神变得深邃起来。

“莫南爵！”童染小步朝他跑过去，“你一个人在那里做什么呢？”

莫南爵并未回答，舌尖轻抵嘴角，抿住唇后，左手握住右手手臂用力向下一拉！

咔嚓一声，整只手臂被他直接拉得脱臼，男人死死忍住传来的剧痛，而后左手一个用力，再度迅速将手臂接了回去！

童染小跑过来时，就见男人背对着她站着。

“你怎么了？”她走过去握住他的右手，才发觉他掌心都是汗，“不舒服吗？”

“没事，”莫南爵搂住她，握在她肩头的右手试着握了下拳头，方才那么两下，右手这才恢复知觉，“你不好好吃饭，跑出来做什么？”

“你吃到一半突然扔筷子走了，我还以为你怎么了。”童染发现他俊脸上满是汗珠，抬手替他擦拭，察觉到不对劲，“是不是毒发了？”

“没有，”莫南爵侧过脸避开她的手，搂着她往回走，“你看我这样像是毒发了吗？”

确实不太像。

童染虽还是有些放心不下，却也没再多说，两人回到老人家的小屋。

一顿晚餐吃了很久，童染和老人家聊了很多，临睡前莫南爵说了句，老人家答应明天喊老王叔过来一起吃个饭。

童染很嗜睡，虽然睡了一下午，可洗个澡便又觉得困了，莫南爵将她抱回床上，没一会儿她便睡着了。

莫南爵关掉床头的灯，靠在窗边，伸出右手，细看之下，除了上臂被注射 Devils Kiss 留下一个浅浅的印记，并无其他异常，难道晚饭的时候只是个意外？

他收回视线，将边上熟睡的女人搂进怀里，童染像是寻找到温暖的小窝，脑袋在他胸前轻蹭了下，莫南爵将下巴抵在她的头顶，轻合上眼睛，却整夜未眠。

第二天童染醒得很早，洗漱过后，老王叔便来了。

莫南爵将她拉到椅子边坐下，老王叔瞧了一眼便明白了：“你是为了她被催眠的事吧？”

童染诧异地抬起头来：“我被催眠过？”

“你别问那么多，”莫南爵伸出大掌将她的头压下去，眯起眼睛对老王叔道，“你试试看能不能帮她找回被催眠前的记忆。”

“好，”老王叔点点头，“但是我不能确定是否能成功，而且她若是一个月内没记起来，可能就很难再恢复，这都是因人而异的，倘若她内心排斥，那就更难了。”

童染眉尖紧蹙，抓住莫南爵的手：“你们说的是什么意思？我被谁催眠过？”

“别怕，”莫南爵弯腰抱住她的肩，“不是老说会头疼吗？让他替你瞧瞧。”

听他这么说，童染稍稍放下心来。老王叔将窗子全部关上，从抽屉里取出玉佩，搬了个凳子坐到童染面前：“闭上眼睛。”

童染没来由地一阵紧张，莫南爵始终站在她身边，右手同她十指相扣：“我就在你边上。”

童染轻呼一口气，缓缓将眼睛闭上。

老王叔示意莫南爵抓着别让她动，男人坐到她边上，让她的后背紧贴着自己的胸膛，双手从后面伸出去抱紧她：“就一会儿，你就当睡个觉。”

童染点点头。

老王叔将玉佩拿起来，在她眼前轻轻晃动……

童染只觉得眼皮渐渐变得沉重，她明明是闭着眼睛的，却似能看见一块幽绿的东西在自己眼前晃动，一下、两下、三下……

一个醇厚的声音在耳边响起，念着一些听不懂的咒语，她感觉眼前豁然开朗，有什么东西慢慢变得清晰，像是刺目的白光骤然照进黑夜里——

“我听到了，是个小弟弟在说话……”

“现在胚胎还小，B超暂时看不见，算一下的话，应该是一周多快两周了……”

“是我的孩子，我肯定要生下来的，我老公也会喜欢的……”

过往的一幕幕被激发出来，童染浑身一震，而后猝然睁开眼睛："不！"

她惊叫一声，仿佛从深渊中被拉上来，纤瘦的双肩不停地颤抖，莫南爵双手紧握住她的肩头："童染！"

老王叔将玉佩收了回去。

童染睁大眼睛，视线空茫地落在某一处："不要，不可以……"

莫南爵皱起眉头，索性将她拦腰抱起放在腿上，扳住她的脸："童染，看着我！"

童染眼底渐渐清明，她喉间哽咽了下，瞳孔内的倒影慢慢变得清晰："我……"

莫南爵将她搂起来："能看见我吗？"

"可以，"童染点点头，双手抱住他的脖子，不停地喘气，"我……我梦见自己怀孕了。"

老王叔在边上提醒道："那不是梦见，是你被催眠前的记忆。"

童染半张着嘴："什么意思……"

"也就是说，你确实是怀了孕的，你方才在梦中看见的一切，都是你被压制的记忆。"

"……"

莫南爵搂在她腰侧的手瞬间收紧，他低下头，视线同她的相触碰："童染，你那时候怀孕了对不对？"

"我……"童染努力整理着思绪，她方才看见了好多画面，她还记起来，自己走进大伯的病房，而后便失去了知觉……

童染伸手捂住脸，莫南爵将她的手拉下来，这时候才道："是洛萧找人给你催了眠。"

童染闻言双眼中沁出哀戚，他在她心中已经很不堪，可听到这些，她还是觉得一阵悲凉："他给我催眠……就因为我怀孕了吗？"

莫南爵点点头："我猜到过这个原因。"

"那，我的孩子呢？"童染猛然抬起头来，"他把我的孩子打掉了吗？"

"你去看洛庭松时，他把你带走了好几天。"

童染伸手抚上腹部："那这个孩子……"

莫南爵皱起眉头，没再往下说。

如果她现在肚子里的孩子是之前那个，不可能才一个月大，肯定已经好几个月了。

除非，这之间有什么特殊的原因……

也许和 Devils Kiss 有关系，但这是无法证实的事，一切只能是猜测。

童染脸色如白纸般透明，她再怎么样也没想到，洛萧竟然会做出这种事情，他怎么能不经过她的同意，就决定她的孩子的生死？！

莫南爵察觉到她的颤抖，将她搂紧："你到了南非之后，身体有没有什么异常？"

"我那段时间心情很糟糕，所以精神也很不好……每天都恍恍惚惚的，什么都不做，就只是坐着想你，"童染将头靠在他的肩头，"一开始我想过要逃跑，可是他派用人24小时监视我，就站在我边上，我连自杀都做不到……"

这是她第一次在他面前提及在南非的事，童染双肩下意识地发抖，那段日子就像是噩梦，挥之不去："我也不知道自己是怎么过来的，就每天等你来找我，每天等每天等……"

莫南爵将她的脑袋按向自己："好了，别说了。"

童染紧紧抱着他，眼泪簌簌地流下来："我要是早知道孩子的事情，我一定会杀了他……"

莫南爵薄唇紧抿，轻拍着她的后背："这个孩子……你是什么时候发现的？"

"我莫名其妙就想吐，洛萧叫了家庭医生来，检查后说我怀孕两周左右……"童染紧咬着下唇，"我当时就想撞掉，可是他说，我要是生下来，就给我 Devils Kiss 的解药……"

现在想想，她还真是天真，居然相信了洛萧的话。像他那样的人，怎么可能给她解药？只不过是哄骗她生孩子的一个借口罢了。

童染想着便觉得一阵阵愤恨涌上来，她双手揪住男人的领子："莫南爵，你也看到了，洛萧害死了我们的孩子，你现在还要我生下这个孩子吗？打掉吧，就算以后都不能再生，我也不想替洛萧生孩子……"

莫南爵脸上神色看不出喜怒，他扳住她的肩："你有没有想过，这个孩子可能就是我们的？"

童染动作顿了下，摇头道："怎么可能，这孩子才一个月……"

莫南爵也只是猜测，可他现在要说服她将孩子留下来，再怎么样，他也不希望她以后都不能再怀孕：“可是你想想，如果真的是洛萧的孩子，他怎么可能在你怀孕之后给你注射那种使人疯癫的药物？”

童染摇着头：“他也许要的不是孩子，而是看你痛苦……”

莫南爵握在她肩上的手收紧：“你被注射 Devils Kiss 后毒发过吗？”

“没有……”童染情绪低沉，这是一根刺，她没有一刻不希望这个孩子流掉的。

莫南爵轻顺着她的发丝：“童染，也许这真的是我们的孩子。你体质这么差，要是之前流过两次产，再怀第三次的可能性很小。而且若真的是洛萧的孩子，他既然爱你，就会知道孩子是牵绊你们最好的存在，不可能会拿孩子冒险给你注射毒药。”

童染止不住地抽泣：“可孩子现在确实只有一个月，这完全没办法解释……”

“也许和你体内的 Devils Kiss 有关？”莫南爵尽全力安慰着她，这同样也是他的怀疑所在，“现代医学无法解释的事情太多了，有可能 Devils Kiss 对孩子产生了什么影响，又或是一些我们暂时不知道的事情，难道你能全盘否定这些可能吗？”

童染皱起眉头：“如果……”

莫南爵低下头，在她冰冷的额上印下轻轻的一吻，薄唇紧贴着她的耳际：“童染，从现在开始，你就把他当成我们的孩子。”

“可是……”

莫南爵食指抵住她的唇，不让她将这个可是说出来：“你就想，万一他真的是我们的孩子，在腹中缺失的这份母爱，以后是怎么都补不回来的。”

童染眼底聚满水光，她知道这个可能性极小，几乎等于零……

“童染，你以前从来不听我的，就这一次，你听我的，”男人炙热的呼吸喷洒在她的耳畔，“不要再伤害自己，不管为了什么，哪怕是我都不行。”

“莫南爵……”童染伸手抱住他的背，眼泪滴在他的衬衫上，“你不应该这样的……”

莫南爵退开身，将她拦腰抱起后朝房内走去：“好了，这个话题到此为止，你要是再敢提我就打断你的腿！”

童染窝在他的胸前，不再开口。

莫南爵和童染并未待太久，只在藏海市玩了两天不到。临走的时候，老妇人将那块玉送给了她。

童染将玉佩握在手里，明明是冰冷的触感，却像是火烧般炙热。

她犹豫了很久，最后将那张死亡通知书交给了老王叔，希望他找个适当的时间跟老妇人说。

莫南爵发动车子，脚下踩住油门："想去哪里？"

童染憧憬道："我们去法国吧？都说那里最浪漫，我想去看看薰衣草……"

"好。"

莫南爵将车开回了锦海市，便交代人去买机票。

童染却忽然闷声闷气地开口："莫南爵，我想大伯了。"

男人眼神渐渐深邃下去，童染贴在他胸前，继续说着："我知道大伯还活着，我知道你救了他，我看到河豚毒素耳钉的时候就知道了……莫南爵，带我去见见大伯吧，好不好？"

莫南爵眼里闪现阴鸷之色，一提到洛庭松，他就会想到那盘录像带……

他薄唇轻启，有些话在嘴边绕了好几圈，却终究不知该怎么开口。

怎么说？告诉她，他和洛萧的父母联手害了她父母？

"怎么了？"童染疑惑地抬起头。

莫南爵双臂搂紧她，搁在她腰间的手竟然有些颤抖。

这种患得患失的感觉，比失去帝爵来得更加猛烈而悲怆。

童染也不知道过了多久，久到她都快要在他怀里睡着了，莫南爵才松开她道："走吧。"

童染揉揉眼睛："去哪里？"

"看你大伯。"

陈安在锦海市有两处疗养院，莫南爵只卖掉了其中一处，剩下一处精装修的留了下来。

洛庭松就安排在最里面的 VIP 病房。

莫南爵将童染抱进顶层的套间洗了个澡，出来时已经接近中午，吃过午饭后，他才领着童染上了电梯。

护士将二人带到一间病房前。

童染双手手心都在冒汗，巨大的惊喜和窒息感同时袭来，她怎么也不会想到，洛庭松居然还活着。

护士将门推开："爵少，病人安排在里面，安少爷之前吩咐过，所以我们都照看得很好，目前并没有苏醒的迹象。"

莫南爵轻点下头："好，你下去吧。"

房间内装修豪华，用品一应俱全，厚厚的玻璃内，一张巨大的升降病床摆在中央，边上各种仪器正在运行着。

洛庭松身上插着管子，心电图就摆在床边上，正对着床头的墙壁上，一个红色摄像头正对着病床。

"大伯……"童染挣开腰上的手，缓缓走过去，伸手捂住嘴，哭声无法抑制，"是我害了大伯……"

如果不是因为她，大伯就不会躺在这里，大伯母也不会被烧死……

想到洛萧，童染就觉得剜心般疼，她攥紧拳头："莫南爵，你说大伯要是醒了，会恨我吗？"

男人心里莫名慌张，自己也有说不清的恐慌感席卷而来。她如此重视亲人，若是她知道……

迟迟没有传来回话的声音，童染转过身来："莫南爵……"

她瞬间止住了声音。

男人微垂着头，一双眸子嗜血般猩红，童染心头一紧，知道这并不是什么好兆头。

她靠过去，双手落在他的肩头上："莫南爵？"

莫南爵依旧垂着头，双手渐渐紧握成拳，喘息声渐浓，整个人就像是蓄势待发的野兽。

糟了！

童染知道这是毒发的前兆，忙握住他的肩，凑到他耳边试图唤醒他："莫南爵，你听得见我说话吗？我是童染！"

他完全无任何回应。

童染瞬间慌了神，双手止不住地颤抖。

男人双手垂在身侧，指尖因为用力而泛白，童染喉间哽咽了下，甚至能听见他指节摩擦的声音。

男人一拳用力砸在她头侧的墙壁上，童染一个侧头避开，莫南爵伸手握住她的肩就将她朝边上摔去。

童染一个趔趄，所幸边上是沙发，她跌下去后并未感到疼痛，才刚稳住，肩头便再次被抓住，莫南爵将她提起来抵在墙壁上。

“不要……”童染盯着他血红的眼眸，没来由地一阵害怕，她伸手抚上他的脸，“莫南爵，你别这样……”

男人并不说话，童染能清晰地感觉到他浑身都在颤抖，那种颤抖令人恐慌，像是发怒的前兆。

童染生怕他伤害自己：“你……”话还没说完，莫南爵突然一甩手，将她朝桌边摔去。童染一个不稳，整个人顺着地板向边上滑去，砰的一声撞在桌子上。

她擦着桌角滑下来时，下意识地护住了小腹，眉头深深皱起。

莫南爵脸色阴鸷，双眸的猩红不断加重，几步走过来，在她身前站定。

童染将身体蜷缩起来，止不住地后退“莫南爵，你看看我，我是童染……”

男人抡起边上的椅子就朝她身上砸去！

童染吓得尖叫一声，背过身去，整个椅子便直接砸在了她的背上：“啊——”

剧痛从脊骨处传来，童染小脸煞白，身体紧贴着地板，秀发被汗水打湿：“疼……”

莫南爵蹲下身，握住她的肩膀将她拎起来，童染双手抱住他的胳膊：“不要，莫南爵，你看看我……”

莫南爵喘着气，一个用力就将她按在了偌大的玻璃窗上，下方就是车水马龙的大街。

男人握住她的脖子，五指收拢，掐得童染呼吸困难。她瞪大眼睛，眸中溢出痛苦之色：“放开……莫南……爵……”

男人置若罔闻，右手用力，她纤细的脖颈几乎要被掐断，童染逐渐感觉窒息，双手在他身上用力捶打："我……我不行了……"

莫南爵站着不动，胸膛剧烈起伏，另一只手猝然抬起来一拳砸在窗户上，玻璃被砸碎，冷风灌进来，童染脸上被玻璃片划了下，瞬间浮现一道血痕。

玻璃被砸开一道大口，童染一个不稳就会栽出去，她紧紧握住他的胳膊，感觉到胸腔内的气息被一点一点抽空："不要……"

莫南爵上前一步，童染知道此时她说什么他都听不见，她摇着头，绝望爬上心头："你……要掐死我吗……"

Chapter 6
他弑父杀母替你报仇了

莫南爵神色不变，脑海里一片空白，视野内除了血红还是血红。男人右手用力，指间咔嚓的声音传来，童染几乎就要断气。

她死死咬住唇，颤抖地伸出手，拿起一块碎玻璃片朝他右手上划了一道！

鲜血四溅，男人吃痛地松开手，童染整个人擦着墙面滑了下来，她伸手握住脖颈，一个劲地吸气："喀喀——"

就差一点，方才那一口气若是没提上来，她真的会被他掐死……

童染才喘没几口气，身前突然被阴影笼罩，她绝望地抬起头来："莫南爵……"

下一秒她整个人便被提了起来，莫南爵单手握住她的肩就将她朝玻璃上摔去。童染咬着牙，身体一下撞在玻璃上，她伸手捂住小腹，脸上溢出痛苦之色。

砰！

房间门被人一脚踹开，陈安冲进来就看见满地狼藉，他大步过来："怎么回事？"

"陈安……"童染喉咙嘶哑，感觉小腹传来一阵阵坠痛，她死死咬着牙，"想办法控制住他……"

眼见莫南爵左手攥紧拳头，直接朝着童染砸去，陈安一个弯腰挡在童染面前，莫南爵一拳打在陈安的肩上，而后又伸手去握他的肩。

“莫南爵！”陈安横抱起童染朝边上躲开，莫南爵一步步跟过来，他此时就像是恶魔，咬住就不会放。

陈安万万没料到Devils Kiss到第三阶段竟会是这样，他朝屋内退去：“你清醒点！这是你老婆！”

莫南爵完全听不见，陈安视线落在他垂着的右手上，眉头紧紧皱了起来。

退进房间后，陈安小心翼翼地将童染放到床上，拿过个枕头垫在她腿下：“别动，尽量抬高双腿，我怕你流产。”

随后他转身拉开橱柜，一个小巧的保险箱露了出来，陈安按下密码，才刚拧开门，整个人便被提起来，嘴角蓦地吃了一拳：“嘶——”

他忍着痛，在保险箱里摸索着，好不容易摸到一支针管，陈安咬开针管的盖子，抬起手就朝莫南爵扎去。

莫南爵反应敏锐，扣住陈安的手腕又要压回去，陈安用力朝他腹部一顶，趁着他皱眉的瞬间，对着男人的脖颈扎了进去。

莫南爵剑眉拧了下，扬起的拳头落下去时，整个人也顺着橱柜门倒了下去。

陈安松了口气，站起身来，就见童染挣扎着想要起来，她撑着床沿，双脚还未落地便直接滚了下来！

“童染！”

陈安惊得朝她冲过来，童染只觉得头重脚轻，浑身痛得像是要散架。她朝莫南爵倒下的方向看去，可什么也看不清……

夜色渐浓。

童染睡了一整天才醒，她睁开蒙眬的双眼，入目是一片雪白。

护士推门进来：“你醒了？”

童染张了张嘴，嗓子沙哑得不行，后背疼得刺骨，手上还缠着纱布，她想要坐起来：“我……”

“哎你不能动啊，”护士忙走过来按住她的肩，“你现在得好好调养才行。”

童染只得躺回去，望了望点滴瓶，双眼酸涩："莫南爵他……"

"爵少没事儿，安少爷在照顾他呢，你放心吧，"护士将她的点滴调慢些，"你可千万别起来，有什么事就按铃。"

童染陡然松了口气，没事就好……

她闭上眼睛，伸手抚向小腹，并未开口问孩子的事。

护士见状以为她误会了，忙开口解释："宝宝还在呢，还好那椅子是砸在你背上，要是砸在腹部就不得了了。"

"谢谢你。"童染睁开眼，情绪并未有多大起伏，"我什么时候能下床？"

"这个我不太清楚，一会儿我让安少爷来看你，"护士转身朝外面走去，"童小姐，你多睡一会儿，营养餐等一下会有人送来。"

房门被关上，房内恢复静谧，童染抬手贴住额头，只觉得头痛欲裂，Devils Kiss……

除了洛萧，就真的毫无办法吗？

重症监护室。

莫南爵戴着氧气罩躺在病床上，俊脸苍白一片，双手双脚都被皮绳固定住，点滴液插在右手手背上。

陈安穿着白大褂走进来，将皮绳都解开，俯下身，双手按住他的锁骨："爵？"

莫南爵并无反应，眉头微拧着，似乎睡得并不安稳。

视线落在莫南爵的右手上，陈安按了按他的腕部测试脉搏，然后将点滴拔掉，开了边上的检测仪。

红色线条顺着莫南爵的侧脸照射上去，病床伸缩后推进仪器里，陈安走出病房，操作外面的电脑给莫南爵进行全身检查。

一个小时后，陈安走进去重新给莫南爵扎上点滴，莫南爵脸色并未好转，依旧苍白，陈安将被子盖过莫南爵的肩头，空调调成恒温，才转身走出去。

护士敲了敲门，拿着密封袋走进来。

"安少爷，这是爵少的检查报告，刘主任叫我交给您的。"

陈安伸手接过，动作有些急切，心中的猜想无限放大，甚至称得上是恐慌，他撕开密封袋，抽出A4纸。

陈安一目十行地扫着，每一张都翻得极快，寻找着某些字句。

翻到最后一张，他动作陡然一顿。

护士见他瞬间面色煞白，不解地皱眉：“安少爷，您怎么了？”

陈安视线扫过A4纸上那七个字，顿觉一道惊雷闪过头顶，轰的一声炸开来，几乎将他的双眼炸瞎。

护士见他不说话，又开口唤道：“安少爷？”

陈安抓着A4纸，不停地朝前翻着，摇着头，连语句都有些错乱：“是我看错了，我肯定是看错了，不会的……”

护士从未见过他这样，吓得不轻：“安……安少爷？”

“这都是错的！”陈安怒吼一声，抬手用力一甩，整沓A4纸瞬间飞满整个房间，护士瞪大眼睛：“这……”

“滚，都滚！”陈安抬脚就朝桌上的仪器踢去，“都拿走，都给我砸了！”

护士视线扫到一张纸，整个人也瞬间怔住。

一行醒目的黑字之中，七个被加粗的大字尤为刺眼。

先天性肌肉萎缩。

陈安从未有过这样发怒的时候，连额角的青筋都跟着暴起。

空气沉凝得可怕。

陈安顺着墙壁跪下去，双手撑地，低垂着头，护士看见他泛红的眼眶，刚要开口却被打断：“你出去吧。”

“安少爷……”

“出去。”

“是。”护士站起身，将手里的A4纸放在桌面上，轻手轻脚地退了出去。

许久之后陈安才站起身，隔音病房内，莫南爵还睡着，陈安喉间哽咽，转身走了出去。

护士将营养餐推到门口，正准备敲门，陈安正好走过来：“我来吧。”

“是。”

陈安推门进去，就对上童染睁开的双眼：“你没睡吗？”

童染一见是他，眼睛一亮，忙要起身：“莫南爵怎么样了？醒了吗？检查过了吗？严重吗？”

“没事，”陈安勉强扯出一抹笑，将病床上的小餐桌竖起来，移到童染身前，“他好得很，你放心吧，就是镇静剂药效刚过，还没醒。”

童染听他这么说，这才松了口气，止不住地念着：“没事就好，没事就好……”

陈安双眼忍不住泛酸，他忙转过身朝窗边走去：“你快吃吧，我负责照顾好你，我可不想被爵打。”

房间里很安静，童染意外地听话，一口口地吃着饭，营养餐准备得很齐全，她也不挑，每样都吃。

陈安没走，就这么看着她吃。

末了童染将勺子放下，擦了下嘴：“我吃完了。”

“好好休息，孩子我帮你检查过了，没事的。”陈安走过去将东西一样样地收走，“你多睡会儿，后背我让护士给你擦了药，你尽量别去碰。”

童染点点头，蓦地伸手抓住他的袖子：“莫南爵一醒你就让护士来告诉我好不好？我想去看看他。”

陈安喉间哽咽，扯出笑容拍拍她的手：“放心吧，会告诉你的，你好好睡，让他醒来就看到你活蹦乱跳的样子。”

“好。”童染安心地闭上了眼睛。

陈安掩下眸中的酸涩，推着车走出了房间。

莫南爵醒来的时候，是凌晨两点。

四周漆黑一片，男人伸手贴了下额头，感觉虚弱得不行。

陈安没睡，一直坐在边上的沙发上，一听到动静忙站起身：“爵？”

“这是哪里？”

莫南爵撑着床沿坐起身，身上穿着蓝白相间的病号服，他瞥了一眼：“谁给我换的，丑死了。”

陈安站在原地，没说话。

“你哑巴了？”莫南爵抬起头，俊脸依旧苍白，“我怎么了？”

陈安站着没动，许久才开口：“你毒发了。”

“什么？”莫南爵神色一变，猝然站起身，转身就朝外面走去，“童染在哪里？”

“爵。”陈安扣住他的手腕，“她没事，我刚刚去看过，睡了。”

“孩子……”

“孩子也没事，”陈安整张脸像是浸在极度的昏暗中，他垂着头，“都没事，你放心吧。”

“你怎么了？”莫南爵转过身，伸手握住他的肩，“说，谁欺负你了？”

陈安没开口，莫南爵晃了他一下：“你傻了？”

陈安喉间哽咽：“爵，我有话跟你说。”

莫南爵伸手揽住他的肩，轻拍了下：“怎么了？几个月不见怎么这么消沉？”

陈安推开他，转身从外面桌上拿了张纸进来，递到莫南爵的手上：“爵，你还记得你爸，也就是莫文斌，他……”

莫南爵闻言脸色一沉，房内并未开灯，他接过纸张也看不见：“你提他做什么？”

陈安声音很低，有些话在嘴里转了好几圈，就是开不了口：“他……”

“你今天怎么跟个娘儿们似的？”

莫南爵转身要去开灯，陈安拽住他的手：“你坐下来，我跟你说。”

男人皱起眉头，陈安将他按坐在沙发上，吸了口气：“我爷爷前段时间被请去莫家看过，莫文斌现在还瘫痪在床上，而且情况越来越不好，估计撑不了多久……”

莫南爵冷笑一声：“关我什么事？”

“当初，你们出生的时候，莫家是请了我爷爷去的，”陈家是极其出名的医药世家，在美洲更是鼎鼎有名，“我爷爷回来后告诉我，出生的两个男孩里，一个患有先天性肌肉萎缩。”

莫南爵眼里笼上阴霾，隐约意识到他要说什么：“所以？”

“但是我爷爷告诉我，患有这个病的是二夫人的孩子，也就是林美洁的儿子，”陈安抬起头来，心里疑虑更甚，“所以照理来说，得这个病的应该是莫北焱才对，可……”

陈安没说下去。

莫南爵蓦地站起身，伸手将灯打开，视线落在手里的纸张上，眸中的光亮一点点褪去。

陈安抬手落在他的肩上：“爵……”

莫南爵眯起眼睛，攥紧手里的A4纸，突如其来的事实令他有些想笑。

他想说，不就一条命而已嘛，换作以前，没了也就没了，活着也是纸醉金迷，死了不过就一把灰，他真的不在乎。

可现在不一样。

莫南爵缓缓闭上眼睛，感觉手臂都在跟着颤抖。原来，没力气是因为这个。

陈安五指收紧，见他这样，也红了眼眶："你听我说……"

"我能活多久。"

陈安怔了下："爵……"

"告诉我，"莫南爵抬起头，眼眸中浮现层层阴郁，"多久？"

"本来应该暂时不会有什么事的，但……由于Devils Kiss的刺激，导致你右手近端肌肉逐渐开始萎缩，"陈安顿了下，声音更低，"如果不出意外的话，会从右手开始，然后是左手，再是双腿……"

陈安实在说不下去了，止住声音后双手紧攥成拳。

二人都沉默着，病房内的气氛压抑而死寂，半晌，莫南爵才开口问道："最坏的结果是什么？"

陈安声音沉重无比："伴随着神经源性肌肉萎缩症，双手双脚肌肉都会逐渐萎缩，患者一般会先从脚开始，极少数从手开始，渐渐无力，急剧瘦下去，蔓延全身后会瘫痪，瘫痪后病情加重，神经源被刺激，逐渐开始坏死，最后……死亡。"

莫南爵双眼暗淡，陈安按住他的肩头，有些话很残忍，可他必须要说："爵，这不是最坏的结果，这是一定会有的过程，每个人都不会例外……"

莫南爵始终垂着头，声音也平静得可怕："多久会瘫痪？"

"你的情况和别人不同，你体内还有Devils Kiss，大概……"

莫南爵打断他的话："就会直接瘫痪？"

"不……"陈安摇头，"你会渐渐开始不能用力，然后手部无力蔓延到双腿，就会开始无法走路，最后是站不稳，一般到这个时候，就会和莫文斌现在一样，完全瘫痪在床。"

"你别绕弯子了，"莫南爵攥紧手上的纸张，"还能活多久？"

陈安别开脸："一年半……到两年，在这之前，双手双脚都会失去功能，也许连……"

“杀了我，”莫南爵蓦地出声，精致的俊脸侧过去望向窗外，“等我站不起来的时候，就杀了我。”

“爵……”

“我到时候要是连自杀都做不到，你就把我杀了，算是我求你的唯一一件事。”

他怎么可能允许自己有站不起来的那一天？那，还不如死了。

童染也不会喜欢的吧？她不会喜欢一个站不起来的莫南爵，不会喜欢一个连菜都夹不起来、连抽屉都拉不开的莫南爵……

她喜欢的莫南爵不是这样的，他怎么可能在她面前变成这样？

他若是已经无法站立，无法行走，无法替她遮风挡雨、拥她入怀，那他还有什么资格做她的莫南爵？他又凭什么去守护她一辈子？

“爵，你听我说，”陈安透过层层水雾，直看入莫南爵眼底，“我们可以拖延时间……先把 Devils Kiss 的毒解了，起码能延长一年的寿命，萎缩的速度会变慢，因为毒素被抑制，神经刺激也会跟着消退……”

“你说笑呢？”莫南爵轻笑一声，“怎么解 Devils Kiss 的毒？”

陈安眉头紧拧，目前只有这一种办法：“找洛萧，只要他没死，一定可以解，他肯定有解药……”

“天大地大，去哪里找他？”

“必须找，我就是死也要找到他……”

莫南爵转身朝阳台走去，夜间的冷风凉得人浑身一颤。他伸出双手握住烤漆栏杆，指尖微微摩挲，感受着那份冰冷。

真是讽刺，若是连抬手都做不到，他还活着做什么？

陈安跟着走出来。

“找到洛萧也没用，就算他没死，你认为他会给解药？”莫南爵上半身微探出去，魅惑的俊脸被夜色打出一层落寞，“他巴不得我死。”

陈安一把拽住他的手腕将他拉回来：“我就不信他没有软肋。”

莫南爵眯起眼睛：“你别忘了，他叫洛萧。”

“我不管他叫什么，我一定会找到他，让他给你解毒……”

“别傻了，解了毒又怎么样，多活一年，你是想让我苟延残喘？”

莫南爵收回视线，转身到房内拿出烟盒，抽出根烟点上：“你方才说，检查出患这病的人是林美洁的儿子？”

“对。”

莫南爵眯起眼睛，林美洁的儿子，那应该是莫北焱才对，难道：“莫北焱也有这个病？”

“这是遗传病，莫文斌有，那莫北焱也可能会有，但是当时我爷爷去莫家检查，只发现二夫人的孩子有这个病，”陈安皱起眉头，“不过这其实也说明不了什么，也许当时检查的时候只是没发现你也有而已。”

莫南爵眼神越发深邃，过往的一幕幕浮现在脑海中，他微垂下头去，并未再吸一口烟。

“爵，”陈安伸手握住他的肩，“明天我们去丹麦吧，那儿的 OTS 医院设备是顶尖的……”

“不用，我不喜欢住院，”烟尾烫到了指尖，莫南爵甩了下手，直起身体，“这件事情不要告诉童染，谁也别说，就当没发生过。”

“没发生过？”陈安扣住他的手腕，语气莫名冒火，“莫南爵，你就这么不把自己的命当一回事吗？”

莫南爵并未回答，抽回手道：“去睡觉。”

陈安差点气吐血：“我们明天就去找洛萧，当初潜入烈焰堂的人也说他被一个女人背出去了，既然生死未卜那就有生还的可能，找到他说不定就多一个希望，你就不能为自己着想一下吗？”

莫南爵眯起眼睛，突如其来的检查报告令人措手不及，他只觉得脑袋里乱得很：“让我好好想想。”

“你除了童染还能想什么？”陈安冷着脸，“总之，我不管你怎么想的，明天开始必须去找洛萧，就告诉童染是为了 Devils Kiss 的解药，她肯定会同意的。如果你反对，我马上就去告诉童染你的病情。”

莫南爵侧过俊脸：“你威胁我？”

“只要掐着童染，谁不能威胁你？”陈安面色不善，“从明天开始，我会找个可靠的人来全程照顾你的饮食起居，一切都要按照我制订的治疗计划来，其次最重要的就是找到洛萧。就这么定了，我去准备治疗方案。”

他说完就朝房内走去，落地窗被关上时发出砰的一声。

莫南爵在阳台上站了一整个晚上。

晨光微露，刺眼的光线照射过来，男人眯起眼睛，一夜未眠，他却觉得更加清醒。

莫南爵上楼换了套衣服，来到童染病房门口的时候，护士正将营养餐收出来：“爵少。”

莫南爵瞥了一眼，都吃得干干净净的，他神色缓和了下：“别出声。”

护士安静地退下去，莫南爵走到病房门口，能从小窗户内看到童染，她到底是不肯安分的，一条纤细的腿跷起来搭在床边，整个人歪歪斜斜地靠在病床上。

童染并没看见外面站着的人，她手里拿着手机正在玩，动人的歌声从手机内传出来。

是蔡健雅的《Beautiful Love》。

假如明天将消失了
趁现在我爱着
只想记得 被你抱着 温热的感受
Love's beautiful
so beautiful
我失去过 更珍惜拥有
多庆幸我是我 被你疼爱我
紧紧牵住的手 不要放手
永远守护我……

优美的歌声荡漾进男人的耳朵里，莫南爵垂着眸，睫毛在脸上打出一层阴影。童染循环播放歌曲，他就一直站着听。

直到她关掉音乐，莫南爵才抬起眼眸。

见童染掀开被子要下床，男人双手握了一下，确定没问题后，这才推门走进去。

童染双脚还未落地，便被拦腰一把抱起来，她惊得缩了下身体：“放开……”

莫南爵双臂稳稳地抱着她，低头凑到她耳边，轻咬了下她的耳垂。

童染瞬间红了脸，看到是他，双手下意识就环住他的脖子，仔细盯着他的脸，似乎恢复得很好，看来陈安没骗她：“你没事了吗？”

“本来就没事，”莫南爵颠了颠手，“你下床要做什么？”

“我……我上厕所。”童染蹬了下双腿。

从洗手间出来后，莫南爵抱童染躺回床上，自己躺在她身边，伸手将她搂进怀中。

童染搂住他的脖子，感受这份由爱而产生的悸动。

莫南爵俊脸埋入她的颈窝内，好半天才开口：“你想去哪里玩？”

童染一手绕过去抱住他的头：“你想出去吗？”

“你想去就去。”

“上次不是说去法国吗？”童染皱起眉头，“要不然去拉斯维加斯？很久之前也说要去……”

“你说什么都好，都听你的。”

美洲，拉斯维加斯。

谢阳华从外面回来时，手里拿着个盒子。

这几天局势动荡，在经济危机的冲击下，莫氏也跟着受了点波及，莫北焱每天都在处理这些事，几乎不在莫家。

谢阳华将伞交给用人，从后楼的侧门走了进去。

密阁内，沈心碧刚沐浴完，侍女正小心翼翼地替她扣上旗袍的扣子，屏风外面传来通报声：“大夫人，谢管家来了。”

“让他进来。”

“是。”

沈心碧将侍女挥退下去，谢阳华进来后伸手搂住她：“怎么大白天的沐浴？”

“正午睡，做了个噩梦，”沈心碧叹口气，同他一起坐在软榻上，“我梦见爵了。”

“二少爷？”谢阳华皱起眉头，“他怎么了？”

“我梦见他死了，”沈心碧将头靠在他胸前，语气有些凝重，“他就在我面前倒下去的，大夫都说没救了，我想要去抱他，却摸了一手血，直接把我吓醒了，浑身都是冷汗。”

“梦都是反的。”

“你忘了吗？我做梦向来准，上次梦到房子塌了，第三天就地震了，”沈心碧抚着胸口，“我怕这次……”

谢阳华闻言问道：“那要不要我派人去找二少爷回来？”

“再等等吧。”

“嗯，都听你的，”谢阳华说着将拿进来的盒子递给她，“你看看这个。”

沈心碧打开，盒子内用丝绸包裹着一根试管，深红色的液体装在其中，看起来异常妖冶：“这是什么？”

“这是目前道上流传的一种毒品，很火，叫Devils Kiss，俗称恶魔之吻，”谢阳华将那试管拿起来轻晃了下，“你可别小瞧它，就这么一管东西，不知要了多少人的命。”

沈心碧接过来细看：“这能有什么用？”

“能控制人，而且据说毒性很强，光这一支就花了我730万，还是从别人手里抢来的，”谢阳华皱起眉头，“自从南非烈焰堂总部被炸了之后，这东西就断了货源，现在市面上流传的都是以前剩下的。”

“确实是好东西，”沈心碧将试管握在手心里，“要是我们用它来控制别人……”

“我就是这个意思。”谢阳华递上来一张A4纸，“你知道更巧的是什么吗？这东西的研发人，也就是烈焰堂的第一任堂主，现任副堂主，洛萧，居然是童明海的侄子。”

“什么？”沈心碧一怔，接过纸张看了几眼，“童明海，我当年不是派周锐去解决了吗？”

“是的，但是童明海还有个女儿，当时周锐估计也没太上心，所以把她给漏了，叫童染，是烈焰堂的现任堂主。”

“怎么都是烈焰堂的？”沈心碧将A4纸压在手下，“那烈焰堂被炸了，他们现在在哪里？”

“不知道，那天是他们的大婚之日，据说被人埋了炸药，可能活着，也可能死了，”谢阳华摩挲着她的肩头，“心碧，要我说，把这两人都抓来，我们要的是洛萧替我们研制 Devils Kiss 的阶段性控制药物，既然他们结婚了，用童染来威胁他，他不可能不从的。”

“也好，”沈心碧点点头，“如果洛萧能为我们所用的话……那焱儿和爵都能好控制些，你我也不用这么累。”

谢阳华亲了亲她的脸：“我也舍不得你累。”

“对了，陈老爷子的那个孙子，”沈心碧抬手揉揉太阳穴，“叫什么来着……”

“陈安？”谢阳华接话，“这小伙子也是个医学天才，他离家好久了，我上次去陈家拜访都没看到他。”

“也一起抓来吧，一个研制药物，一个学医的，也好替我们看看林美洁那边，不然每次出点什么问题，都要从外面找人来瞧，我们的一举一动外面的人都清楚得很。”

谢阳华皱了下眉：“可是陈家也不好惹，要是我们把他孙子抓来……”

“怕什么？”沈心碧拍了下他的手，“我们偷偷地抓，抓来就关起来，陈老爷子也不会知道他孙子在我们这里，到时候没了利用价值就杀了，找个地方埋掉，一辈子没人知道。”

“那好，我等一下就吩咐下去。”

“这件事情还是你亲自去吧，毕竟陈家不好对付。还有那个洛萧，他能创建烈焰堂，说明也不是什么好惹的主，你自己小心点，要是实在抓不来，就直接杀了，省得被别人抓去利用，”沈心碧说着叹口气，“现在一代强过一代，我们都老了。”

“这不有我呢吗？”谢阳华笑了笑，语气忽然变得严肃，“我在外面听说大少爷和这烈焰堂好像还有点关系，他经常出入其中。”

沈心碧也略有耳闻，但莫北焱向来喜欢玩，有时候结交些朋友也不算奇怪：“这件事情暂时别让焱儿知道，先都抓来再说。”

“好。”

谢阳华应声后将窗帘拉下来，而后翻了个身压住她。

南非的村庄内，清晨的太阳升起，洒在头顶暖暖的。

孟瑶微微抬起头，她肚子里的孩子已经有两个多月了，日子一天一天过去，平静得令人害怕。

洛萧恢复得并不算很好，依旧什么也想不起来，但这对于孟瑶来说算是个好消息。

她不希望他恢复，只希望她能顺利生下孩子，在这儿住一辈子。

洛萧走出来伸手搂住她的肩：“在看什么？”

“没什么，”孟瑶收回思绪，低下头，双手放在小腹上，“我在想我们的孩子什么时候能出来，我都等不及了。”

“不是才两个多月吗？”洛萧温和一笑，将她搂紧，“还早呢。”

“萧，你说这个孩子叫什么好？”孟瑶将头靠在他的肩上，“我们给孩子起个名字，男孩女孩的都起。”她伸出手去同洛萧十指相扣，这时候对她来说，无疑是无比幸福的，“我已经想好几个……”

“女孩子就叫洛爱童，”洛萧微眯起眼睛，“若是男孩子，就叫……我还没想好，但我想要个女孩。”

孟瑶双目一刺，表情僵硬：“童童……那不是和我的姓冲突了吗？”

“以我之姓，冠你之姓，我们的孩子就要这样，”洛萧侧过脸来，在她的脸颊上轻轻一吻，“这样以后我每次看见她、每叫她一次，就能想到你，这是你带给我的礼物……”

孟瑶并未回答，垂下的眼眸中难掩刺痛。

难道，他这一辈子就真的离不开“童染”这两个字了吗？

“小染？”洛萧握紧她的手，“你怎么了？”

“没事，”孟瑶扯出一抹笑，将嫉妒咽下去，抬手随意朝前面的森林指了下，“我们去那儿散散步吧，天天闷在屋子里，我都要发霉了。”

“好。”洛萧平时很宠她，她说什么便是什么，从未反驳过。

前方那片森林经常会有村民进来打猎，二人沿着河边散步，风景好得令人沉迷。

洛萧视线随意扫出去，忽然顿住脚步：“等一下。”

“怎么了？”

孟瑶侧过头，就见洛萧在草坪边上蹲下身，伸出手去，她一眼就望见了爬过来的蝎子，密密麻麻一大群，心头一惊，阵阵恶心的感觉瞬间涌上心头：“唠——”

洛萧忙起身替她拍背：“怎么了？是不是不舒服？”

“没事，可能是早上吃多了点。”

孟瑶摇了下头，视线却定格在那些蝎子上，这……都是烈焰堂内的剧毒蝎，是洛萧亲手养的。

她有点害怕，伸手推了他一下：“萧，我们回去吧？”

她不仅怕这些蝎子，更怕若是洛萧看见后，想起什么，那……

孟瑶想都不敢想。

洛萧点点头，刚搂着她要走，那些蝎子便成群地爬了过来。

“啊——”孟瑶吓得半死，一个劲地往洛萧怀里躲，“我们走，快走……”

“没事，你别怕。”洛萧拍了拍她，蹲下身，伸出手时，有几只蝎子直接顺着他的手臂爬了上去。

蝎子爬上来也没别的动作，而是温驯地趴在他的手臂上，像是对待主人一般，洛萧扬起笑道：“你看，它们好像认识我。”

“……”因为就是你养的。

这话孟瑶当然不敢说，她缩在洛萧身上不敢动，男人微低下头，蝎子触角伸过来，碰了碰他的脸。

洛萧伸手拿起一只，蝎子半个身子呈现出深红色，他翻过来，清晰地看到了底下的编号，DK1。

洛萧皱起眉头：“这是什么意思？”

孟瑶瞥了一眼，意思就是Devils Kiss1，可她肯定不会说：“我也不知道，估计是别人养的……放，放出来了吧。”

她说着将脸埋入男人的颈窝：“萧，我们回去吧，这些东西看着好恶心，我肚子不舒服。”

“好。”洛萧点头，弯下腰准备将蝎子放回去，却听前方传来砰的一声——是子弹在树林中炸开的声音！

孟瑶立刻警觉，猝然皱起眉头，一个侧身将洛萧挡在身后：“是谁？！”

洛萧不明所以，孟瑶弯腰从靴子内抽出两把匕首。这是她时时刻刻带着防身的，因为在南非这里，烈焰堂树敌太多，随时都可能有危险。

洛萧惊讶地看着她：“小染，你这是哪里来的……”

孟瑶并不回答，将他护住：“你别出声。”

“给我上！”蓦地，森林那头传来一阵怒喝，几十个人瞬间从四面八方蹿出来，为首的男人头发金黄，一身猎装很是帅气，“洛萧，你真的没死！”

几十个人将他们二人围在中央，每个人都拿着枪，孟瑶抬起头，一眼就认出了为首那人。

这是他们曾经追杀过的云耀堂的堂主杰西，也是南非的第二大毒枭，和烈焰堂是死对头。

洛萧派人秘密暗杀了他们全家，最后只剩下他和他老婆，可惜并未抓到，让他们逃了。

杰西将枪举起，黑洞洞的枪口对准了正中央的人：“洛萧，是男人就给我滚出来！畏畏缩缩地躲在女人身后，你也不嫌丢脸？”

洛萧皱起眉头，孟瑶将他护在身后：“你别说……”

洛萧自然不肯，伸手将她拉开后搂在怀里，抬起头时，眼神清澈：“你是谁？”

“你说什么？”杰西冷笑一声，眼里满是不屑，“你给我装什么失忆？”

洛萧完全听不懂：“你到底是谁？”

“怎么，还要装？”杰西自然不会信他，拨开手下一步步走上前站在他身前不远处，“你睁大眼睛好好看看，我是谁？”

洛萧将孟瑶护在身后，他同杰西差不多高，平视的时候，能很明显地望见对方眼底浓烈的恨：“你认错人了，我真的不认识你。”

“滚蛋！”杰西抬脚就朝洛萧身上踹，孟瑶侧身挡了下，杰西一脚就踹在她身上，“我让你好好看看我是谁！”

“啊——”孟瑶整个人摔在地上，捂住小腹，额头沁出汗珠，洛萧惊得蹲下身去搂她：“小染！”

“小染？”杰西视线扫过孟瑶，“你就是童染？”

他说着不由得多看了孟瑶两眼，洛萧亲手将烈焰堂堂主之位让给了未婚妻，这件事情传开后立刻引起轰动，杰西对这个女人倒是很好奇，可看了孟瑶几眼，并未看出什么不同，他冷笑一声：“洛萧，我看你是作恶太多了吧？结个婚老窝都被人给炸了，今天落在我手上，我绝对要你生不如死！”

洛萧搂住孟瑶的肩，神情惊慌失措，一个劲地在她耳边轻声道：“别怕，没事的……”他说着将她横抱起来：“我们现在就回去……”

杰西抬手就朝他脚边开了一枪，洛萧冷着脸抬起头：“你到底是谁？！”

“洛萧，你是真傻还是装傻？”

孟瑶拽着洛萧的领子：“萧，你听我的，”她将脸转过去对着杰西，“我是童染没错，现在烈焰堂我是堂主，你要抓就抓我，他已经不是从前的洛萧了，同他没关系……”

她的话，洛萧一句也听不懂，他抱着她朝后退了几步：“小染，你说什么烈焰堂？”

孟瑶闭上眼睛，眼泪顺着她的脸颊滑下来。看来，想要过平静日子终究是个梦，她偷来的幸福也是要还回去的：“我爱你……”

洛萧眉头皱得更深。

“呵，一唱一和的戏码不错嘛，练多久了？”杰西甩了下手，“不过，你再怎么装都没用，今天既然让我找到了你，你就别想再逃！给我上！”

孟瑶猝然睁大眼睛，杰西一声令下，所有的手下都冲了上去，杰西则退后几步站在边上，嘴角恨意蔓延：“给我打！打得他只剩下一口气！”

手下将孟瑶从洛萧怀里拉下来，洛萧还未伸出手，双膝便被用力踢了下，他整个人朝下跪去，膝盖落地时，一阵拳打脚踢便落在了他身上。

这些人下手毫不留情，洛萧跪在地上，俊脸被打得青肿，他却一下也没动，知道挣扎不了，便咬着牙任由那些拳头落在身上。

孟瑶被拉到边上扳住了双手，杰西走过去捏住她的下巴，迫使她朝洛萧看去：“怎么样，看着你老公被打，心疼吗？”

孟瑶用力别开脸，怒吼出声：“你们放开他！不要打他！”

杰西冷冷一笑：“当初派人杀我家人的时候，洛萧怎么不知道放开？现在迟了！”

洛萧闷哼一声，一人用力朝他的肩头一踢，他承受不住，顺着另一人的腿朝下倒去。

孟瑶眼睛瞪得极大，咬住恨意骂道：“你们这些畜生！”

“你们杀人就是对的，我们杀人就是畜生？”杰西望着孟瑶白皙的侧脸，扬了下手，“先别打了。”

手下们立马停住动作，几人踩住洛萧的肩膀，另一人蹲下来，抓着他的头发，迫使他仰起头朝这边看来。

杰西伸出手，抚上了孟瑶的肩头：“你老婆是吧？好，好得很，今天当着这么多弟兄的面，我来尝尝味道。”

他说着就朝她脖子以下摸去，孟瑶尖叫一声：“拿开你的手！”

洛萧死死咬着牙，眼里迸发出强烈的恨意：“你放开她！你要是敢碰她一下，我就让你们整个云耀堂陪葬！”

洛萧这句话一出口，孟瑶立即惊讶地朝他看去，杰西闻言也侧过头来，眼神玩味：“你不是不知道我是谁吗？装不下去了？”

洛萧自己也是一怔，“云耀堂”三个字冲口而出，他甚至都不知道怎么回事，潜意识被激发，他眯起眼睛，眼里笼上许久不见的阴鸷。

孟瑶见他这样，眼里沁出绝望之色。

刺啦——

杰西伸手将孟瑶的上衣撕开，露出大片肌肤，白得晃眼，边上的手下都看直了眼。

“啊——”孟瑶尖叫，手下捂住她的嘴，杰西却挥了下手：“放开，让她叫，叫给她老公听，”他回了下头，“把他的嘴堵上。”

手下从边上抓了几把草，捏开洛萧的嘴塞了进去。

“你滚开！不要碰我，不要……”孟瑶绝望至极，上一秒还在讨论孩子叫什么，为什么现在会这样，她蹬着双腿，“你滚，滚……”

洛萧眼眸充血，死死地盯着。杰西走过去，俯身拍拍他的脸：“好好看着，她叫童染是吧？”

洛萧甩了下头，杰西看着他这样越发觉得想笑，他转身走到孟瑶身边，伸手抓住了她的脚踝：“准备好了吗，洛太太？”

孟瑶瞪大眼睛，她想说她不是……可视线落在洛萧的脸上，要出口的话被她生生咽了回去。

杰西将她的脚朝边上推开，身体向前倾了下。

孟瑶疼得脸色煞白，她仰起头，忍不住痛呼出声：“啊——”

洛萧浑身剧烈颤抖，被人扳住不能动，令他觉得更加羞耻，他紧盯着孟瑶的腿，几乎就要爆发。

阵阵绝望涌上心头，孟瑶只觉得天地都跟着昏暗，身体麻木得失去了知觉。

洛萧双手几乎攥出血来，面色更是灰白如纸。

杰西满意地站起身，伸手拿出洛萧嘴里塞着的草：“看得满意吗？”

洛萧狠狠对着他啐了一口，杰西扬手就甩了他一巴掌，打得洛萧嘴角高肿：“这些都是轻的，以后有你好受的，给我全部带走！”

森林中，几架直升机腾空而起，掉头后朝着另一个方向飞去。

锦海市疗养院套房的卧室内，大床上人影交缠，童染双手抓着莫南爵的手臂，指甲几乎掐进他的肉里：“你轻点……小心孩子……”

莫南爵俯下身，吻止不住地落在她的眼角处：“放心，我动作很轻。”

男人将头埋入她的颈窝内轻蹭，握在她肩头的右手开始无力，他眯起眼睛，生怕在此时失了力。

童染喘着气，小脸潮红一片：“莫南爵，我累死了……”

莫南爵喉间轻滚了下，翻身躺在她边上，抬起右手贴住额头，阵阵无力感涌上来，莫南爵眯起眼睛，只觉得头晕眼花。

童染平复下呼吸，伸手将被子拉上来盖住自己：“以后不要了，你每次都折腾我。”

莫南爵并未开口。

童染靠过去，伸手推他的肩：“莫南爵？”

莫南爵的手臂晃了下，从额头上滑下来，垂落在她身前。

“你还装死！”童染翻身骑到他身上，伸手揪住他的领子，脸凑过去，“莫南爵，今天我……”

她瞬间顿住声音。

鲜血从男人的鼻间滑下来，染上薄唇时，多了几分妖冶的美。

童染猝然睁大眼睛，吓得伸手去掐他的人中：“莫南爵？莫南爵！”

男人一动不动，俊脸迅速褪去血色，苍白得吓人。

童染吓得半死，连滚带爬地下了床，哆哆嗦嗦地穿上衣服后转身冲了出去，正好撞见上楼的男人，她脚下一滑，险些栽倒，幸好被陈安揽住肩膀：“怎么了？”

“他突然就昏过去了……”童染语无伦次，拽着陈安就朝房内走，“你快进来！”

陈安被她拖着进入房间，来到床边，看到莫南爵的样子，忙伸手探了下男人颈间的动脉，随后转身拿起电话便打了出去：“暂时休克，急救室腾出来，叫人抬担架上来，对，现在，马上！”

童染吓得手足无措，没想到居然这么严重：“陈安，他……”

陈安瞥她一眼：“你离他远点，省得他看见你就控制不住，去拿条毛巾来。”

童染咬住下唇，将毛巾打湿后拿来，陈安接过后替莫南爵敷在颈间。

护士很快就上来了，莫南爵被抬上担架后推进了电梯，陈安弯腰替他插上点滴：“快点！”

男人被推进急救室。

童染坐在外面，急得双肩抖动，她伸手捂住脸，不知道为什么会突然变成这样。

难道是因为 Devils kiss 吗？

急救室内，陈安将药物推进男人体内，身边的护士看了一眼：“安少爷，还是不行……”

陈安看了一眼心电图，直起身体，双手按住莫南爵的锁骨，几下之后收回手：“准备电击！”

“是。”

“强心剂给我！”陈安将电击器对准莫南爵的胸口，打开开关，男人的身体被弹起来，而后重重落下去，深棕色的短发已被汗水浸湿。

反反复复十几下之后，心电图总算开始跳跃。

陈安重重呼出口气，将手里的强心剂丢开，伸手扯下口罩：“你们都出去。”

护士收拾好东西后退了下去，陈安将莫南爵的点滴重新插上，生怕还会出什么意外，便在边上的椅子上坐下，看着他打完这瓶点滴。

童染在外面坐了很久，陈安出来时，天都快黑了。

“怎么样？”童染听见动静忙站起身，神色焦急，“他没事吧？为什么会休克？”

“已经没什么事了，”陈安语气疲惫，“他现在体内毒素未清，所以不能太受刺激……总之，你也多注意点。”

童染伸手摸了下额头：“这个 Devils kiss……”

陈安知道她要问什么，不等她说完直接接话：“我弄不出来解药，只有洛萧才有，不知道那孙子到底在里面加了什么。”

童染双手捂住脸，只觉得绝望至极：“那要是洛萧已经死了……”

“那爵也会死，”陈安顿了下又道，“照理来说，你也会死，因为你也中毒了。”

童染颓然地坐回椅子上，垂下头去，声音无比绝望：“就算洛萧没死，可世界这么大，我要去哪里找他……”

陈安并未多说什么，拍拍她的肩后朝外面走去。

莫南爵醒来的时候，点滴正好被拔掉。

他睁开眼睛，视线扫了一圈后落在窗边的人身上，男人撑起身体，陈安听见动静后转过身来：“醒了？”

莫南爵眉头皱了下，伸手将手背上的针头拔下来：“没事别老给我打这玩意。”

“不打你怎么活？”陈安火气往上蹿，扣住莫南爵的手腕，“你到底知不知道自己的身体状况？居然还胡来？！”

“滚！”莫南爵踢他一下，起身后走进浴室，将身上的病号服脱掉，出来时手里拿着条毛巾，随意擦了下湿淋淋的短发：“童染在哪里？”

“你还冲冷水澡！”陈安冲过去拽下他手里的毛巾，差点要气死，“莫南爵，你能不能清醒点？这是你的命，不是开玩笑！我明天联系丹麦那边，后天你就过去住院！”

“不可能，”莫南爵脱下浴袍，当着陈安的面将衬衫换上，一颗颗地系着纽扣，“我不会住院，也不可能会躺在医院里，你不如杀了我。”

难道要他每天躺在医院打针吃药，像个濒死之人一样受人照顾？

这是绝对不可能的。

莫南爵冷笑一声，抬脚朝外面走去。

他才走到门边，房门便被人推开，走进来的人穿着端正的唐装，见到他垂首道：“少主、安少爷。”

莫南爵微眯起眼睛，待看清来人时，眼神顿时阴沉下去：“你怎么找到这里来的？”

周管家恭敬地站在门口：“少主，我……”

“是我找他来的，”陈安突然开口，走上前站在周管家身边，“爵，你需要一个能照顾你的人，而童染照顾不了你。周管家跟了你这么多年，熟悉你的饮食和生活习惯，能好好照顾你。”

莫南爵神色阴鸷，一双黑眸更是深沉如海：“不需要，让他滚。”

周管家低着头，他知道莫南爵因为什么生气，他怎么也没想到，那两人竟是童染的父母。

莫南爵眼神极冷，擦过周管家的肩膀朝外面走去：“让他速度滚，否则我会杀了他。”

陈安拽住他的胳膊：“好，我退一步，不要求你住院，也不要求你配合我的治疗，只要让他跟在你身边照顾你，成吗？”

“放手。”

“莫南爵，”陈安盯着他精致的侧脸，也许是自己的错觉，总觉得他开始瘦了，一旦瘦了，便是萎缩加剧的前兆，陈安缓和下口气，“算我求你了，让他跟着你，只是照顾你的饮食起居而已。”

莫南爵俊脸冰冷，回过头瞥了周管家一眼，而后冷声开口：“他留下可以，但不该说的……”

周管家忙接口：“少主，您放心，我半句话都不会多说。”

莫南爵收回视线，长腿才抬起却又顿住：“当年，童明海为什么要害我？”

周管家垂下头，依旧是那句话：“少主，当年的事情我不太清楚。”

“是吗？”莫南爵嘴角冷冷勾起，“跟着我可以，你怎么对我，就要怎么对童染。若是被我发现，你因为童明海的事对她有任何偏见或看法，我第一个要你的命。”

“是，少主。”

莫南爵不再多说，朝电梯间走去。

周管家抬起头看着莫南爵的背影，当时帝豪龙苑莫名其妙被拍卖，一切帝爵的东西全部被一群人收集后焚烧，他被赶出来时就知道，事情不会那么简单……

莫北焱不会放过莫南爵，就像大夫人不会放过二夫人一样。

这么多年的债，哪是一朝一夕还得清的？

莫南爵推门进房间时，童染正在收拾东西。

男人见状脸色一沉，几步跨过去扣住她的手腕："你做什么？想跑？！"

"你……"童染动作一顿，"你怎么起来了？"

莫南爵扫了眼大床上的衣物："你这是要跟哪个野男人私奔？"

童染瞅他一眼，同他拉开距离："从今天开始，我不和你睡一张床了。"

莫南爵顿时冷下脸，几步上前："不跟我睡，你还想跟谁睡？"

童染朝后面退，伸手挡住他："我自己睡，反正你不能碰我，我不能刺激你。"

"谁告诉你这些鬼话的？"莫南爵哪里肯，长臂一伸就搂住她，"你乖乖听话，就不会刺激我了。"

童染推开他走到床边，继续收拾东西："反正我不管，我不会再和你一起睡，我绝对不能刺激你。"

陈安那番话，童染也放进了心里，这一个多月来过得太安稳，以至于她都忘了 Devils Kiss 这回事。

她看不见暗涌的风云，便以为这世界已经风和日丽。

莫南爵走上前，双手环上她的纤腰，十指在她腹部交握后紧贴住，这般平常的动作，如今对他来说已是珍贵。

童染手肘向后想要将他抵开："莫南爵，你别闹。"

莫南爵的声音闷闷地从她颈间传来："童染，如果有一天，我不在了……"

"那我也去死，"童染顿住手里的动作，"我不会独活的。"

莫南爵抬起俊脸，眼神染上哀戚："不行，如果真有那时候，你要好好地活下去，我看不见的你替我看遍，我听不见的你替我听清，我站不了的地方你替我踏上。"

"莫南爵，"童染忽然掰开他的手，转过身来正对着他，"你这话什么意思？"

男人久久没有开口，童染双手交握在他背后："莫南爵，我们出去玩吧，我不想待在锦海市，这里好压抑。"

莫南爵将下巴抵在她的头顶上，闭上眼睛："你想去哪里？"

“去拉斯维加斯，”童染脸颊贴在他胸前，“不是早就说要去了吗？我等了好久。”

莫南爵并不反对：“好，那就去拉斯维加斯。”

第二天收拾好准备动身的时候，陈安差点吓死。

他将莫南爵拽到边上：“你们准备去哪里？”

莫南爵穿了件橙黄色的衬衫，看起来亮眼至极：“拉斯维加斯。”

“什么？”陈安差点栽倒，“你疯了？”

“怕什么，难道我还不能去？”莫南爵睨他一眼，“你正好也回去，让你们家老爷子给你介绍个女人，省得你整天收不住心。”

“是，不像你，心都给人卖了还替人数钱。”

“滚！”

莫南爵包了架飞机，陈安不放心他，便跟了来。若是真的半路出点什么事，那真是后悔莫及。

况且他也很多年没回家了，这趟回去正好看看，顺便问一下关于先天性肌肉萎缩的治疗情况。

童染上了飞机就犯困，一觉睡醒的时候，飞机正好落地。

莫南爵将她拉起来：“到了。”

童染睡得迷迷糊糊的，揉了下眼睛：“这么快。”

莫南爵替她戴好帽子：“这里天气很干燥，你别晒伤了。”

童染点点头，下了飞机后有专车来接送，童染一个坐不住，又睡过去了。

莫南爵伸手搂着她，却全然没有困意，抬眸望向窗外。

七年了。

他走的时候两手空空一无所有，发誓要站在最高点才回来，可如今，他回来了，依旧是一无所有。

原来过去和未来，从来不是人力能决定的事情。

轿车朝市中心开去，耸立的高楼间，莫氏大厦鹤立鸡群，几乎耸入云霄，一个巨大的莫字竖在顶层，金碧辉煌。

莫南爵神色极淡地瞥了眼，只一眼便别开视线。

轿车从莫氏大厦前经过，另一辆黑色的林肯从反方向疾驰而来，在大厦正门口停下，手下将车门打开，一身笔挺西装的男人跨下车来，酒红色短发耀眼至极。莫北焱双手插兜，在众人的簇拥下朝门口走去。

陈安看着莫北焱的身影："那该是你的位置。"

莫南爵嘴角轻勾："他喜欢就坐着吧。"

轿车开到一个高级休闲农庄门口停下，陈安在这里订了栋别墅，下车时童染才睡醒。她总是觉得睡不够，这会儿还是浑浑噩噩的。

周管家拿着行李走在后面，童染抱着莫南爵的胳膊，放眼望去，金黄色的一片银杏树几乎覆盖了整个农庄，美得惊人："哇！"

莫南爵戴上墨镜："我们去看看。"

童染回头望了一眼，陈安双手交叉在脑后："我去睡觉。"

童染这才将头转回来："我还以为陈安也一起来。"

"怎么，你怕他？"

"我怕他不让我靠近你，他说你一靠近我就忍不住。"

莫南爵神色一冷，原来是陈安胡说八道，他伸手将她搂紧："他逗你的。"

童染瞥他一眼，显然不信。

二人穿过银杏树林，片片落叶散落在肩头，就像身处童话故事里一般，童染伸手接了片树叶："都说用树叶写名字，死了之后会变成一棵树，"她转过头，"莫南爵，你说我们老了之后，就都在树叶上写下名字，变成两棵靠在一起的树好不好？"

莫南爵眯起眼睛，死后，真的能变成一棵树吗？

若是能替她遮风挡雨，那倒也不错。

童染捡了几片树叶放进口袋，二人散着步朝前走，树林前方突然蹿出几个人，手里都拿着枪，四处张望着，似乎正在寻找什么人。

莫南爵双眼一眯，侧身将童染护在身后。

那几人的目标显然不是他们，其中一人抬起头道："看见一个穿白衬衫的男人了吗？"

莫南爵高大的身形将童染完全遮住，他神色冰冷："没看见。"

几人对望一眼，还未开口，后面突然传来一声怒喝："你们在做什么！"

一个穿着紫红色七分裙的女人走上来，手里也拿着枪，她扫过莫南爵和童染，而后望向那几人："你们脑子抽了？这里是我们做生意的地方，能允许你们胡来？！”

“对，对不起，是那人跑了，所以我们才……”

女人抬手就甩了那人一巴掌：“废物，连个人都看不住！”

她说着转过身来，语气歉然：“对不起，妨碍到你们游玩了，我代表农庄向你们……”

她瞬间顿住声音，视线落在童染的脸上，而后又移到莫南爵脸上，皱起眉头：“你们……”

童染盯着她的脸，米洛这会儿化了妆，同在树林里有些不一样，却还是能看出来，童染睁大了眼睛：“是你？”

其实莫南爵一眼就看出来了，他并未开口，神色依旧冰冷。

童染止不住地惊讶，世界说大很大，说小却真的很小：“我还以为以后不会再见到了，真是巧。”

米洛将手里的枪别回腰间，朝着他们鞠了一躬：“还要再次感谢你们的救命之恩，这次你们是来拉斯维加斯玩的吗？”

童染扬起笑容：“是啊，我和我老公来旅游。”

“就住我们这儿吗？哪一栋？”

“B13。”

“来，赶紧换，我给你们换最好的，可都是不对外开放的，”这儿是高级农庄，是杰西在美洲的副业之一，米洛走过来要拉童染的手，“我带你们去看看，绝对够豪华。”

莫南爵抱住童染的腰将她朝怀里一搂。

米洛也不强求，看了一眼莫南爵，笑道：“你老公对你真好。”

此时，树林那头传来一阵脚步声，几个手下扛着一个极长的黑袋子走过来，里面显然装了个人：“夫人，还好我们快了一步，没让他跑成。”

米洛神色放松下来：“没死吧？可千万别让他死了。”

“夫人放心，人是活的，我们打昏了。”

“好，带下去吧，用铁链子拴起来。”

“是。”

手下扛着黑袋子朝后面走去，袋子的尾部擦过莫南爵的肩膀，男人下意识地回头瞥了一眼，却被童染拽住胳膊：“走吧，我们去看看别墅。”

莫南爵点点头，却又回头看了一眼，几个手下扛着黑袋子已经走远，可他总觉得哪里不对……

他抿了下薄唇，抬脚朝外面走去。

几个手下扛着黑布袋走进地下室，说白了里面就是个地牢，各种刑具齐全，斑驳的血迹令人止不住作呕，气味更是难闻。

里面的守卫见有人进来，将手里的烟扔在地上踩灭："抓到了？"

"累死了，他一个人跑，我们十几个人追，还有兄弟被他干掉了，没看出来他还挺厉害，"扛袋子那人将黑布袋扔在地上，踢了几脚，"跑啊，你不是牛吗？倒是再跑一个啊。"

"跟他废话什么，直接打！"

边上那人走过来，伸手将袋子解开："小心别打死了。"

"放心吧，这种皮鞭，瞅见没，"那人抽出条光滑的皮鞭，上面打了蜡，只会疼，不会留什么痕迹，"我打几下你看看。"

他说着扬起鞭子就朝黑布袋上抽过来。

躺在地上的男人猝然皱起眉头，白衬衫上布满斑驳的血点，鞭子不断落在身上，疼得撕心裂肺。

"还不醒？！"那人索性一鞭子朝男人脸上抽去。

洛萧瞬间睁开眼睛，清冽的眸中迸发出浓烈恨意，他抬起眸，视线扫过去，确定自己确实是被抓回来了。

他又将眼睛闭上。

洛萧完全不知道是什么情况，他不认识这些人，也不知道这是哪里，什么烈焰堂云耀堂，说实话他一个都听不懂。

他只知道，他们抓了童染，他必须找到她，带着她逃出去。

几人走上前，将洛萧四肢张开绑在支架上，两条皮鞭开始对着他身上抽。

这些人平时受尽了烈焰堂的欺压，自然是恨透了他，每一鞭都用足了力气，巴不得抽死洛萧。

男人并不说话，也不喊疼，只是垂着头，眼睛始终闭着。

米洛很是热情，带着二人参观了农庄后方的欧式别墅，她强烈邀请，童染实在盛情难却，而且这里风景确实很好，两人商量之后便住了进来。

杰西也来同他们吃了晚饭，米洛并未久留，似乎还有别的事，告别后便上车去了机场。

晚饭后，杰西将钥匙交给莫南爵，很是客气："这栋别墅很安全，你们完全可以放心住，前后都是我们的人看着，不过，"他压低声音，"二楼最里面一间房你们别去，反正都不见外，我就明说，里面关着个女人，才抓来的，对我们很重要。"

莫南爵点头，杰西也没多打扰他们，带着手下出门去了。

陈安从后面走上前来，望着杰西离开的背影："这人不简单。"

莫南爵眯起眼睛，望了一眼手里的钥匙，纯金所制，显然不是普通商人用得起的。

陈安用手肘撞了他一下："你们当时在树林里救了他跟他老婆？"

莫南爵冷笑一声："要不是童染拉着，他们已经死了。"

陈安心下了然，这种人正邪难辨，他们也不能贸然确定什么，换作他，也会杀。

莫南爵双手插入兜内："我估计他们是有什么黑势力，这农庄只是个遮掩而已。"

"反正也就住几天，这儿确实安全，你也知道整个拉斯维加斯都是莫家的人，你随便出去晃几圈，保不准就传回去了，"陈安瞥他一眼，"莫北焱要是知道你回来了，不得派人来弄你？"

"他估计没那个时间。"

"爵，你离开七年了吧？"陈安抬头望向繁星点点的夜空，"时间真快，不知道下一个七年我们会在哪里。"

"你什么时候这么多愁善感了？"莫南爵睨他一眼，"我没有第二个七年了，你还得来给我扫墓。"

陈安抬脚就踹他："你胡说什么！"

莫南爵嘴角勾了下，转身朝楼上走去："晚上睡觉别睡死，留个心眼。"

房内，童染洗了个澡，穿着睡裙出来时男人正好开门进来："你在楼下干吗呢？"

莫南爵并未回答，走过来将她搂住，头埋入她的颈窝，鼻尖自然地轻嗅了下："洗了多久？"

童染双手推在他的腰侧："你别动歪脑筋，我反正誓死不从。"

莫南爵双手托在她的臀上，确定能够托起后，才一个用力将她抱起来，朝床边走去："要死也是我死。"

"去！"

童染被他压在床上，莫南爵并未有别的动作："明天带你去科罗拉多大峡谷看看。"

"好，"童染窝在他胸前，双腿搭在他的腿上，"莫南爵，要是我们能这样到处玩一辈子就好了。"

莫南爵挑起她的一缕发丝在修长的指间绕着："你喜欢玩就玩一辈子。"

"那得你陪我，"童染抱住他的脖子，"我一个人不好玩，你在我身边才好玩。"

莫南爵没再开口，闭上眼睛，搂在她腰间的手臂用尽全力收紧，似乎想要将她嵌入自己的身体里。

要是能融为一体，该有多好？

童染感受着男人的体温，微抬起头，望见莫南爵被月光镀上银白的侧脸，情不自禁地抬起头吻上他的唇。

杰西从别墅出来后并未出农庄，而是从树林的小道走了下去。

地牢内，洛萧上身的白衬衫已经破损不堪，俊脸上也布满了道道血痕。

杰西走进去，守着的手下忙行礼："堂主。"

"他还是不肯说吗？"杰西拉过椅子坐下来，"问出点什么有用的东西没？"

"堂主，我们问了您交代的问题，可他要么不开口，开口就是不知道，我们也没辙啊……"

"是啊，没想到他居然骨头这么硬，我们怎么打都没用。"

杰西拧起眉，起身走到边上的刑架上拿了个烙铁："去点火。"

手下忙走到边上将小火炉点燃。

杰西走到支架前，洛萧垂着头，一张俊脸越发清瘦，杰西伸手捏住他的下巴："装死？"

洛萧被迫仰起头，嘴角泛起冷笑："我不喜欢和死人说话。"

杰西抡起一拳砸在他的嘴角："你再给我犟一句试试看！"

洛萧被打得头一偏，嘴角迅速肿高起来，他笑声不止，双肩剧烈抖动："你有种就把我杀了，没种就闭嘴。"

杰西气得不轻，抬手又是一拳。

洛萧还是笑。

杰西凑至他面前："洛萧，我们都是混过的人，我也不跟你绕弯子，只要你把 Devils kiss 的配方和解药配方都交出来，我可以放你和你老婆走，并且给你们一大笔钱，保证你们下辈子衣食无忧。"

洛萧闻言轻笑一声，半眯起眼睛："Devils Kiss 到底是什么？"

"少给我装！"杰西脸色一沉，"洛萧，我最后给你一次机会，只要你现在肯交出来，我就放了你们。"

"我也想交出来，"洛萧只觉得好笑，他是真的听不懂，"可我根本不知道你到底在说什么，Devils kiss 是毒药吗？那你该去问研发的人，而不是来问我。"

"研发的人就是你！"

"不可能，我怎么可能会做这种东西？"洛萧摇头，"你们找错人了。"

杰西松开他的肩："看来你是铁了心要跟我装到底了，那好，我倒要看看，你的嘴到底有多硬！"

他退后一步，摊开手掌，手下忙将烙铁交到他手上。

杰西将烙铁放进火中烤着，那种噼里啪啦的声音听着都让人胆战心惊："你想试试这味道吗？"

洛萧紧盯着那炙热的烙铁，要说不怕那是假的："我不想。"

"那就交出配方，你不愿意拿原稿也没关系，"杰西看着他，"你可以口述，我让手下去做实验，只要成功了，我就放你走。"

洛萧摇摇头，还是那句话："可我真的什么都不知道。"

"好，有种，看看你能不能装到底！"

杰西使个眼色，两个手下忙上前将洛萧上身的白衬衫扯开，露出道道鞭痕交错下的白皙胸膛。

杰西走近一步："我最后问你一句，交不交？"

洛萧皱起眉头："要是我有，我肯定交给你，可是我真的没有。"

哧的一声，整块烙铁贴上了洛萧清瘦的锁骨。

"啊——"洛萧猝然仰起头，惨叫声从唇边逸出，他死死咬着牙，豆大的汗珠顺着脸颊滑落下来，"我……我是真的……不知道……"

杰西偏就不信洛萧能嘴硬到这个程度，抬手在他另一边的锁骨上也烙了个印，洛萧这回连叫的力气都没了，俊脸呈现死灰般的惨白。

杰西放下手里的烙铁："还要嘴硬吗？"

洛萧双侧锁骨血红一片："你就是杀了我……我还是什么都不知道。"

杰西冷笑一声，擦了擦手："那你老婆呢？我可以杀了你，但你想过你老婆吗？"

洛萧浑身一震，眼底总算有了波动："我警告你，你最好别动她。"

杰西见他情绪波动，忙趁热打铁："我告诉你，你今天要是不把配方给我写出来，我等一下就叫人把你老婆带来，在你面前折磨，看你能忍到什么时候！"

洛萧同他对视，杰西眼底的贪婪他看得一清二楚，虽然他并不明白到底是怎么回事，也不知道 Devils Kiss 是什么，但为了小染，他至少也该使个缓兵之计："好，我可以把你要的东西交给你，但是我有个条件。"

"行，你说。"

"我要见我老婆，"洛萧直视着他的眼睛，"我要确定她安全后，才会交出配方。"

杰西皱起眉头："你是想耍什么花样？"

"那你可以不带我去见，"洛萧闭上眼睛，"杀了我，你要的东西也拿不到。"

杰西盯着他的表情，并未看出什么波动，想了片刻，这才点头："好，你可以去见你老婆，但是只有二十分钟，见完出来之后你就必须交出配方。"

洛萧这时候哪里知道什么配方，只能走一步算一步，答应下来："好，还有，叫他们给我清理下伤口。"

杰西吩咐道："去拿医药箱来，我亲自给他清理。"

手下瞪大眼睛，却不得不从。

清理完伤口后，洛萧又要求他们给自己换了套干净的衣服，一切妥当后，他才朝外面走去，手下忙跟在他身后。

杰西站在门口，接了个电话，似乎有事情要出去。

洛萧走出来，杰西看他一眼："你耍花招也没用，这里四周都是我的人，跑是肯定跑不了的，而且你老婆在我手上，大不了我让她给你陪葬。"

洛萧面无表情地点了点头。

杰西扫了一眼他身后的两人："你们看好他，二十分钟后就带他去实验室，我明早回来一定要看到配方。"

"是，堂主放心吧。"

杰西收起电话，转身出了地下室。

晚上的农庄特别安静，穿过浓密的树林便是别墅，其中一名手下边走边说道："哎，我听说今天这儿住了人，平常堂主都不让人住这儿，看来是贵客啊。"

"是啊，我今天去追他的时候还见着了，那女的长得挺漂亮。"

二人有一句没一句地说着，很快就走到了别墅前。

其中一人从口袋里掏出钥匙："是几楼来着？"

"二楼，最里面那间房。"

"对对对，我差点忘了……"

手下将别墅大门打开，伸手推了下洛萧的肩："进去！别瞎出声，客人都休息了。"

洛萧抬起头望了一眼，他下午其实是可以逃出去的，但他必须找到小染，可他找遍了所有地方，就是没想到，杰西会将小染关在这样的别墅里。

此时，四楼的客房里，周管家准时醒过来，他看一眼时间，凌晨 1 点 47 分。

他掀开被子起身，陈安吩咐过莫南爵必须要喝药，这几天每隔三小时都要喝一次，连续喝四天。

莫南爵和童染住一间房，在三楼，他得送下去。

周管家取出药包，看了一圈后没发现烧水的壶，只得推开门去一楼的厨房。

午夜的别墅没人，用人们也都睡下了，盘旋的楼梯拐角处有几盏橙黄色的侧灯，周管家扶着楼梯从四楼走下来。

几乎是同一时间，手下推着洛萧从一楼朝上走。

脚步声渐近，两个手下敏锐地感觉到有人，掏出手枪，在拐弯的地方遇上了正好下来的周管家。

他手里还拿着药包，一看便是这儿的客人，手下忙将枪收起来："抱歉。"

周管家依稀看见二人押着一个人，但中间那人始终垂着头，他看不清面容，便侧过身，让他们上去。

走到拐角的地方，灯光洒下来，洛萧下意识抬起头来，视线正好同一旁准备转身下楼的周管家对上。

周管家一怔，这，这人不是……

他手一抖，手里的药包从楼梯上滚落下去，里头的中药散了一地。

洛萧视线猛然深邃，他盯着周管家的脸，阵阵熟悉的感觉涌了出来，仿佛脑海中有海浪正在冲击，思绪撕扯得他头皮发麻。

洛萧眯起眼睛，只觉得头痛欲裂，双眼跟着眩晕。

身后的手下推了他一下："走啊，愣着做什么？"

周管家哪里敢再看他，忙蹲下身去捡中药，手下押着洛萧的双臂："走！"

洛萧抬脚朝楼梯上跨去，却还是忍不住回头望了一眼。

周管家正好回头捡袋子。

就这么一瞬间，画面和脑海中的相重叠，洛萧猝然睁大眼睛，隐藏的记忆刹那间被激发出来，犹如一道惊天霹雳轰一下闪过，炸得他血液倒流。

洛萧浑身一震，闭上眼睛而后又睁开，婚礼的一幕幕从脑海中掠过，拜天地，入洞房，韩青青，傅青霜，孟瑶……

他想起了韩青青的报复，想起了那场爆炸，他从山坡上滚下去，醒来后孟瑶对他说，她叫童染……

所有的记忆瞬间回到脑海中，洛萧双拳紧紧攥起，手背青筋暴起，他低垂着头，周身瞬间被层层戾气所包围。

手下抬脚就踢他："你走不走啊？！"

洛萧蓦地回过头，眸中的阴狠之色吓得那手下生生闭上了嘴。

周管家捡好药后刚要走下楼，便听见身后传来一道声音，冰冷刺骨：

“是你。”

周管家双手一抖，握紧袋子，洛萧死死地盯着他的后背，目光狠戾，几乎是咬牙切齿地道：“是你……”

两个手下摸不着头脑，不晓得他在做什么，其中一人看一眼周管家：“你认识他？”

洛萧并不回答，只是嘴里不停重复：“是你，我不会认错，就是你……”

周管家忙迈开脚步，洛萧见状眼神一沉，用力甩开两个手下的钳制：“你别想跑！”

两个手下被他推开，洛萧冲下楼，伸手拽住周管家的后领，竟然将他整个人提了起来。

周管家一个不稳，整个人抵住楼梯的扶手边缘。

洛萧双手揪住他的领子，目光嗜血，透着骇人的猩红：“当年那个人就是你！”

周管家吓得不轻，他怎么也没想到会在这里碰见洛萧：“你……”

两个手下忙冲上来要将洛萧拉开，一人拽住他的一条胳膊：“你疯了吗？再不放手我们开枪了！”

其中一人从口袋里掏出一把枪，洛萧双眸狠狠眯起，一个转身，抡起拳头就砸在那人的嘴角！

另一人将枪口对准他，洛萧完全被激怒，双腿扫出去，直接将那两个手下从扶梯上推了下去！

砰！身体撞击地面的声音传来，周管家瞪大眼睛，洛萧转身再度揪住他的领子，浑身剧烈颤抖，仿佛要将他拆吃入腹。

他屈起膝盖抵住周管家的下腹，脸庞几乎贴住周管家的下巴：“说！你是谁？”

周管家浑身哆嗦，洛萧此时用尽了全力，让他无法动弹：“你先松开……”

洛萧死死咬着牙，抡起拳头，砰砰砰几下砸在周管家的脸上：“你到底是谁？为什么要害我叔叔婶婶？说！”

周管家被他打得头晕目眩，哪里还能说话，洛萧抓住他的双肩，直接将他从楼梯口掀翻下去。

周管家差点摔死，洛萧又将他拎起来，反反复复将他朝墙上用力摔去：“是谁叫你这么做的？到底为什么？你说啊！”

周管家哆哆嗦嗦地开口：“我……我只是受人所托……”

“是谁？”洛萧将他抵在墙面上，脸上的鞭痕由于激动沁出血迹，他却犹如一头被激怒的野兽，“你知不知道你毁了我的一生？如果不是你，我和小染怎么会走到这一步？我怎么会失去我的家？是你毁了我的家庭，是你毁了我的爱情……我恨你，我要杀了你！”

洛萧猝然松开手，周管家顺着墙面滑了下去，洛萧喘着气，视线扫向四周，蓦地抡起边上的花瓶就朝地上的人狠狠砸去。

花瓶砸在周管家的头上，鲜血顿时流了出来，洛萧脚下踩着碎瓷片，拽着他的领子又将他拎了起来：“是谁让你这么做的？”

周管家满脸是血，他伸手抹了下：“是童明海做错了事……”

“你给我闭嘴！”

洛萧退开身后将周管家踢倒在地，抬脚踩住他的脖子：“你不说我就杀了你！”

周管家几乎快要断气，他伸手抓住洛萧的腿，脱口而出：“你要怪就怪童明海不该惹莫家……”

“莫家？”洛萧猝然睁大眼睛，难以置信道，“你是莫家的人？”

“你要不就杀了我，我什么也不知道……”

洛萧蹲下身，双手死死掐住周管家的脖子，几乎是怒吼出声：“你为什么要让我爸妈撞死我叔叔婶婶？！”

砰——上方的楼梯口处传来一声巨响。

洛萧惊愕地抬起头来，就见童染小脸煞白地站在楼梯口。

橙黄色的灯光从她的头顶洒下来，童染身上鹅黄色的睡裙被照出层层柔和的光晕，她右手还维持着拿杯子的姿势，玻璃杯则砸下来，碎了一地。

洛萧微微眯起眼睛，控制不住地喊出声来：“小染……”

童染面色惨白，她几乎以为自己的耳朵和眼睛出了问题，看见的和方才听见的都只是做梦而已：“你……”

洛萧双目中倾泻出无法言喻的悲恸，周管家被打得鼻青脸肿，强撑起身体看过去：“童小姐……”

童染张了张嘴，喉间竟然莫名腥甜：“你……刚刚……说什么？”

洛萧眉头紧紧皱起，双拳攥紧，站起身来：“小染……”

童染视线移到周管家身上，见他满脸是血，她下意识就要干呕，可她强忍住了：“周管家，你告诉我……”她逐渐感觉到窒息，“什么叫作……你让他爸妈……撞死了叔叔婶婶？”

周管家一手撑着地板：“童小姐，对不起……”

轰——似有一道惊雷闪过头顶，劈得童染全身的骨头都要碎了，她伸手扶住墙壁：“不……你骗我，怎么会这样，这简直荒谬……”

周管家闭上眼睛：“童小姐，当年的事情……”

“你给我闭嘴！”洛萧猝然转过身，抓着周管家就是几拳挥下去，“我杀了你！”

他嘶吼出声，全身的每一个细胞似都被点燃，拳拳致命，周管家止不住地哀号。

童染靠着墙壁，喉间像是吞了玻璃片般刺痛，她扶着楼梯扶手，一步步走下来。

洛萧听见脚步声，停下了手里的动作。

童染走得极慢，最后在洛萧身后站定。

男人转过身，同她面对面。

童染盯着他布满鞭痕的脸，直直望入他的眼底：“你刚才……说的是真的吗？”

洛萧眼底一刺，嘴唇动了下：“小染……”

童染浑身都在颤抖，她伸出手握住洛萧的肩头：“告诉我……那句话是什么意思？”

他们站得极近，洛萧都能闻到她身上散发的幽香气息，魂牵梦萦的感觉回到眼前，他没想到，自己还能再见到她。

洛萧也没想到，苦心掩盖了这么久……到头来，这个真相竟是他亲口说出来的。

他视线紧紧锁在她脸上，千言万语，也只有这句话：“小染……对不起。”

最后三个字让童染觉得眼前一黑，一个站立不稳，洛萧忙伸手搂住她的纤腰。

童染双手捂住脸，事实太过于残酷，巨大的信息量几乎让她无法反应过来："不是真的……"

周管家让大伯杀了爸爸妈妈……

这……怎么可能是真的？

童染一动不动，秀发从瘦削的脸颊边滑落下来，洛萧将她搂进怀里，舍不得放手。

"不……"童染突然抬起头左右看了下，笑出声来，"我一定是在做梦，你怎么会在我梦里，你快点走，莫南爵要生气了……"

她边笑边哭，洛萧神色怜惜，双手捧着她的脸，轻轻地吻去她眼角的泪痕。

方才的动静太大，守在孟瑶房内的用人出来查看，看到眼前这一幕，忙转身冲出去喊道："天哪，来人！"

孟瑶心系洛萧，忙起身走出来，她刚刚流过产，身体很虚弱，每走一步，下身都撕裂般疼痛。

她一步步走到楼梯口，视线探下去，便看见洛萧捧着童染的脸，低着头，柔和的灯光洒在他的头顶。

童染一下也没动，从这个角度看去，二人很像在接吻。

孟瑶双目一刺，扶着墙壁的手指几乎要嵌进去。

他恢复记忆了吗？重新记起童染了吗？

她的梦……彻底碎了吗？

孟瑶双肩抖动，眼泪顺着脸颊滑落下来。

她真天真，以为能拴住他，她又不叫童染，怎么可能拴得住洛萧？

孟瑶缓缓闭上眼睛，刚想要转身走回去，就见莫南爵颀长的身影站在楼梯口的另一边。

男人还穿着睡袍，腰间的带子随意系了下，双手负后，一张俊脸隐在不明的阴暗中。

孟瑶怔了下，手臂划过墙壁发出声音，可莫南爵的注意力全然不在这儿，他视线探下去，紧紧盯着洛萧和童染。

洛萧的吻顺着童染的眼角向下移，吻过鼻尖后来到嘴角，男性气息渐浓，童染猝然回过神来，一个用力将他推开。

她身体向后，腰侧撞到了楼梯的扶手。

洛萧忙上前去搂她，抬起头时，视线同莫南爵的相撞。

二人眼底都似淬了抹毒，洛萧唇边勾起冷笑，双臂绕过去搂紧童染的腰：“小染，小心孩子。”

莫南爵嘴角勾勒出讳莫如深的笑容。

童染视线恍惚，听见边上的周管家对着楼梯上喊了句：“少主。”

童染一个激灵，忙推开洛萧的手，转身朝楼上跑去。

莫南爵站着没动，童染跑到他身边，双手环上他的脖子：“莫南爵，他们都骗我，说周管家让我大伯杀了我父母，这怎么可能呢？”

莫南爵抿着薄唇不说话，童染依赖性地往他身上靠：“你快告诉我他们是骗我的……你说我就信你……”

莫南爵俊脸阴沉，童染盯着他阴沉的神色，脸上的笑容瞬间消失：“是真的吗？”

莫南爵双手依旧负在身后，视线移到她脸上，轻点下头：“是。”

童染只觉得头顶再度炸开惊雷，她猝然松开手，整个人朝后退了几步：“不……”

周管家靠着墙壁，再隐瞒已经没了意义，便开口说道：“童小姐，当年是因为童明海将少主送到了仇人手里，害得少主险些丧命。按照莫家的规矩，这种事情是绝对不能容忍的，大少奶奶便吩咐我去报仇，所以我找到了洛庭松和宋芳，给了他们一笔钱，他们答应后就将童明海和苏澜撞进了河里。”

童染缓缓抬起头来，小脸沉浸在绝望中，她望向莫南爵，粉唇张了张：“大少奶奶……是你的母亲吗？”

莫南爵望进她的眼底，只觉得浑身犹如掉进冰窖，冰冻千年也不过这么痛，他又点了下头：“是。”

童染难以置信，双手扶向边上的墙壁，站稳都有些困难：“你母亲……派人杀了我父母？”

莫南爵依旧点头：“是。”

童染眼神变得绝望：“那你……早就知道了吗？”

莫南爵喉间轻滚了下：“是。”

童染双肩剧烈抖动：“那你为什么不告诉我？”

莫南爵定定地看着她，什么话也没说。

童染上前两步，伸手揪住他的领子："你为什么不早点告诉我？为什么要瞒着我？"

莫南爵冷笑一声，别过脸朝边上看去："洛萧也早就知道，他也没告诉你，你为什么不去问他？"

童染顺着他的视线转过头，望着洛萧的脸："你是因为这个，才娶傅青霜的吗？"

有些话洛萧从未说过，如今被揭开，也没必要隐瞒："是。"

一模一样的回答，都是单单一个是字。

童染仍是无法反应："那你杀了大伯和大伯母……"

洛萧喉间哽咽："为你报仇。"

"……"

童染瞬间感觉体内的气息都被抽空，双手双脚软得彻底，她小手下意识地揪紧男人的领子，几乎要将睡袍攥破。

莫南爵伸出背在身后的左手，将她的手拉开。

童染抬起头来看他。

"高兴吗？"莫南视线紧锁着她，"他弑父杀母替你报仇了。"

童染皱起眉头，没有开口，只觉得胸口处晦涩无比。

莫南爵转身就朝房间走去，才迈出一步，身后陡然传来脚步声，洛萧一拳头朝他砸过来！

莫南爵侧身避开，洛萧伸手揪住他的衣领："罪魁祸首就是你！"

莫南爵冷笑一声，抬手握住他的拳头，二人针锋相对，眼底尽是欲将对方刺死的狠绝。

"怎么，杀了父母还不够，现在还要杀了我给她报仇是吗？"

"你有什么资格说这句话？"洛萧额间青筋暴起，他死死盯着眼前的男人，心里极度不平衡。

他从来都不知道，这件事情和莫南爵也有关系，指使人居然还是莫南爵的亲生母亲，可凭什么一直背负罪恶感的人是他？

凭什么他为此付出了一切，赔上了他和童染的爱情，可童染居然爱上了莫南爵，还怀了他的孩子？

他受尽折磨，他们却如胶似漆，凭什么？！

洛萧越想越气，嫉妒几乎将他磨碎，他抡起一拳又要砸过去："没有你怎么可能会有这些事？难道你母亲做的事情和你没半分关系吗？"

莫南爵反手握住他的锁骨，洛萧疼得猝然松开手，男人反手一拳抡在他的脸上："跟你又有关系吗？"

"和小染有关系，就和我有关，"洛萧擦了下嘴角，眼中透出恨意，"如果不是你们莫家，她父母就不会死，一切事情都不会发生。说到底就是你的错，莫南爵，你有什么资格说爱她？"

"我没资格，你有吗？"

"至少这一切不是我引起的。"

"是，不是你，"莫南爵点点头，冷笑一声，"童明海做事不需要还的吗？他当年既然敢惹莫家，难道他就没想过后果？"

洛萧望着他精致的侧脸："莫南爵，你就是这样爱小染的吗？"

莫南爵眯起眼睛："那你又是怎么爱她的？"

洛萧唇边勾起冷笑："我能替她报仇，莫南爵，你能吗？"

莫南爵双手垂在身侧："这么说，到头来，还都是我的不是。"

童染垂下头，只觉得头痛欲裂。莫南爵走到她面前，双手握住她的肩："有什么话要对我说吗？"

童染一言不发，莫南爵嘴角勾勒出嘲讽的笑，又开口问道："还要跟我回房间吗？"

童染视线恍惚，眼前的景象都看不真切，真相太过残忍，她甚至都没有招架的能力，只知道，天好像塌了。

原来，自己才是最晚知道、才是一直被蒙在鼓里的那个人。

童染忽然觉得好笑，她拼了命在维护的亲情到底是什么？人心就真的可以淡漠至此吗？

她终于明白，为什么洛萧突然那般厌恶那个家，为什么可以做到那般无情；她终于明白，每次她祭拜的时候，洛萧为什么不让她跪他们；她终于明白，到底是什么毁了她和洛萧的二十一年。

原来……一切早已注定。

她原以为自己失去了父母，还有大伯一家，哪怕大伯母对她再坏，也是她的亲人，何况一直有洛萧护她爱她，她更加做不到去恨，可没想到……

亲人亦是仇人。

童染后退两步，身体抵住了冰冷的红木柱子。

洛萧始终站着没动，侧过脸，同童染抬起的视线相触。

凉意顺着红木柱子爬上脊背，童染双手垂在身侧，想要握拳却没力气。

气氛安静得可怕，莫南爵收回视线转过身，朝房间走去。

才走了两步，手臂便被人一把拽住，他回过头，就见童染站在他边上。

莫南爵眯起眼睛，童染身体很无力，仿佛就要瘫软下去，她抓着他，声音更是沙哑：“我好困，我想睡觉了。”

洛萧双目一刺。

莫南爵什么也没说，俯身将童染打横抱了起来，童染紧绷的神经略微松懈，她将小脸贴在男人颈间，闭上眼睛。

“等等！”洛萧几步上前，侧身挡住莫南爵的路，“小染，还有件事我没告诉你。”

童染蜷在莫南爵怀里没动，洛萧直接开口：“我们结婚那天，你被救走，但婚礼还是举行了，你知道来替你的人是谁吗？”

童染眉心皱起，张了张嘴：“是……”

“是韩青青。”

童染浑身一震，猝然抬起头来，满面难以置信：“怎么会……青青她不是……”

“她没死，我也以为她死了，”洛萧对上童染的眼睛，“当时，我是牵着韩青青拜的天地，进洞房后韩青青同我说，是莫南爵逼她来当这个替身新娘的，她说如果不来，莫南爵就要杀了她！”

童染睁大眼睛：“青青怎么会没死……”

洛萧看向莫南爵：“你问他。”

童染转过头，莫南爵俊脸上未见一丝波动，她定定地看着他：“青青……没死吗？”

莫南爵抿着薄唇，嘴角勾勒出讥笑：“对，当时她没死，我让陈安把她救下来了。”

童染完全无法反应：“那……你为什么不告诉我？”

“因为她随时会死。”

洛萧闻言插了句："小染当时因为这个自杀，她那么痛苦，醒来之后你却不告诉她？"

莫南爵冷笑一声："你认为你有资格说这话？"

洛萧眼底淬上阴寒，笑出声来："我只是想说，你口口声声说我心狠手辣，你和我也没什么不同。"

童染听不进他们的对话，伸手揪住莫南爵的领子："那她是什么时候醒的？"

"我准备去救你的时候。"

"是你让她……去代替我的吗？"

莫南爵点头，他做的事，他从来不否认："对。"

洛萧又说道："你还在烈焰堂周围埋了炸药，要的不就是我和韩青青同归于尽？那么这件事情就归于尘土，再没有人会说出来，也没人会知道。"

莫南爵只觉好笑，声音更冷："炸药不是我埋的，想你死的人那么多，不需要我动手。"

"是吗？"洛萧盯着他的脸，字字诛心，"可是当时在婚房里，韩青青跪着求我放她走，说她不想来这里，想重新开始过新的生活，可你莫南爵不肯，非要逼着她来当这替身新娘。"

童染浑身一震，揪住男人衣领的手攥紧："青青她……"

"她死了，"洛萧接话，明明是完全被歪曲的事实，他却用了最真挚的感情说出来，"被炸死在烈焰堂内。她跟我说，莫南爵埋了炸药，要的只是炸死我一个人，莫南爵说会派人接她出去，可是并没有。小染，我亲眼看着青青整个人被炸飞出去，我想拉住她，可是我也受伤了……"

童染半张着嘴，惊讶得说不出话来。

莫南爵眯起眼睛："很好，继续编。"

洛萧紧咬不放，句句紧逼："莫南爵，确实是你让她来当新娘的，这点你没法否认；她害过你，你恨她，这点你也没法否认；她曾经替我做过事，所以你更恨她，难道这些我有哪一句说错了吗？"

"没错，你怎么会错？"莫南爵冷冷一笑，洛萧竟能胡说至此，他真是觉得佩服，"你说的都是对的，是我害死了韩青青，我逼她，我恨她，包括洛庭松和宋芳，还有童明海和苏澜，你们一家人都该死！"

“莫南爵！”童染双手用力，几乎将他的浴袍揪下来，“你为什么要说这样的话？我爸妈凭什么该死？！我不知道他们当时怎么惹到你们莫家，但是他能有多狠毒？”她到底是维护家人的，“你妈妈本来就坏，她都能那样对你，又何况是我爸？说到底还是你们莫家的人太残忍！”

她说着手腕用力扯了下，莫南爵只觉得双臂同时酸麻，骤然失去知觉，紧抱着她的十指一下松开——

童染本是蜷着身体的，这么一来，整个人直接从他怀里滚了下来！

“小染！”洛萧大惊，上前一把揽住她的腰，童染双脚在地上划了下，才站稳身体，她惊讶地抬起头看向莫南爵：“你……”

他居然把她扔下来？

童染难以置信，双眸中瞬间溢出难过之色。

莫南爵双手垂在身侧，退后一步，上半身隐在黑暗中，遮住了双臂轻微的颤抖。

洛萧冷冷眯起眼睛：“莫南爵，你想让小染摔掉孩子吗？孩子是我的，要是真的出了什么意外，我绝对不会放过你！”

“对，我就是要摔掉她的孩子，”莫南爵看向童染，话语嘲讽，“听见了吗？我恨你的孩子，我想让他死。”

童染推开洛萧的手，站直身体，避开了孩子的话题：“莫南爵，我不认为我爸妈有错，我爸当时会害你，不是被人胁迫就是有不得已的苦衷，他是个很老实本分的人，不可能去惹你们莫家那样可怕的家族，所以我爸妈并不该死。”

莫南爵站着没动，精致的眉眼隐没在无限的黑暗中，他同她对视：“好一个我们莫家。”

她说，你们莫家那样可怕的家族。

他曾经跟她倾吐的心声，现今被她说出来，反倒成了刺伤他最好的利器。

童染盯着他的眼睛：“难道你妈妈就没错吗？”

“我哪来的妈妈？”莫南爵冷笑一声，“她已经死了，你忘了？”

童染怔了下，她方才有些激动，没想到那么多：“我不是那个意思……我是说，这件事情我爸爸没有错，他不是那样的人。”

莫南爵点点头："当然，你的家人怎么会错？"

"莫南爵，你非要这样跟我说话吗？"童染皱起眉头，"我可以保证，我爸爸绝对不是恶意……"

莫南爵勾起薄唇："童染，你在这里跟我争你爸爸的用意有意思吗？那件事我早就忘了。"

若不是他选择遗忘，童染还能活到现在？

如果他说出来，他自己不动手，也会有黑衣人替他动手。

童染朝他走近一步："莫南爵……"

莫南爵退后一步。

"你怎么了？"童染盯着他隐在黑暗中的脸，莫名觉得心慌，"就因为我说了一句你们莫家，你就要远离我吗？"

莫南爵并未接话，他只觉得双臂越发无力，似乎已经蔓延到了腿部，他喉间轻滚了下，转身准备离开。

童染冲上前去扯他，莫南爵一个侧身，童染朝边上歪了一下，洛萧见状忙冲上去扶住她："小染！"

莫南爵抬脚就要走，洛萧直起身体，朝着他就是一拳。

莫南爵反应极快，双手无法抬起，他便侧身闪过，洛萧一拳砸在了墙壁上。这时上方的楼梯口传来脚步声，洛萧扬起手又是一拳抡过去！

"怎么回事？"陈安揉着眼睛走下来，他住在六层，显然睡得很死，这会儿才醒，"你们大晚上在玩什么？"

洛萧眯起眼睛，一拳狠狠挥过去！

陈安见状几步冲下来，一个侧身挡在莫南爵身前，抬手握住洛萧的拳头，待看清他的脸时，差点要吓死："居然是你！"

洛萧怔了下，没想到陈安也在这里。陈安回过头，一眼就看到莫南爵苍白的俊脸，他薄唇泛白，显然很不舒服。

"你打了他？"陈安眯起眼睛，抬脚就朝洛萧踢去，"你敢打他？！"

他动作极快，洛萧不是陈安的对手，挥出去的拳头被用力握住后朝边上一拧，陈安手腕用力，几乎生生将洛萧的右臂卸下来。他一想到莫南爵肌肉萎缩加快是因为 Devils Kiss，就气得脸色铁青。

洛萧抬起右腿，陈安反腿踢过去，直接擒住洛萧的肩头，手指感觉到湿润，陈安发现他有伤，索性用力按下去。

"嗯——"洛萧闷哼一声，疼痛还未过去，陈安又是一拳砸过来。

二人眼底都燃着怒火，招招狠准。

莫南爵表情冷淡地站在楼梯上，一下也没动，视线穿过二人，朝站在后面的童染看去。

童染也抬起头来，目光同他相触，却只能在他眼底看到无限的冰冷，没了往日的宠溺与柔和。

她浑身僵硬，犹如被人泼了盆冰水。莫南爵微仰起下巴，居高临下地冷睨着她。

童染张了张嘴，却什么也说不出来。

她隔着灯光望进他的眼底，试图寻找些什么，可除了冰冷，还是冰冷。

她只觉得一阵寒意从脚底蔓延上来。

砰！

边上传来巨响，陈安弯腰将洛萧摔在地上，屈起膝盖朝他胸口处用力顶了几下："解药交出来！"

童染听到"解药"二字，视线移了过去。

洛萧被压在地上，嘴角被打出血来，他冷笑一声："你要打死我吗？"

"少跟我废话！"陈安又挥起一拳，洛萧不偏不倚地挨了这一下，"你不交出来我就打死你！"

洛萧神色阴暗："你今天要是不打死我，你就别姓陈！"

"你——"

陈安气得吐血，抡起拳头又要打，童染却俯身拉住他："别打了！"

"你说什么？"陈安怔了下，偏过头来。

童染拉着他的胳膊："你要是真把他打死了怎么办？"

洛萧看向她，眼底是藏不住的惊喜："小染……"

陈安脸色阴鸷地站起身："童染，你疯了吗？"

"我没疯，"童染摇头，"他不能死……"

啪！陈安抬手就甩了她一巴掌。

童染被打得向边上栽了下，洛萧忙撑起身体扶住她。陈安上前揪住她的衣领，气得青筋暴起："童染，你这还是人说的话？爵怎么对你的你忘了？”

童染垂着头，她其实想说，他不能死，他死了解药怎么办？

莫南爵始终冷眼旁观，一句话没说，随即转身上了楼。

陈安冷冷地瞪了童染一眼：“狼心狗肺的女人，怀着他的孩子跟他双宿双飞去吧！”

说完他猝然松开手，转身跟着莫南爵走了上去。

与此同时，用人领着几个手下走上来，几人一眼就看到满地的瓷器和碎玻璃碴，登时脸色一沉：“你在这里做什么？！”

洛萧站起身体，两个手下冲过来押住他：“你不是要见你老婆童染？还敢在这里打架，你不要命了吗？！”

童染皱起眉头，什么意思？见他老婆童染？

洛萧被押着朝前面走时，回头望了一眼，示意童染不要开口。

两个手下望向童染，也知道她是堂主的贵客：“小姐，您没受伤吧？”

“我没事，”童染摇头，看了一眼洛萧，“这人……”

手下又问道：“这人您认识吗？”

“我不认识她，”洛萧接过话，“我方才想跑，和两个看着我的人打起来了，她只是站在边上而已。”

“你还想着跑？”手下抬腿就朝洛萧腰侧狠狠踢去，洛萧闷哼一声，并未再说话。

“走！去看你老婆，看完去写配方，否则堂主天亮回来要你的命！”

两个手下押着洛萧朝二楼走去，童染站在楼梯口，柔和的发丝紧贴着小脸，陈安那一巴掌用了全力，她脸上红彤彤的巴掌印很是明显，这会儿还很疼。

她缓缓蹲下身，将脸埋进双臂中，只觉得双肩沉重，像是整个天空都压了下来。

手下将洛萧押到二楼最里面的一间房门口，用人拿出钥匙上前将门打开。

“进去！”手下推了下洛萧的肩，“别想耍花招，窗户下都守着人，二十分钟一过你立马出来，听懂了吗？”

洛萧点了点头。

手下这才将门关上，一左一右守在门口。

房间很大，最里面的大床边，孟瑶呆坐在床沿，听见脚步声后抬起头来。

洛萧走到她面前站定。

孟瑶张了张嘴，却不知道该说什么，她站起身来，有些称呼叫久了，一下子很难改过来："萧……"

啪！洛萧抬手就甩了她一巴掌！

他力道极大，孟瑶整个人被打得摔在床上，洛萧单膝跪上去，倾身上前拽住她的衣领："你叫我什么？"

孟瑶被拽起来，眼角含泪："萧，我……"

"你再叫一句？"洛萧冷笑一声，拽着她的领口将她拖下床，一路拖到洗手间。孟瑶哪里经得起这样的折腾："你放开我，你别这样……"

洛萧推开洗手间的门，将孟瑶推进去，而后蹲下身："你再说一遍？"

孟瑶浑身颤抖，洛萧眼底阴骛尽显，完全同在村庄的时候不一样，简直是判若两人，她有些难以置信："你……你是洛萧……"

"那你是谁？"